OUT OF THE EASY

RUTA SEPETYS

逃跑的乔茜

[美] 拉塔·塞普提斯——著
何江——译

北京时代华文书局

第一章

我母亲是个妓女，但她并不是那种站街的、肮脏的妓女，事实上她相当漂亮，谈吐不俗，衣着优美。可终究，她为了钱和礼物跟男人睡觉，根据字典的解释，这符合“妓女”的标准。

她是从 1940 年开始干这个工作的，当时我七岁，我们刚从底特律来到新奥尔良。那天我们搭出租车，从火车站直接去了圣查尔斯大道上一家昂贵的酒店，母亲在酒店大堂喝酒的时候，遇到一个从塔斯卡卢萨来的男人。她把我介绍成她的外甥女，并对这男人说她正要送我去她姐姐那儿。她不停地朝我挤眼睛，悄悄地说只要我配合，并等着她，她就给我买洋娃娃。那晚，我独自在大堂里睡着了，梦见了我的新洋娃娃。次日早晨，母亲带我住进了属于我们自己的大房间，有高高的窗户，还有闻起来有柠檬味的小圆香皂。她从那个男人那儿收到一个绿丝绒的盒子，里面是一串珍珠项链。

“乔茜，我们会在这个镇上过得很好的。”妈妈说道，她正袒胸站在镜子前，欣赏着自己的新珍珠项链。

第二天，一个深肤色的司机来酒店接我们，他的名字叫科基。原来，母亲受到邀请，要去夸特区见某个重要人物。她让我洗了澡，还非要我穿上漂亮裙子，甚至在我头发上系了丝带，这让我看上去傻傻的，不过我什么也没说，只是微笑并点着头。

“乔茜，现在听好了，等会儿你不要乱说话。我一直盼着威利会叫我过去，我不希望你呆头呆脑地坏了事情。除非人家跟你说话，否则别开口，还有千万别那样哼哼唱唱的，你那样会吓着别人的。如果你乖，我会给你买超棒的东西。”

“比如洋娃娃？”我说道，希望能唤醒她的记忆。

“没问题，亲爱的，你喜欢洋娃娃吗？”她边说，边在镜子前涂口红，并对着空气吧唧了一下嘴儿。

科基和我一拍即合。他开着一辆漆成雾霾灰色的出租车，如果你仔细看，还能看见车门上隐隐约约印着的“出租车”几个字。他给了我几颗太妃糖，并朝我挤挤眼，好像在说：孩子，坚持一会儿。科基开着那辆出租车送我们去威利那儿的时候，一路吹着口哨，而我则跟着哼哼，同时希望太妃糖的糖浆能粘掉一颗牙。那是来到新奥尔良的第二个晚上。

我们在康迪街一个地方停了下来。我伸长脖子看着眼前这幢浅黄色、有着许多黑色格栅阳台的房子，问道：“这是什么地方？”

科基说道：“这是威利·伍德利女士的房子。”

“女士？可威利是男人的名字。”我说道。

“住嘴，乔茜。威利是女人的名字。现在给我安静！”母亲说道，并在我屁股上拍了一下。她整理了一下裙子，不安地拨弄着头发，喃喃自语道：“没想到自己会这么紧张。”

“你干吗要紧张？”我问道。

她抓着我的手，一把将我拉上人行道。科基向我脱帽表示再见，我微笑着向他挥了挥手。正面窗户里的纱帘动了动，透过纱帘可以看到窗子后面琥珀色光晕下一个模糊的身影。还没等我们走到，门就已经打开了。

“你一定是路易丝吧。”一个女人对母亲说道。

只见一个穿着丝绒晚礼服、肤色浅黑的女人扶门而立。她的头发很漂亮，不过指甲被咬得乱七八糟。指甲裂开的女人是廉价的，我在底特律已学到了这一点。

“她在客厅等着你，路易丝。”肤色浅黑的女人说道。

一条长长的红色地毯一直通到楼梯前，又沿着楼梯一层层台阶铺上去。整个房子富丽堂皇，墙面是深绿色织锦，悬挂着许多盏黑色水晶灯，灯光昏暗，墙上挂着乳头粉红的裸女画。香烟味混合着陈旧的玫瑰香水味。我们穿过一群女孩子，她们拍了拍我的头，叫我小甜甜和洋娃娃。我还记得当时看着她们，还以为有人用血涂满了她们的嘴。我们走入了前厅。

我首先看到的是她的手，满是青筋又苍白，搭在抬起的手臂上。她的指甲闪着红光，好像石榴籽一样，用这指甲飞快一弹，可以戳破气球，一簇簇的黄金和钻石装饰着几乎每根手指头。母亲的呼吸开始变得急促。

我走近这双手，盯着看了看，又绕过去从后面的椅子走向窗户，看到黑色的高跟鞋从精心裁剪的裙裾下面露出来。我感觉到头上的蝴蝶结滑落到了一边。

“你好，路易丝。”

这声音很浑厚，并具有穿透力。她那淡金色的头发用一个夹子紧紧地梳起，扣子上刻着首字母 W.W。这女人的眼睛偏炭黑色，眼角有皱纹散出来，她的嘴唇是鲜红色的。看得出她年轻时很漂亮。

这女人盯着我，然后说道：“我已经说了，‘你好，路易丝。’”

“你好，威利，”母亲说道，她将我拉到椅子前面，“威利，这是乔茜。”

我微笑着，尽力弯腿行出我最好的屈膝礼。长着红指甲的手很快地挥了挥，让我坐在她对面的沙发上。她的手镯碰出刺耳的声音。

“这么说……你回来了。”威利从一只珍珠贝母的盒子里取出一支香烟，将烟在盒盖上轻轻敲打着。

“这个嘛，已经过去很久了，威利。我肯定你能理解。”

威利没说什么。墙上的钟摆发出嘀嗒嘀嗒有节奏的声音。“你看上去不错。”威利最后说道，仍在盖子上轻轻敲打着香烟。

“我很注意保持身材。”母亲说道，向后靠在沙发背上。

“保持身材……是的。我听说你昨晚得到一个从塔斯卡卢萨来的生手。”

母亲一下子坐直了，“你听说了塔斯卡卢萨的事儿？”

威利盯着她，不说话。

“噢，他没有耍花招，威利，”母亲说道，看着自己的大腿，“他只是个挺好的人。”

“我猜，这个挺好的人给你买了这串珍珠项链。”威利说道，往盖子上越来越用力地敲打着香烟。

母亲把手伸向自己的脖子，摸着珍珠项链。

“我的生意很好。”威利说道，“男人们认为我们要开战了，如果这是真的，每个人都会想要找到最后的乐子。我们会一起工作得很好，路易丝，但……”她朝我的方向点了点头。

“噢，她是个乖丫头，威利，而且她特聪明，甚至自己学会了读书。”

“我不喜欢小孩子。”她撇嘴说道，她的眼神仿佛要在我身上钻个洞。

我耸耸肩说道："我也不怎么喜欢小孩子。"

母亲在我手臂上掐了一下，我感觉皮肤被咬了一口。我咬着嘴唇，拼命不发出哀号，否则，母亲会发火的。

"真的？"威利继续盯着我，"如果你不喜欢小孩子……那你平时都做什么呢？"

"这个嘛，我上学，我看书，我做饭，我打扫，而且我给母亲做马丁尼酒。"我对母亲微笑着，揉了揉自己的手臂。

"你打扫，还会做马丁尼酒？"威利扬起尖尖细细的眉毛。她脸上嘲笑的表情突然消失了。"丫头，你的蝴蝶结歪了。你一直都这么瘦吗？"

"我多年来身体都不好。"母亲飞快说道，"乔茜非常机灵，而且——"

"我看得出来。"威利直截了当地说道，仍在敲打着手里的香烟。

我挪了挪，靠近母亲，说道："我完全不用上一年级，直接从二年级读起。母亲忘了我应该上学了——"母亲的脚趾探进我的脚踝。"不过这没什么关系，她告诉学校我们是从另一个镇子转过来的，然后我就从二年级读起了。"

"你没上过一年级？"威利说道。

"是的，夫人，而我不觉得自己错过了什么。"

"别叫我夫人，丫头。你可以叫我威利，明白吗？"她在椅子上挪了挪。我窥见坐垫下面有个像枪柄一样的东西。

"好的，威利夫人。"我答道。

"不是威利夫人，威利就行。"

我径直看着她说道："事实上，威利，我宁愿人们叫我乔，而且说实话，我不怎么喜欢蝴蝶结。”我将缎带从自己那浓密的棕色短发上扯下来，并伸手拿起桌上的打火机。

“我没要人给我点火。”威利说道。

“没错，但你已经敲打了香烟五十三……现在五十四次了，所以我想你可能想抽烟了。”

威利叹了口气说道：“好吧，乔，给我点上，再给我倒一杯苏格兰威士忌。”

“纯的还是加冰的？”我问道。

她惊讶地张开了嘴，然后又立即合上了。“纯的。”我给她点烟时，她注视着我。

“怎么说呢，路易丝。”威利说道，长长地吐出一口烟雾，在她的头上缭绕，“你现在已经把事情弄到无以复加的地步了，是不是？”

母亲叹了口气。

“你不能待在这儿，带着个孩子不行。你得另找地方。”威利说道。

“我一点钱都没有了。”母亲说道。

“明早拿着这串珍珠项链到我的当铺上卖了，这样你就会有些钱可花。在多菲街有一套小公寓，是我的一个赌注经纪人租下的。这个蠢货上周出去时被枪打死了，现在睡在土里，不需要这个地方了。租金已付到十三号。我会做一些安排，到月底再看你待在哪儿。”

“好吧，威利。”母亲说道。

我将威士忌递给了威利，然后坐回原位，用脚将蝴蝶结踢到沙发下面。

她尝了一小口，点了点头。“说真的，路易丝，七岁的酒吧侍者？”

母亲耸了耸肩。

那是十年前的事了。她从来也没有给我买过洋娃娃。

☙ 第二章 ❧

他们以为我听不见她们的悄悄话和窃笑声，其实我已经听了十年。我手里抱着书，抄近道从康迪街去沙特尔街。我哼唱的振动声将这些声音阻隔在外，交际花、娼妇、妓女、婊子，这些词我都听到过。事实上，我第一眼见到一个人，立马就能预测出他会用哪一个词。

“你好，乔茜。”她们会似笑非笑地说道，接着会叹一口气，有时则会摇摇头。她们表现得好像为我感到难过似的，但一旦她们走出去十步远，我就会听到其中的一个词，并伴随着我母亲的名字。富有的女人会装作好像说出“婊子”这个词都会烧着她们的舌头似的，她们会悄声地说，并扬起眉毛，还会做出一副吃惊的表情，好像这个词是自己爬进她们裤裆里的。她们用不着为我难过，我跟母亲根本不一样，而且母亲终究也不全是这种人。

“乔茜！等一下，洋基女孩。”

弗兰基，威利的情报提供人之一，来到我旁边，他那高高的、机灵的身体朝我弯过来。“干吗走得这么急？”他问道，舔了舔手指并梳理着他那上了油的头发。

“我得赶去书店，”我说道，“上班快迟到了。”

“天啊，没有你，马洛这老家伙可怎么办？这些天你用勺子喂他苹果酱啦？我听说他快死了。”

“他活得好好的，弗兰基。他只是……退休了。”我飞快地瞪了他一眼。

“哦，防御机制。你和马洛有什么事？”

“弗兰基！”多么可怕的想法。查理·马洛不仅很老了，他也像家人一样。

“又或者你喜欢他儿子，对吗？你和小马洛眉来眼去的，这样你就可以继承那个满是灰尘的书店藏身处？因为你非常喜欢那里。”他大笑着用肘部碰碰我。

我停了下来，说道：“弗兰基，你有什么事要我帮你吗？”

他拉着我往前走，压低声音说道：“事实上，的确有事。你告诉威利，我的情报是辛辛那提要过来了，可以吗？”

我感到一阵寒意，尽力稳住自己的脚步。“辛辛那提？”

“你能通知她吗，乔茜？”

“我要到明早才能见到威利，你知道的。”我说道。

“天黑后你仍然不接近那个地方？你真聪明。好吧，转告她辛辛那提就在附近，她会想要知道这个的。”

“希望我不会忘记。”我说道，向他伸开手掌。

“哇，女乞丐！”

“女商人，”我纠正他道，“记住，威利不喜欢意外发生的事。”

“是的，她不喜欢，”他说道，将手探进口袋里，“乔茜，你要这些钱做什么呢？你只要掀起裙子，就会容易得多。”

“我掀起裙子的唯一原因只会是拔出枪来，顶住你的脑袋。”

我如何用钱与弗兰基毫无关系。我要离开新奥尔良。我的计划包括了长途车费和足够一年生活费的准备金，我有充足的时间来准备。我在书店里读到的一本商业书上说，手里最好总是存有至少十二个月的生活费。一旦有了这笔钱，我再决定去哪里。

“好了，好了，”他说道，“我不过是开个玩笑。”

“你何不在我们书店里买一本书，弗兰基？”

“你知道我不喜欢读书，洋基女孩。不要以为人人都像你一样爱读书。这次你又拿着本什么书？”

“爱德华·摩根·福斯特的书。”

“从没听说过。”他抓住我的手，将几枚硬币放在我手中，“拿着，别忘了告诉她。你如果忘了，我就得不到报酬了。”

“你知道他几时来？藏在什么地方？”我问道。

“不知道，现在还不知道。我所知道的是，他已经在这儿了。”弗兰基扭头向后看了看，“回见，孩子。”

我抓着裙子，加快步伐走向书店。这件事已经过去两年了。辛辛那提一直没有回到夸特区，也没有人想念他。他宣称自己为卡洛斯·马塞洛（新奥尔良黑手党的教父）工作。没人相信他，但也没有人当面质疑他。辛辛那提得意地穿着昂贵的西装——不怎么合身的西装。传言他的衣服是从尸体上扒下来的，就是从他为卡洛斯·马塞洛杀死的人身上。科基说穿着死人的衣服会有坏运气的。

卡洛斯·马塞洛掌管着一个财团，并拥有位于奥尔良行政区旁边的土地。当地人的说法是，马塞洛在他的湿地里养着许多短吻鳄，将死尸丢在里面。一个邮差曾告诉科基，他看见沼泽池面上有鞋子漂着。威利认识卡洛斯·马塞洛，当康迪街上的房子里太热的时候，她会将女孩儿们送到他的镇上和乡村的汽车旅馆里。母亲就是在那里遇到辛辛那提的。

辛辛那提很喜欢母亲，他给她带来贵重的礼物，夸她看上去很像好莱坞杂志上的简·拉塞尔。我想那意味着我看上去也很像简·拉塞尔，不过也许是像没有化妆、没有穿漂亮衣服、没有时髦发型的简·拉塞尔。我们的棕色眼睛的眼距更宽，而且我们都有高额头、一大蓬深色头发，以及看上去好像总是噘着的嘴唇。

母亲对辛辛那提很是着迷，甚至有一次宣称他们相爱了。有时候母亲愚蠢得令人难堪。跟一个像辛辛那提那样的罪犯玩花招已经够糟的了，还相爱？悲哀啊。威利厌恶辛辛那提，我也看不起他。

我从珠宝店旁的小道穿过去，避开一个对着墙小便的男人。我一面快步走过潮湿的石板，一面用手里的书扇开冲面而来的霉味。如果夸特区在凉爽天气里都这么难闻，到了夏季只会愈加恶臭。我沿着图卢兹街向皇家大道走去，听到盲人奥蒂斯唱着蓝调，脚上踩着拍子，用一把钝钝的黄油刀在他的钢丝琴弦上拉着。

酒吧和餐厅的老板们站在梯子上，装饰着他们的门面和窗户，今晚就是节庆了，午夜，1950 年终将到来。喜庆的气氛活跃在街道上。人们正焦急地要将过去十年和战争抛在脑后。一对恋人从我面前跑过去赶出租车，同时，一个衣衫褴褛的小个子男人站起来对着一幢楼一遍遍地说着“哈利路亚”。

上次辛辛那提来这儿时，他喝得烂醉，还殴打母亲。威利踹倒门，向他射击，擦伤了他的腿。我用科基的出租车将母亲送到医院。辛辛那提酒醒后，居然还有胆来医院。我将热咖啡泼向他，并告诉他我要叫警察了。他跛着离开了，并发誓会再回来。

“你等着，”他舔着牙齿，低声说道，“我会回来找你的，乔茜·莫雷纳。”

我一阵战栗。

“嘿，汽车城。”

我转向这声音传来的方向，只见街对面杰西·蒂埃里跨在他的摩托车上，瞪着我。杰西很安静，通常只点点头或微笑一下，就算是说话了。有时我会觉得杰西·蒂埃里在注视着我，这太可笑了，因为杰西·蒂埃里绝不会对我这样的人感兴趣。他或许很安静，但他的相貌却不是这样，他引人注目、急躁不安，这使我感到不舒服。但其他人并不觉得杰西的样子急躁不安。来旅游的人常常看着他，他也总是被女孩子们围绕着。

“你需要搭车吗？”他问道。我摇了摇头。

“我想要搭车，杰西！”他旁边的一个金发美女说道。

他没搭理她。

“你确定，乔？”

“我确定，多谢，杰西。”

他点了点头，发动摩托车，加速离开了，将女孩子们留在路边。

他的摩托车声音远去了，我转向了皇家大道，远远看见了深蓝底金色大字的牌子，悬挂在大门上方精美的铁架下，牌子上写着：马洛书店。透过窗户，我能看到帕特里克坐在柜台前。我走进店里，头顶上的铃铛一阵响，纸张和灰尘带来的宁静感包围了我。

“他今天怎么样？”我问道。

“今天是个好日子，他能想起我的名字。我想他甚至很快能记起我是他儿子了。”帕特里克说道，坐在柜台后面他常坐的椅子上，向后靠了靠。

“太棒了！”我说的是真心话。有段时间里，马洛不认识帕特里克，有时会咒骂他，甚至向他扔东西，那是段糟糕的日子。

“你的同伴科基来过，”帕特里克说道，“他让我把这个给你。”

他将一张折着的纸从柜台上推过来。

我打开来。

辛西那提。

是科基歪歪扭扭的手写体。

“我没有看过纸条，不过我想他是在说辛辛那提。”帕特里克说道。

“你没看过，哈？”帕特里克刚满二十一岁，但仍像那种在课间往女孩子辫子上涂牛奶的男孩一样爱戏弄人。

他笑了。“他不知道如何写这个词，他要去辛辛那提吗？”

“嗯……应该是吧。你给我留报纸了吗？”

他指了指我的椅子，只见一份《皮卡尤恩时报》叠得整整齐齐地放在上面。

“多谢，我一会儿就来接班。”我对他说道。

“乔，说真的，《皮卡尤恩时报》特无聊。他们故意释放有关夸特区的消息，而且……”

随着我穿过高高的书架，向书店后面古怪的楼梯走过去，帕特里克的声音渐渐变弱了。我从十一岁起就待在自己的公寓里。这原本并不是一间公寓，不管怎样，一开始并不是，而是一间小小的带卫生间的办公室。我从十岁起就一直在书店里睡觉，因为母亲开始动不动发脾气，并毫无理由地用伞打我。我很快就了解到，我不在她身边时，她是最高兴的。所以我会在书店关门前藏在里面，然后在办公室的大桌子底下睡觉。

在我十一岁生日那天，当书店锁上以后，我悄悄爬上楼梯。发现办公室有点变了，窗户和墙都刷洗干净了，那张桌子仍在那儿，但所有箱子都被清除了，却有一张床，一个小小的梳妆台，角落里甚至还有书架，印花窗帘挂在开着的窗户上方杆子上，音乐从波旁大街飘上来。一把钥匙挂在钉子上，门上装了锁，一根棒球棍靠在床边。我们从未说起过这样的安排，只是我从此开始为马洛先生在店里工作，作为对他提供住宿的回报。

我开了门锁，溜进去，又迅速锁上门。我趴到床底下，将一块地板拉起，伸手进去四下摸索着，直到手指碰到雪茄盒，把弗兰基给我的硬币放进去，又将地板放回原位。我从床底下爬出来，迅速拉上窗帘，然后打开了科基给我的纸条：

辛西那提。

☙ 第三章 ❧

“我很快就回来。”我下楼来到店里，告诉帕特里克。

“噢，快点。今晚可是新年夜。”他抱怨道。

“现在才下午一点钟。”

“但我还有事情要做。”他说道。

“我一会儿就回来。”我一边对他说着，一边冲出了大门。

我跑到街对面的萨尔餐厅。威利是萨尔餐厅的好顾客，老板在我需要的时候允许我用他的电话。事实上，威利是很多地方的好顾客，这些好处很幸运地惠及我身上。

“嗨，玛利亚！”我对一个女服务员说道，并指了指后面的电话，她点了点头。

我拿起电话开始拨号码。

只响了一声，多拉就用做作的气嗓声接了电话。

“我是乔，我得跟威利通话。”

“嘿，小甜甜，她正在休息。”

休息？威利从不午睡。“叫醒她。”

多拉放下话筒，我听到她的鞋子在地板上噼啪响着走远，去叫威利了。通过鞋后部拍打脚后跟的声音，我能分辨她穿着那双红皮拖鞋，是她从第五大街的雷德里克店里邮购的。我扭动着电话线，而电话线在我手里却滑滑的，因为我的手心在冒汗，于是我在裙子上擦了擦手掌心。

“《纽扣与蝴蝶结》。”威利说道，甚至连“喂”都省了。

“什么？”

“你哼哼的曲调，是《纽扣与蝴蝶结》。我说，在所有墙壁都开始震动以前，我需要一点点宁静，究竟有什么事这么重要？”

“辛辛那提。”

电话线那端沉默了。我听到她的纯银打火机弹开并点火的声音，随后是她长长的吸进并吐出烟雾的声音。“谁告诉你的？”

“弗兰基，”我说道，“我离开你家后，他找到我的，当时我正在去书店的路上。”

“他什么时候过来？”威利问道。

“他说不知道，只是说他已在路上，也可能已经在这儿了。我母亲在哪儿？”我问道。

“在楼上。她一早上都像个傻瓜似的咯咯发笑。”威利说道。

“你认为她知道了？”

“她当然知道了，我早料到有什么事发生了。多拉说她两天前接到过一个电话，打那时起她就完全成了个弱智。”我听到威利长长的吸烟、憋住，以及从鼻孔喷出缭绕烟雾时的震颤。

“科基知道。他留了张纸条给我。”我说道。

“很好，科基今晚已安排好了要拉几单客人，有消息他会随时通知我。你是在萨尔餐厅吗？”

“是的。科基说今晚在帕多克酒店有迪克西兰公爵乐队的演出，所以我想——”

“绝对不要，我不想让你出现在夸特区这边。”威利说道。

“可是，威利，今晚是新年夜啊。”我争辩道。

“我不在乎这些。你待在屋里——锁上门，听明白了吗？”她说道。

我犹豫着，不知道还可以争取到什么程度。“我听说辛辛那提如今来这边和卡洛斯·马塞洛待在一起了。”

“管好你自己的事吧，”威利说道，“明天一早立马过来。”

“只是——我担心母亲。”我说道。

“担心你自己吧，你母亲是个愚蠢的婊子。”电话线那边咔嗒一声挂断了。

第四章

“真抱歉。”回到书店时，我对帕特里克说道。

“你还好吗？”他问道。

“好，怎么了？”

“你脖子上起了很多红色斑点。给你，你心爱的社交版今天排得满满的。”当我坐到柜台后面他旁边的椅子上时，他将报纸扔给了我。他提高嗓门，用一种神经质的鼻腔音说道：“阿拉巴马州伯明翰市的布兰奇·富纳特小姐，总是来新奥尔良过冬一段时间，在她阿姨和叔叔乔治·富纳特医生及夫人举办的午宴上，她是尊贵的客人。桌上装饰着淡紫色的绣球花，所有可爱的嘉宾们都度过了彻底无聊的时光。”

我大笑起来，用报纸使劲拍打着他的肩膀。

“真的，乔，你对高档住宅区和社交版面的痴迷太可笑了。你什么时候才会意识到，那些女人只不过是一群装模作样的老母鸡？”

铃铛响了，一位又高又帅、穿着裁剪合体西装的男人走进了店里。

“下午好，”他说道，并对我们微笑着点点头，“你们今天过得好吗？”

这个男人有南方口音，但却不是新奥尔良那边的。他的皮肤晒得很黑，这使得他咧嘴笑时，满口的牙齿显得洁白闪亮，就像加里·格兰特。

“我们很好，谢谢你。先生，您是来新奥尔良度假的吗？”我问道。

“有这么明显吗？”他咧嘴笑道。

“对不起，我的意思只是——”

“不必道歉，你是对的。我是为了看砂糖碗[1]从孟斐斯来的。”

“你玩足球吗？”帕特里克问道，一面注视着这个男人的身高和宽阔的肩膀。

“我以前玩过。范德堡大学很流行足球，我曾和球队一起来这儿，然后我们总会和杜兰大学一决雌雄，我一直很喜欢这项运动。请注意，新奥尔良是一个陷入麻烦的好地方，而我也陷进去过。”他朝帕特里克心照不宣地眨眨眼，“你们俩都在杜兰大学上学吗？”

“我刚从洛约拉大学毕业。”帕特里克说道。

“漂亮女士，你呢？”这个华丽的男人看着我。

大学？是的！我真想尖叫，我非常愿意上大学。相反，我笑了笑，然后低下了头。

“她还拿不定主意，”帕特里克插进来说道，“你知道的，这类人太聪明，他们都在争着要她。”

“你今天有什么特别的书要找吗？”我改变话题问道。事实上我将两根手指放在了柜台上，向帕特里克发信号。这是我们玩的一种游戏，就是猜猜顾客想要的是哪种书。我的两根手指是告诉帕特

（1） 砂糖碗是美国大学美式足球的年度比赛之一，创办于1935年。

里克，我赌一角硬币，孟斐斯先生对历史感兴趣。帕特里克左手握拳，这个意思是他赌与体育有关。

“事实上，我确实有书要找。”他脱下帽子来答道，黑色的头发在前方窗户透过来的午后阳光下闪闪发光，“济慈。”

“诗？”帕特里克说道。

“啊，很吃惊，是吗？这个嘛，我们不应以一本书的封面来判断它的内容，就算是足球运动员也会喜欢诗。”他说道。

“当然了，”我答道，“诗歌一类书就在这边。”

“我得跑了，”帕特里克说道，“乔茜会在这儿的，济慈是她最喜爱的作家之一。很高兴认识您，先生。”

“在下福里斯特·赫恩，”这位绅士说道，将手伸向帕特里克，“也很高兴认识你。”

我带着赫恩先生向书店后面放着诗歌类书籍的高高书架走去。

“他们说济慈爱上了他的一个邻居。”我回头说道。

“是的，不过我听说那是一段狂暴的感情，”他对我挑战性地说道，“济慈要求，一旦他死了，他们之间的书信就全部烧掉。所以我想我们永远不会知道这件事的真相。”

我在那个书架前停了下来，背对着赫恩先生，迅速扫视着按字母顺序排列的书名。

“在这儿，济慈。”我转过身来，赫恩先生离我相当近，正盯着我看。

“我是否……见过你？”他严肃地问道，“你好像有什么地方让我觉得非常熟悉。”

我感到后背直冒汗。“我不这样认为，我从未去过田纳西州。”

“但我来过新奥尔良，很多次。”他说道，调整着他的丝质领带结。

“我想一定是因为我长得像某个你熟悉的人。”我说道，从他和书架面前走开了，“如果还有什么别的需要尽管大声叫我。”

我哼哼着走回柜台，感觉到他仍在盯着我，直到我溜进两堆书中间。我怎么可能会和一个看起来像电影明星、喜爱诗的田纳西州范德堡大学前足球队员熟悉呢？但他的表情是真实的，不像我早晨在威利家打扫时见到的那些说话甜蜜、眼睛充血的男人。有时，如果我早上六点以前到了那里，会碰到个别来访者正要离开。大多数男人不会待通宵。威利总是说，她举行的可不是什么睡衣派对，除非他们愿意花大价钱。大多数男人都不愿花大价钱，他们会在办完事后就笑嘻嘻地离开。整夜留在这儿的男人都是非常有钱的，但却缺了别的什么东西，就好像他们的灵魂有一个大得无法弥补的洞。在他们早上离开以前，常常会试着跟我说说话。这样的谈话总是很笨拙、充满内疚感，而且通常会有那句标准的台词，说我看上去好面熟。但赫恩先生问得很真诚，好像这事使他很困惑。

他拿着两本书走回了柜台。

“啊，是的，这是很好的选择。”我一边检查着他所选的济慈的书，一边说道。

“是为玛丽安，我妻子选的。”他说道。

“噢，还有《大卫·科波菲尔》。”

“这本是为我自己选的。我现在一定有这本书的十个版本了。”

我会心地笑道：“狄更斯所有的书中我最喜欢这本，它非常鼓舞人，想想看，《大卫·科波菲尔》是根据狄更斯自己的生活写的，一个人可以克服那样的苦难和贫困，而最终获得幸福。”

我说得太多了，他正用那种表情看着我，我讨厌这种表情，好像在说："孩子，你一直过得不容易，哈？"这使我感到悲哀。

赫恩温柔地说道："我很明白你所说的，我自己有着大卫·科波菲尔那样的童年。"

我瞪着他，惊讶于面前这个精致的男人会经历过贫困和苦难。难道他真的重塑了自己吗？他发现了我的惊讶之情。

他点点头。"人所做出的决定，都会影响自己的命运。"不需要翻开书，他已开始背诵《大卫·科波菲尔》里的一段话：'最终，是我成了自己生活的英雄，还是被其他什么人主宰了……'"

我点头，并和他一起背完："这些书页将会揭晓。"

我们站在那里，彼此并不认识，却彼此完全了解。一阵汽车喇叭声从街上传来，打断了我们彼此的凝视。

我迅速写好了收据上的总金额，并交到他面前。"要我帮你包起来吗？"

"没有这个必要。"他从西服里面的口袋掏出钱夹，这个男人有着威利所说的"一整棵生菜"。这么多的绿票子，从银夹子里鼓起露了出来。当他将一张五十美元的票子递给我时，我注意到他那闪闪发光的埃尔金勋爵手表。

"对不起，"我喘着气说道，"我恐怕无法给那么大额的钞票找零。"

"是我的错，我忘了在酒店换点儿零钱。你们可以接受支票吗？"他问道。

我们不接受支票，除非是来自某个账号的顾客开出的支票。我们有一个和夸特区流浪者们共享的账号。前台贴出的一个牌子上写明了我们不接受支票的原则。"当然可以，"我对他说道，"支票也可以。"

他感激地点点头，然后掏出支票簿，上面带有一支讲究的钢笔，福里斯特·赫恩可真是走运呀。

“你在孟菲斯是做什么的？”我努力显得很随意地问道。

“我是一名建筑师，也是开发商。”他说着，在支票上签了字并递给我，又笑着说道，“我搞建筑。”

我点了点头。

他向门口走去，仍带着困惑的表情盯着我。“好吧，谢谢你的帮助和交谈，我真的很感谢。”

“我也很开心。”

“不管你选择哪所大学，祝你好运。”他打开门正要离去，突然停了下来。“我差点忘了——新年快乐，”他说道，戴上了帽子，“今晚会是一个很棒的新年夜！”

“新年快乐。”我笑着说道。

他离开了。

第五章

我坐在自己的床边瞪着那张支票。

小福里斯特·L. 赫恩

田纳西州孟菲斯市北区公园大道东 73 号

孟菲斯银行与信托公司

他所说的话似乎仍在我耳边回响：人所做出的决定，都会影响自己的命运。

我走到桌边，从隐藏处抽出那张发黄的纸。我从十三岁开始列这张名单，名单上第一个人是汤姆·莫雷纳，一位来过书店的新闻记者。有一天，我对威利生气了，我告诉她我找到了自己的父亲，我要离开了。威利大笑，告诉我莫雷纳并不是我父亲的姓，而是一个赌徒的名字，母亲十七岁时跟着他跑了。这段婚姻只维持了三个月，然后母亲又回来了，之后她保留了结婚戒指和这个姓。

威利说我对那些“父亲们”高估了，我的父亲可能是成千上万人中的一个，很可能是某个喜欢将领带夹上去的烂裤裆的怪物。她说我应当忘记这件事，但我没忘记，我没法忘记，因此这个游戏坚持了下来。几年来我不断将新的名字加上去，不管怎么样，想象着百分之五十的自己是可敬的，而不是腐烂的。而古怪是一定的，因为终究来说，一个喜欢将领带夹上去的男人，和一个在抽屉里藏着想象出来的众多父亲名单的女孩，哪一个更古怪呢？

街对面萨尔餐厅的霓虹灯闪烁着发出嗡嗡声，使我的窗帘和桌面都蒙上了一层玫瑰色。随着午夜的临近，外面的声音越来越嘈杂。1950年和新的十年所预示的机会，很快就要到来了。我将小福里斯特·L. 赫恩这个名字添加到名单上，并写上几点我所知道的关于他的细节，我估计他是四十岁左右。

足球运动员，孟菲斯市，建筑师，喜爱狄更斯和济慈，我写道。

济慈……他当然不会是夸特区的游客。

他问到我上大学的事。事实上我去年六月已高中毕业，而上大学这件事已被我和樟脑丸打包在一起束之高阁了，我暂时不用去想它。高中就已经够艰难的了，不是因为功课艰难，功课对我来说很简单，使我精疲力竭的，是要不停地想办法避免引人注意。当人们注意到我，他们就会谈论我。就像八年级那次，母亲来开家长会，她之所以会来，只不过是因为威利那儿的一个女孩儿，提到我的历史老师德弗罗先生很英俊并有点狂野。

母亲戴着钻石耳环、穿着长长的兔毛外套出现了，她说这件兔毛外套是“从一辆卡车上掉下来的”，而她里面什么也没穿。

“乔茜，别这么一本正经的，我来得很匆忙，没人会注意到的，”她对我说道，“况且，这面料感觉非常柔滑。好了，哪一个是你的历史老师？”她喝了酒，外套总是不能系好，所有父亲们都盯着看，而妻子们则抓着或拉着他们的手臂，孩子们则都瞪着我。第二天，有几个学生悄悄互相说道，他们的妈妈都管我妈叫“那个婊子”，于是我也感到自己是赤裸和肮脏的。

母亲一定是发现我的历史老师很无趣，她之后再没来过学校，甚至都没参加我的中学毕业典礼。“噢，那是在今天吗？”她当时说道，一边在镜子前在面颊上点了一颗假痣，“你戴了那种有流苏的难看的帽子了吗？”然后她回过头来，发出了那种我讨厌的笑声。这笑声开始时还算天真，但到她的喉咙时就变紧了，往上升到她的鼻子，随后咯咯的笑声就像蛇一样蜿蜒爬出，我好像都能看到丑恶之气从她身上冒出来。

是威利参加了我的毕业典礼。她开着她的黑色卡迪拉克，停在了专为学校管理方预留的车位上。当她昂着头阔步进入礼堂时，人群都自动让开道路，然后她坐在了前排。她穿着昂贵合体的套装，戴着搭配相宜的帽子和手套，以及她那传统风格的深色太阳镜——她在整个典礼上都戴着太阳镜。科基也来参加了，他手里捧着一大束花站在后面，笑得嘴都合不拢。人们悄悄议论着他太妃糖颜色的皮肤，但我并不在意。科基是唯一和我在一起时让我感到真正安全的男人。

威利送给我一个蒂芙尼公司生产的精美的纯银小吊坠，作为毕业礼物，上面还刻着我名字的首字母。“乔，在物件上都刻上自己的名字，这样它们总会自行回到你身边。”威利说道。这是我所拥有的最贵的东西，我每天都戴着它，塞在衬衣里面，我知道如果我把它取下来，母亲就会偷走或卖掉它。

我又写道，“问起我在哪儿上大学”，就写在赫恩先生名字旁的页边角，然后将这页纸塞回抽屉里。

这时我听到了外面街上一阵喧哗，伴随着整齐的声音：

“五……四……三……二……一……新年快乐！！”

众多喇叭吹响，还有人们的高声叫喊。我听到玻璃破碎的声音和一阵阵的欢笑声。

我拿出镜子，开始做发型，我将厚厚的头发一缕缕绕在手指上做成发卷，将其紧紧地按在头皮上，然后用发夹一个个夹住。新年夜总是乱糟糟的，我告诉自己，我并没有错过什么。去年，一个从亚特兰大来的做销售的男人来到威利那儿，想在女孩儿们面前炫富，便在客厅里烧起了钞票。他们不停地发出兴奋和赞叹的声音，直到威利的一把东方风格的椅子着了火。第二天我不得不将烧成炭的椅架子拖到小巷子里去，脸上都抹得黑黑的，母亲却大肆嘲笑我，她的怨恨在逐年增长。母亲正经历变老的艰难，尤其是处在威利家这群年轻女孩儿中间。她看起来仍像是二十多岁，而且也总是虚报自己的年龄，但她终究不再是那个最受宠的了。

我做完了发卷，准备再看会儿书，以便等到外面的欢乐气氛沉寂下来。除了哼哼，读书是我唯一能将母亲、夸特区排除在外的事情，并能让我经历新奥尔良以外的生活。我热诚地扑到书里，书里面那些人的生活比起我自己的孤独生活要有趣得多。

我的书放在楼下店里，我开了门，穿着睡衣光着脚悄悄走下楼梯，然后走在书架间的阴影中，这样就不会被人从前面的窗户外看到。当我走到店里的另一边时，突然听到有声音，我吓得肩膀抖了一下。有人推门，突然，门响了，铃铛也响起，有人走进店里。

我看着屋子另一端的楼梯，不知道是否应该跑回自己的房间拿枪。我挪到旁边停了下来。脚步声，他们走近了，我躲到书架后面，然后听到一个男人的声音，这声音很低沉，窃笑着。我搜寻着可以用来保护自己的东西，从面前的书架上取下一本很大的书。

“我们看到你了。”这个低沉的声音奚落道。

我内心崩溃了，我们？辛辛那提还带了一个人来。一个黑暗的人影出现在我面前，我用尽全身力气将书砸向他的脸，然后向楼梯跑去。

“啊噢！乔茜，搞什么鬼？”

是帕特里克的声音。“帕特里克？”我停下来偷窥着书架那边。

“还有谁会在这个店里？”帕特里克一边捂着脸一边说道。“老天，你砸得我好疼。”另一个人走到了他旁边。

“你在这儿做什么？”我一边走上前一边问道，我闻到已不新鲜的波旁香水味。

“我们来拿一本书。”帕特里克说道。

“让·科克托。”声音低沉的那个男人笑着拿起一本书说道，“这本书——”

“嘘。”帕特里克对他说道，而他的朋友则以哧哧的笑声回应。

“你是谁？”我问那个人。

“乔茜，这是詹姆斯，他在道布尔迪工作。”

“道布尔迪书店吗？你们自己那边没有足够的书吗？”我问道。

“还真缺这一本。”他上下打量着我，“睡衣很漂亮。”

“已经很晚了，我明天一大早还要工作。”我一边向门的方向伸了伸手，一边说道。

“新年这天你还要工作？所有地方都关门了，你做什么呢？”詹姆斯问道。

“家里的事情。”帕特里克说道，“快点，我们走吧。”

“你一定要锁好门。”我在他后面喊道。

帕特里克转身向我走回来，说道：“你以为我会忘记把我爸爸的店门锁好？乔，你怎么了？”他悄悄问道。

“没什么，你吓了我一跳罢了。新年快乐。”

“新年快乐。”帕特里克说道，并伸出拳头在我臂膀上碰了一下。他歪着头看了看我，然后将我推到有光线的地方，这些光线是从前窗外照进来的。

“你干什么？”我将书抱在睡衣前问道。

“乔，你真的不应该将你的头发弄成中分。”

“什么？”我问道。

他的朋友大笑起来。

“没什么。”帕特里克说道。

第六章

不出我所料，房子里一片狼藉。我系上围裙，戴上厚厚的橡胶手套，这种手套是威利坚持要我戴上的。大厅里的烟灰缸塞满了烟头，桌子上也堆满了空酒瓶。我一脚踩到地上一摊黏黏的香槟酒中的什么东西，低头一看，是一只莱茵石耳环，当我弯腰将其拾起时，看到旁边花盆上挂着一只银色的高跟鞋。房子里闻起来像烂苹果的气味，地板需要擦洗，地毯已被踏平。我一想到卫生间会是什么样，头都大了。新年快乐。我打开所有的窗子，开始工作。

我从小甜点的房间开始打扫，她和祖母生活在一起，很少在这儿过夜。小甜点是个美丽的混血儿，和科基一样，有四分之一的黑人血统。她有着又长又细的脖子、乌黑的头发和小鹿般的眼睛。男人们非常喜欢小甜点，她是棵摇钱树，而她只忠心地为威利工作。她独来独往，并不与这房子以外的其他女人交往。我总是很想知道小甜点如何处理她的钱，她也是唯一给我留小费的人，有时她晚上将床单带回家去自己洗。

多拉是个丰满的红发女人，臂部很宽，只穿绿色的衣服。她衣服的绿色是各种能想象出来的绿——碧绿、薄荷绿、森林绿、苹果绿，反正所有衣物绝对都是绿色。多拉是个杂乱无章的人，我常看到她睡在倒塌的床上，双腿间夹着化了的冰袋，打着鼾。她最喜欢睡觉，什么都阻止不了她睡觉。萨利医生每周三早上来为女孩们体检，而多拉有时会在检查时就睡着了，裸着，什么都没穿，只有脖子上围着条绿色的羽毛披肩。

伊万杰琳身高不足一米五，看起来像仍在上学的女孩儿，她虽被允许在这儿待着，却像蛇一样卑劣。她是一个变相的偷窃狂，她不信任任何人，总是将钱包放在肩膀下睡觉——甚至还穿着鞋睡觉。不过她不会从这些来约会的男人身上偷钱，威利有规矩，不准偷窃，不准吸毒，不准收免费赠品，也不准在房间里接吻。如果一个男人下楼时被发现嘴上有口红的痕迹，威利会将这个女孩赶出去。“你以为你坐在苹果树下吗？我这里可是卖春的！”她会这样吼道。伊万杰琳的房间总是很脏，今天木地板上到处都粘着脏纸巾。我不得不一片片地将这些纸巾从地板上撕下来。“闭上嘴别再哼哼，我正要睡觉呢，你个小村姑！”伊万杰琳尖声说道。

我低下身躲过了她从被子下掷过来的鞋子。伊万杰琳没有家人，她肯定没有一个像福里斯特·赫恩一样的父亲。我叹了口气，心里想着赫恩先生，他假定我正在上大学，可为什么不呢？没人说过像我这样的女孩儿就不能上大学，然后我笑了：有几个大学里的女孩儿会打扫妓院呢？

“我说了给我闭上嘴！”伊万杰琳尖声叫道。

我走下大厅去母亲的房间，我轻轻地转动把手，小心地不弄出声响。科基曾帮我给门上了油。母亲讨厌门发出的吱吱声。我迅速溜进房间，关上门，微笑着。我闻到母亲的房间里她在梅森布兰奇商店购买的香粉味道就像往常一样，她的丝袜挂在椅背上，但是她的黑色吊袜带却没在那儿。我向她那有红色华盖的高床上偷偷看过去，她却不在床上。

楼下发出叮当声，是威利醒了。我提着桶，离开母亲的房间，下楼到厨房去。

萨蒂是这里的厨子和洗衣工，正在水槽边忙活着。

“新年快乐，萨蒂。”我说道。

她点了点头，抿着嘴笑了笑。萨蒂是哑巴，从未说过一个字。我们甚至不知道她的真名，威利叫她萨蒂，是因为她曾见过一匹可爱的跛腿马名叫萨蒂，这匹马最终被枪杀了。威利说她希望我们全都像萨蒂一样是哑巴。

我开始给威利煮咖啡。威利跟许多在新奥尔良的人一样，对咖啡很挑剔。我在十二岁时煮出了令她完全满意的咖啡，从此她一定要我来为她煮咖啡。这当中真没什么秘诀，我只是从晨醒服务公司买了咖啡，并加入一点蜂蜜和肉桂。我一手拎着桶，一手拿着放咖啡的托盘，穿过大厅来到威利的房间前，用脚轻轻敲了敲门底部。

“进来。”她那嘶哑的声音说道。

我用屁股推开门，迈进来后又用脚勾住门并关上。威利的套间与其他房间完全不同。从小会客厅和卧室到处都有的盆栽棕榈植物，给人一种热带的感觉。威利的翻盖桌子安放在奶油色大理石壁炉旁边，下面铺着奥比松古董地毯。屋角有一只东方风格的空鸟笼子从天花板上悬挂下来。与往常一样，威利坐在她那高高的床中间，穿着黑色丝绸和服靠在许多只枕头上，银灰色的头发已经梳好，红色的口红也刚刚涂好。

“新年快乐，威利。”

她用一把锉刀刮擦着她那长长的指甲，“嗯……快乐吗？”她说道。

我将桶放下，将咖啡和托盘放在她床上。

她啜了一小口，然后赞许地点点头，“报纸呢？”

我从围裙背后抽出报纸递给她。

“房子里有多糟？”她靠在厚厚的枕头上问道。

“我见过更糟的。”我对她说。这是真的，有一次，一个来自佛罗里达的保险销售员喝得烂醉，摔倒碰到了头，结果弄得到处都是血。我擦洗了好多天，最终也无法完全除掉污渍。威利只好买了一张大大的东方式地毯放在上面。她甚至还重新调整了家具，但污渍仍然在那儿。有些东西无论你如何使劲地擦，就是去不掉。

“你找到了什么？”她问道。

我拿起桶。“是这样，首先，是这个大家伙。”我从桶里拿出一只大大的红色鞋子。

威利点了点头。“从堪萨斯市来的，他付了两张大钞，为了穿上丝袜和女孩儿们跳舞。”

“而他落下了一只鞋？”我问道。

“不，另一只在客厅的沙发下面。这是我收藏在阁楼上的，以备像他这样的男人使用。将这双鞋擦干净，放回阁楼。还有什么？”

我从桶里拿出一张二十美元的票子，“在多拉的马桶盖子里找到的。”

威利翻了翻白眼。

我又从桶里拿出一个银质打火机，“在小甜点床头柜上找到的。”

“干得好，这是住宅区一位律师的，他可真是个傻瓜，还以为自己多聪明，居然分不清小便和香水。我把这个还给他时会很有意思，也许我会在晚餐时间顺便造访他家。”

“还有这个，”我说道，“是在楼上的走廊里发现的。”我举着一枚子弹。

威利伸出手。

“昨晚这儿来了一位银行家吗？”我问道。

“这不是银行家枪里的，”威利说道，“这是三八式手枪的子弹。”

“你怎么知道？”

威利伸手从枕头下抽出一把枪来。她手腕只一抖就打开了枪膛，滑出了里面的子弹，然后又啪的一声关上枪膛。“我就是这样知道的，叫你母亲过来。”

“她不在这儿，”我说道，“她床上是空的，而且她的吊袜带不在椅子上。”

“她可真会说谎，说是感觉身子不舒服，她是让那个垃圾进我的家了。我还没得到弗兰基的报告，昨晚有什么人看见辛辛那提吗？”威利问道。

“我不知道。昨晚有那么一刻我还以为是他在书店里，结果是帕特里克，简直吓死我了。”

“帕特里克，哼，他一点也不像他父亲，这一点可以肯定。查理怎么样了？”

“说着疯话。我为帕特里克感到非常难过。今天我会过去看看。”我告诉她。

“查理并没有疯，他的大脑某处被轻微触碰了——这种情况时有发生。查理的爸爸也发生过这种情况。”威利叹道，“但是别对人说他疯了，否则他会被拖去慈善机构的精神病院。我不愿看到这种事发生，这种事不能发生在查理这样的好人身上。当我们所有人都无暇顾及你的时候，是他接受了你。拿着，”威利将从多拉马桶水箱里找到的二十美元扔给我，并说道，“给他买些生活用品或任何他需要的东西。如果他想要一个女孩儿送过去，也告诉我。”

我点了点头。查理以前对我很好，有一天，当时我十四岁，我告诉查理我恨母亲。“别恨她，乔，”他告诉我，“应当为她感到难过。她一点都不及你聪明，她不像你一样生来就有方向，所以她四处游荡，四处撞墙，这很悲哀。”我明白他所说的，这使我重新看待母亲。可是，难道不是有规则说父母总是比孩子聪明吗？这条规则似乎不公平。

“那么还有什么我不知道的吗？”威利说道。

“伊万杰琳正在来月经，还有多拉的丝绒礼服胸部那里又被撕坏了。我还有一些房间要去打扫，目前我就知道这些。”

“又撕坏了她的礼服？还有像粘上西瓜汁这些事情，好吧，伊万杰琳得被停牌五天，告诉她到阁楼里待着，让萨蒂补好礼服。现在出去吧，我要读报纸了。”

我点点头，拿起桶准备离开。“说起来，威利，昨天有一个从孟菲斯来的男人曾到过书店，他很高大，说自己是个建筑师，并且为范德堡大学踢过足球。”

“穿着昂贵西装、戴着金表、长得很好看的男人？”威利说道，看都没看我。她啜了口咖啡，然后打开了报纸。

我的心往下一沉。“是的，正是他。他来过这儿？”我问道。

“不，他没来过这儿。”

谢天谢地。福里斯特·赫恩似乎不像是这样的人。“但你听说过他？”我问道。

“是的，我听说过他。”威利说道，“他死了。”

第七章

“没人谈起这事，”科基说道，“连弗兰基也没有。所以你知道肯定有什么事情不对头。”

“威利说具体的事情她并不知道，只知道他死了。”我和科基站在人行道上，“她不想谈论此事，说这与她毫无关系。”我呆呆地看着路面。我无法相信福里斯特——这个来自田纳西州的可爱男人——突然就死了。“谁告诉你的？”我问科基。

“昨晚见到埃迪·博恩斯，他看起来好像见了鬼似的。我问他怎么了，他说一个富有的生意人在早上四点左右，在这家俱乐部里，就在这张桌子边，突然死了。”

埃迪·博恩斯是波旁街上一家叫无忧宫的俱乐部里的乐队领队。

“这么说是俱乐部里有人向他开枪了吗？”我问道。

“博恩斯没有提及任何枪的事情。”科基说道。

“可是，他不可能毫无理由就倒下了。科基，你没见过这个男人，他是个真正的绅士，健康又强壮。他看起来一点都不像酒鬼或是瘾君子。他是来参加球赛的。但他带着现金，很多很多，而他却突然死了？埃迪·博恩斯现在在哪儿？”

“去巴吞鲁日了，”科基说道，“说他在那儿有演出。”

“他离开本市了？这样的话，我们怎样才能搞清楚到底发生了什么？”

“你干吗这么好奇？”科基问道，“夸特区又不是第一次死人。”

“我……只是想知道。你认为赫恩先生现在会在哪儿呢？”

“我猜他应该在验尸官那儿呢。”

街对面一阵隆隆声响起，我抬头一看，只见杰西·蒂埃里跨在摩托车上。他朝我点了点头，我也朝他点点头。

科基向他挥了挥手。“得了吧，这可不是过新年的方式。上车吧，趁你妈妈还没跟那个废物辛辛那提走到一起，放松一下吧。”

“科基，我需要你去验尸官那儿，搞清楚到底发生了什么。”我告诉他。

“可是，你觉得他为什么要告诉我关于某个富有的死人的事情？”

“你可以跟他说是威利想要知道。”我说道。

“你这丫头疯了。你这样会使自己陷入成堆的麻烦中。上车吧，我带你去马洛家，那可怜的老人需要在新年这天给他带去某个黑眼豆豆。”

科基开车送我去帕特里克家时，我瞪着窗外。无忧宫并不是一个好地方，老板是个骗子，他的俱乐部里养着许多吧女。这些吧女，比如多拉的一个姐妹，表面好像是那儿的普通顾客，但其实她们从俱乐部得到回扣。她们和顾客搭讪调情，鼓动他们买很贵的酒或是一瓶瓶香槟。顾客买的酒越多，这些吧女得到的提成就越多。

济慈的一句诗回荡在我脑海里。“美好的事物永远令人愉悦……它绝不会过去，成为乌有。”是的，有什么事情不对劲。

科基让我在马洛家那幢浅绿色的房子前下了车，这幢房子位于老城，四周环绕着黑色的鸢尾花形栅栏。我觉得这房子很可爱，可帕特里克却说这房子过时得令人尴尬。后来，房子里面确实闻起来有点老人的味道，不过我从未对帕特里克提及。

当我走近大门时，听到了里面的钢琴声。我停下来靠着栏杆听着。帕特里克弹得如此意味深长，他弹钢琴的方式，要比他对我说的话，使我了解到更多关于他的事情。我们之间除了友谊，一直有一道浅浅的藩篱。我却想不出这藩篱是我造成的，还是帕特里克放在那儿的。今天早上他弹的是拉赫玛尼诺夫的帕格尼尼主题狂想曲。他很快乐，很宁静。我一直很惊讶的是，为什么有些人可以轻轻一碰乐器就创造出如此优美的东西，而其他一些人，比如我，试着去弹奏时，出来的却只是像乱砍的噪音。我敲了敲门，琴声戛然而止。

“新年快乐！”我一边说，一边举着一包从威利的厨房拿来的东西。

帕特里克那有光泽的金发有些凌乱，他一边脸颊上仍留着淡淡的口红印。

“啊，现在我明白你为什么在弹浪漫的拉赫玛尼诺夫了，在午夜得到了许多香吻吧，是不是呀？”我说着，从他身边挤过去进到了屋里。不知道为什么，这口红使我感到很烦。

“不，这是午夜之后发生的。我觉得人们都因此为我感到难过。”帕特里克将左脸转向我。原来是一大片瘀青，像梅子的颜色，从太阳穴一直到发际都肿了。

“帕特里克！这是怎么了？”

“怎么了？你用书给我打下的印记，你不记得了？”

我倒吸了口气。“噢，帕特里克，我感到很抱歉。”

“没事。我对所有人说我在波旁街揍了一个正在抢劫老妇人的小偷，”帕特里克说道，“我是个英雄。”

不管怎样，对我而言，帕特里克就是个英雄。在他六岁时，他的母亲离开了查理，跑到西印度群岛嫁给了一个蔗糖大亨。查理受到很大的打击，但为了帕特里克，他做了正确的事，很好地将他抚养长大。不像我，帕特里克对他的母亲没有怨恨，只是耸耸肩说他能理解。他盼着能旅行去西印度群岛看她。查理对待帕特里克更像是同事而不是儿子。他们一起创立了这项事业，而且，直到最近，他们每天都肩并肩地一起工作着。

马洛先生坐在客厅里靠窗的椅子上，怀里抱着一个破旧的心形盒子，看得出那是曾经装巧克力的盒子。“这是个新情况。”我悄悄对帕特里克说道。

“我不知道那盒子是从哪里来的。他不肯放下它，”帕特里克说道，“甚至睡觉也抱着它。不过我不在乎，至少他现在待在原地不乱动。”

几个月前，帕特里克的父亲有段时间会在半夜起床，穿着睡衣就想出门。帕特里克在门上安装了要用钥匙才能从里面打开的锁，可马洛先生又试图从窗户爬出去。威利从萨利医生那儿弄来一些药，很有效，但马洛先生现在却很少说话了。

“新年快乐，查理！”我弯下腰，将手放在他膝上说道。

他那混浊不清的双眼慢慢游移到我脸上。他毫无表情地瞪着我，我甚至怀疑他是否真的看见了我。他抱着粉红色锦缎盒子的双臂在胸前紧了紧，便将头转向别处了。

“你知道这盒子里有什么吗？”我问帕特里克。

“我不知道，就像我说过的，他都不让我接近它。我今天更是连给他梳头都不行了，看看他，现在跟爱因斯坦一样了。”

“别担心，我来给他梳头。”

我穿过客厅，从一道宽宽的拱门下走进厨房。我朝帕特里克挥了挥那张二十美元的票子，将它压在水槽上方架子上的一个饼干桶下。“威利给的，从多拉的马桶水箱里拿的。”

“今天早上那儿有多糟糕？”

“简直可怕，”我说着，给自己倒了杯咖啡，并将袋子里的东西拿出来，“地板上黏黏的。伊万杰琳发着脾气向我扔了一只鞋子。她会在阁楼待上五天。”

“我刚看到你脸上的表情，还以为真的有什么很糟糕的事呢。”帕特里克说着，在厨房的椅子上坐了下来。

“是有件很糟糕的事，”我站在灶台前回过头镇静地说道，“真的很糟糕。”

“什么事？”

“还记得昨天来店里的那个来自孟菲斯的看上去挺好的男人吗？”

“当然记得，那个富有的玩足球的诗人。”帕特里克说道。

“是的，就是他，”我从水槽前转过身来，“他死了。”

帕特里克的椅子动了一下，“什么？”

我拿着咖啡走到桌子边坐下。“他昨晚在无忧宫死了。”

“你从哪里听到的？我什么也没听说。”

“威利告诉我的，但她说自己并不知道任何细节。我真的无法相信。科基和那儿的乐队领队谈过，说赫恩先生坐在桌子前突然就倒下死了。”

帕特里克环抱手臂并扬起了眉毛。

“可不是。那个男人看起来难道不是非常健康吗？”

“是的，”帕特里克说道，“我现在还会把他当作职业足球运动员呢。他昨天最后买什么了吗？”

“济慈和狄更斯的书。这男人有一大叠钞票，还戴着金表，以及一只昂贵的钢笔。”

“济慈和狄更斯，哈？”帕特里克说道，“这些好像跟这个男人不搭界。”帕特里克从我面前走开了，“真可惜。他看起来是多好的一个男人啊。”

我点点头。“谢谢你在上大学这件事上替我打掩护。否则当时他假定我在纽科姆上学，我会很窘的。”

“但这是真的，乔。你能选择任何学校，就算是杜兰的纽科姆大学。”

我低头看了看环绕着咖啡杯的手指。帕特里克告诉过我，我可以从本地任何一所大学得到奖学金，可是我一想到作为一个母亲是婊子的女孩儿，这个母亲还裸穿着皮毛大衣四处走动，总要见到中学里的人，就感到很厌倦，这样我永远也不会有变得正常的机会。

威利说过，正常是一件很乏味的事，我应当感谢自己有一点调味品。她说没人会在乎一个乏味的人，当他们死了，他们就被遗忘了，就像被塞到抽屉后面的东西。可有时我巴不得被塞到抽屉后面，正常似乎是一件极好的事情。

“维特罗内先生死了，”帕特里克指着桌上摊开的讣告说道。帕特里克每天都梳理讣告，以寻找买书的线索，或许还能买到稀有的版本。“他收藏了很多普鲁斯特的作品。我想我会去向他的妻子致意，看看是否能从她手里买到这些书。”

我点点头。“那么你那天跟道布尔迪书店的人在做什么？”我问道。

“在菲伯兹家的晚会上碰到他。后来我们争论起谁家收藏的书最具多样性。”帕特里克说道。

“因为书争起来？道布尔迪的书要多得多。”我说道。

“我知道。”帕特里克说道，“我猜可能是因为玻璃般的自尊心。”

“是啊，你当时满身酒气。而我可不会因为你在他面前使我难堪而感激你。”

“那么，你穿着睡衣在店里藏着干什么？”帕特里克说道，“而且你的行为好古怪，差点吓着我们。”

“我把书忘在楼下了，然后就下去拿。我没带着枪算你走运了，尤其是你那样说我头发的时候。”

“我很惊讶像你这样读了那么多报纸社会新闻版面的女孩，居然没注意到所有上城的孩子们现在都将头发偏分梳了。你这样梳会很好看，很衬你的脸型。来吧，现在是新的一年了，是时候改变下自己了。”帕特里克说道，“对了，今天早上六点，我看见你妈妈和一个高个子男人手挽手地朝罗斯福酒店走去，那个男人穿着黑色西装，不怎么合身。”

“她看见你了吗？”我问道。

“没有，”帕特里克说道，“那个男人看起来很粗野，但有点面熟。你知道那是谁吗？”

“我不知道。”我盯着自己的咖啡杯说道。

第八章

一月二号的书店里，时间总是过得很慢。人们已经太累了不想出门，或是假日里已经花了太多钱而不会想来买书了。帕特里克和我只能玩游戏做消遣。我们会互相给出对方两个文学作品里的人物，而对方要选择自己想要和其中的哪个人结婚。我们这样玩了好几个小时，当选的人物角色很搞笑时，我们常大笑大叫起来。

“达西还是盖茨比？”帕特里克问道。

“噢，得了吧。你就不能做得比这更好些吗？”我嘲笑道，“这太明显了。达西。”

“我只是不明白为什么女人们这么喜欢他。他太古板了，盖茨比却很有型。”

“他不是古板。是害羞！”我反驳道。

“瞧，这儿有一个。”帕特里克用眼神示意着窗户那儿说道。

雨滴开始落在人行道上。一个很有魅力的女孩站在书店的窗外，她的赤褐色头发梳着简洁的发型，身上穿着织有字母花纹的毛衣，正在看橱窗里展示的图书。

“浪漫类。”帕特里克说道。

我摇摇头。“惊悚类。”

一阵铃响，这女孩儿走进了店里。

“新年快乐。”帕特里克说道。

“哎，谢谢你。新年快乐。”她说道。她说话带着一种特有的令人愉快的节奏。

“我们能帮你找点什么吗？”我问道。

“是的，我要帮我父亲找本书。”她打开包到处翻寻着。“我肯定是将那张纸条放在这儿的。”她开始将包里的东西都拿出来放在柜台上，“噢，这真让人难堪。”

“没关系，我们肯定能为你找到你喜欢的书，”帕特里克说道，放出了诱饵，“也许是浪漫类故事，比如《飘》？”

她做了个鬼脸说道：“不，谢谢你。那并不是我喜欢的类型。不过，我并没什么可反对《飘》的，事实上，这本书的作者也是从我所在的大学毕业的，如果我不喜欢她，那真是有违常理了。”

“玛格丽特·米切尔？”我说道，“你上的哪所大学？”

“我正在史密斯学院读一年级。噢！找到了。”她打开一张小小的纸片，“《传说中的新奥尔良》。”

“作者莱尔·萨克森。”帕特里克点点头，“我去帮你拿。路易斯安那州的书就放在前面这个书架上。”

史密斯学院，在马萨诸塞州的北安普敦。我在图书馆里读到过。那是七姐妹学院之一，是与瓦萨学院和拉德克利夫学院齐名的美国最有名望的女子大学之一。而且，不像路易斯安那州，马萨诸塞州没有种族隔离。

这女孩四下看了看书店并深吸了一口气。“这气味，我太喜欢了，你喜欢吗？”

“我也很喜欢。”我同意。

"你们在这儿工作真是太幸运了。我巴不得住在这样的地方。"

"事实上，我确实住在这儿。"我说道。

"你住在这儿？哪里？"她问道。

"上面的一个房间。"

"你有自己的房间？"这女孩用一种混合着惊讶和感兴趣的表情看着我，"请原谅，我真是太无礼了。"她向帕特里克伸出手介绍自己，"夏洛特·盖茨。"

帕特里克见她如此生硬的正式介绍，咧嘴笑了。"帕特里克·马洛。"

"马洛。对啊，当然了，这家店是你的。"

这女孩在她那白色圆领下戴着人工养殖的珍珠项链。她很精致，却有一点儿大胆，这种大胆在新奥尔良上层社会少女中是普遍缺乏的。

"夏洛特·盖茨。"她将手伸向我。

我停顿了一下。"约瑟芬·莫雷纳。"我回答。

帕特里克咳嗽了一下。我飞快地瞟了他一眼。

"约瑟芬，多么可爱的名字。自从我读了《小妇人》之后，一直很喜欢约瑟芬这个名字，我对约瑟芬·马奇崇拜得五体投地。噢，但是别像乔·马奇一样将你美丽的棕色头发剪短了。你的头发真好看，我希望我的头发也能像那样偏分，看起来很有吸引力。你知道，现在很时兴这样。"

"乔，我是说约瑟芬，一直都是将她的头发偏分的。"帕特里克拼命压制住自己的笑意说道。

夏洛特对帕特里克点点头。"有些人天生就很有型，约瑟芬显然就是这样的人。"

这个有着上层阶级血统、来自精英学校的女人刚才竟给了我真诚的恭维。我张了张嘴，然后又闭上了。我不知道该说什么或该作何反应。还好，夏洛特·盖茨接着侃侃而谈。

“我的专业是英语，但我阅读量还是不够多。在这样的书店里工作简直就是在天堂。”

“噢，是的，这儿就是天堂。”帕特里克嘲讽地说道。

夏洛特笑了。“约瑟芬，男人们就是不明白，对吗？”

“完全不明白，”我同意道，“比如，帕特里克竟然问我愿意嫁给盖茨比还是达西先生。”

“不会吧，他竟这样问！这世界上谁会选盖茨比而不选达西呢？”夏洛特立刻明白了游戏的玩法，转向我问道：“约瑟芬——《绿山墙的安妮》里的伊桑·弗罗姆还是吉尔伯特·布莱斯？”

“噢，伊桑·弗罗姆。”我迅速说道。

“出于怜悯。”夏洛特理解地点点头。

“有一点。”我同意，“但伊桑·弗罗姆有点深藏不露，有尚待发现的东西，而故事始于新英格兰那个又冷又暗的冬季，我觉得那种描写真美。”我说道。

夏洛特兴奋起来，“你知道的，故事是以马萨诸塞州为背景，而现在那儿的天气正像书里描写的那样很冷并下着雪。”

“这听起来真美。”我说道。我是真心的。

帕特里克翻了翻白眼。“这样的话，也许约瑟芬应该考虑史密斯学院了，”他话里含着窃笑，“她好像对路易斯安那州的学校不感兴趣。”

“别这样。”我咕哝着。

“你正在申请学校吗？”夏洛特从柜台上倾过身来，“噢，约瑟芬，确实应当考虑史密斯学院。这所大学有着优良的文学传统。除了玛格丽特·米切尔，还有一位名叫马德琳·恩格尔的极有前途的天才，也是从史密斯学院毕业的。”

“史密斯学院？噢，我不知道。”我说道。

“为什么不？你显然是一个有学问的女人，实践中又做着出版业的生意，且在新奥尔良这样独特而颓废的城市里靠自己生活。这么多古怪的人，我无法想象你在这儿都经历了什么。”她眨了眨眼睛说道。

“在史密斯学院也有一些很有趣的人。我在校园里参加了一个新的社团，”夏洛特继续说道，“叫学生进步人士。我们致力于少数族裔和女人地位和尊严。也许你听说了安默斯特大学兄弟会因为让一个黑人加入而丢了执照？我们就此给议员写信并进行了抗议。”

我听说过这事，科基给我看了报纸上这篇文章。东部有几所大学支持兄弟会邀请一位黑人加入的决定，史密斯学院也在其中。我当时很兴奋，却不可能和南方大多数女人谈论这样的事情。

夏洛特从柜台上向我探过身来，压低声音悄悄说道：“我告诉你吧，我对编织毛衣之类的书不感兴趣，而把所有那些教你如何在家当奴隶的小书直接扔进垃圾桶。”

帕特里克迸发出大笑，并指着我说道：“她就曾试图说服我父亲别将那些小册子拿到店里来。”

“她当然会这样做，”夏洛特说道，“她是名现代女性。约瑟芬，你真应该考虑史密斯学院。我随后给你寄些资料来。”

夏洛特记下了书店的地址，并不停地谈论着史密斯学院，它的校园、教授，以及如果我在北安普敦的话，我们会变成怎样的死党。夏洛特在史密斯学院是剑术和飞行两个俱乐部的成员，甚至已有了飞行员执照。我们聊了一个小时，后来她不得不去酒店和她父母会合。

“我知道我们没有时间再见面了，”夏洛特说道，“不过我婶婶和叔叔今晚要为我父母举行一场聚会。他们住在上城。如果你们俩能来我就太高兴了。”

“上城？”我脱口而出。

“噢，是的，我知道，他们僵化得可笑。但是来吧，这样我们就可以好好地嘲笑一下每个人。来吧！”

我？去参加上城的晚会？我的嘴张得老大。

“好的，我们很乐意去，”帕特里克说着，将夏洛特为她父亲买的书递给她，“把地址给我们吧。”在夏洛特写下地址时，帕特里克用动作示意我将嘴合上。

“晚上见！”夏洛特急匆匆走出书店，从湿乎乎的街上向我们微笑着挥了挥手。

“你疯了吗？参加上城的晚会？”我说道。

“为什么不？我想你才疯了呢，约瑟芬，”帕特里克嘲笑道，“从几时起你叫这名字了？”

“这个嘛，乔茜差不多就是约瑟芬的简称，而约瑟芬这个名字更加……我不知道。”

乔茜听起来像一个廉价的绰号，母亲为什么就不能给我取名叫约瑟芬呢？

“看来你好像交了个新朋友，”帕特里克说道，“我挺喜欢她，她很聪明。”

夏洛特确实很聪明，她甚至知道怎样开飞机。她也很诙谐风趣，而且她似乎真的很喜欢我。事实上，她似乎对我印象深刻。我的胸口因快乐而感到阵阵刺痛。夏洛特住在这个国家的另一端，她不知道母亲的事、威利家的事、我是谁或我来自哪里。

“她真的很强烈地向你推荐史密斯学院。”

“是啊，听上去很棒，对吗？谁知道呢，也许我会想要去史密斯学院的。”我告诉帕特里克。

“是啊，怎么说呢，我也想去茱莉亚音乐学院呢，但我也看不到有实现的可能性。但话说，你把头发梳成偏分真是个了不起的主意啊。”

我将一些纸揉成团扔向了他。

第九章

帕特里克出去了，去向维特罗内的遗孀致意，并在此过程中就普鲁斯特的书达成交易。我推着书车走在书架之间，将上周收进来的新书上架。帕特里克做采买的工作，我做店内的整理组织工作。多年来我们就是这样配合的。我将坎达丝·金凯德的一本新的浪漫小说《凶猛的欲望》插入书架上相应的位置。她怎么会想出这么烂的书名？想出烂书名对于帕特里克和我是很好玩的游戏……甚或对于我和夏洛特也是。

为什么我不能去史密斯学院？我在高中的成绩几乎全是A，而且只是为了好玩，我通过了美国大学委员会的考试。没错，我的课外活动只限于打扫妓院、和科基一起跑腿等等，这些都不适合放在大学入学申请书上面。但我在这个书店工作也获得了许多经验，平均来说，每年至少读了一百五十本书。我对所有科目都相当精通。

如果我在霍姆斯百货商场碰到了我高中那些女同学——那些父母双全、有信托基金的女孩儿们——会说什么呢？我会告诉她们："噢，对不起，我太忙了，你瞧，我这个秋天要去史密斯学院了，我来这儿只是要买几件织有字母的毛衣。哎呀，是呀，史密斯学院在东部。我只是觉得南方学校的课程不怎么有意思。"

我简直等不及收到夏洛特的申请资料了。我计划要将自己所有的问题列出清单，然后回到图书馆去仔细阅读有关史密斯学院的资料。

当我将手伸向书架顶端时，铃声响了。“我马上过来。”我大声叫道。我拍了拍手上的灰尘，将遮在眼前的头发理了理，然后走出去帮助顾客。

“抱歉，我当时——”

我猛地站住了。辛辛那提就在我面前，靠书架站着，嘴里叼着香烟。黑色西装的上衣松松垮垮地挂在他那瘦削的肩膀上。他的帅气已经腐败了，就像坏了的水果。他的灰色眼睛仍是细眯着，现在又在鼻梁上多了道银色的疤。他站着瞪了一会儿，然后走向前来。

“哎哟，瞧瞧。我几乎认不出你了。你现在长出个模样来了，是不是？”他注视着我的衬衫，在嘴唇间转动着香烟。“你为威利张开双腿吗？”

“没有。”我很快说道。

“那太可惜了。”他将香烟在书架边摁熄了，又挪近了些。“我可能要跟你转一圈。”他说着，朝我脸上靠过来，“因为我们还有账要算。”

“我不知道你在说什么。”我能感觉到在裙子下面用皮绳捆在我右腿上的手枪。可是考虑到眼下的情形，撩起裙子似乎并不明智。

“不知道我在说什么？”辛辛那提冷笑道。他抬起左手，示意着上面一块红灿灿的疤。“某个小女巫烧伤了我，很严重地烧伤了我。而某个丑老太婆又用枪击中了我的腿。小丫头，你知道被烧伤是什么感觉吗？”他又向我迈了一步，“你想感受一下吗？我打赌你想。我打赌你跟你妈妈一个样。”

“我跟我母亲一点儿也不一样。”我告诉他，一边从书架边缓缓移动到店的中心位置，以便前窗外面可以有人看到我。

“你要溜到哪里去？你怕我了，乔茜·莫雷纳？你害怕我会把你砍成一小块一小块的，扔到马塞洛的沼泽地里去？”他大笑，露出了被烟草熏黄的牙。他抓住我的手腕，将我拉向他。“你对于那些鳄鱼来说可真是美味的甜点呢。”

门突然被打开。“放开她！”科基命令道。他手里拿着根撬棍。

辛辛那提看都不看科基一眼。“别多管闲事，老家伙。”

“我倒要用这根铁棍管管你的脑袋。”科基举起了橇棒，“我说了，放开她。”

辛辛那提松开了我的手腕。“噢，我明白是怎么回事了。她是你的财产。你将她锁在这个书店里，这样你随时都可以来戳一戳？”

“不是这样的。”科基说道。

“不是？那么是怎样的？”辛辛那提说着，向科基走过去，嘲弄他道：“瞧瞧你，我分不出你是‘奶油’更多还是‘咖啡’更多。噢，等等，让我猜猜看。你奶奶是个漂亮的女仆，然后她的身子被那个男主人压住了，哈？”

咔咔的脚步声。

辛辛那提转过身又朝我走来。“好吧，”他说道，随意地举着手，“我们别太疯狂了，乔茜。”

“疯狂的乔茜——我还挺喜欢这个词听上去的感觉。”我用双手握着枪，这是威利教我的。“你为什么不从这儿滚出去，免得我做出什么疯狂的事。”

辛辛那提大笑起来。“别紧张，宝贝儿。只不过是你妈妈让我来给你捎个信。”

“你刚才是这样做的吗？捎个信给我？”我说道，继续握着枪，并朝大门的方向挥了挥，让他离开。

“是的，你妈妈说让你下午三点在米尼特餐厅和她碰个面。她有事情要对你说。”辛辛那提掏出一支香烟，慢条斯理地点燃，只是为了向我显示他一点也不担心我手里的枪。

科基的眼睛瞪得跟铜钱般大。铁棍在他手里有一些颤抖。他很怕枪。

“看起来不错，乔茜。”辛辛那提说道。他又用手里的香烟指着我，“我会等着再见到你。”他推开科基离开了店里。

我放低了手臂，紧紧握着枪的手指却无法松开。

“你没事吧？”科基问道，“他没伤着你吧？”

我摇了摇头，总算吸了口气。“多谢，科基。你在跟踪他吗？”

“我在周围有眼线。弗兰基说看到他从罗斯福酒店朝这边走来了。我真不知道你妈妈为什么和这种男人混在一起。他是个邪恶的人，我能从他的眼睛里看出来。”

他说得对。辛辛那提身上有某种冰冷的、死亡的东西。我呼出一口气，开始放松那钳子一样的手指。

“科基，你去验尸官那儿了吗？”我问道。

“乔，你出了什么问题？三十秒以前，你还在用枪指着罪犯，而现在你却在过问那个孟菲斯的死人？到底发生了什么？”

到底发生了什么？福里斯特·赫恩是个谜，就像看着一口黑漆漆的井。但我内心深处知道，有什么事情不对劲。

“没发生什么。他在新年夜走进书店，然后我见过他，就是这样。他真的是个很好的人，可现在他却死了。那么，你跟验尸官谈过了吗？”

“谈过了。我亲自去见了摩尔医生，”科基说道，“我在外面等着，直到他出来吃午餐。我没进去那个满是尸体的陈尸所。他见到我不太高兴。他说他很忙——”

“然后呢？”

“摩尔医生说，那个从孟菲斯来的有钱人死于心脏病发作。”

我摇了摇头。“不可能。”

“这个嘛，乔茜，听着，这是那个人说的，他可是验尸官。”

突然一声喊叫，门被撞开了。我举起了枪，科基一个急转身，举起铁棍。

帕特里克往后跳开了，看了看铁棍，又看了看我手里的枪，“怎么回事？这只不过是普鲁斯特的书！”他说道，手里抱着一大箱书。

☙ 第十章 ❧

我在米尼特餐厅里，坐在一个塑料小隔间里，面对着门。这个餐厅在夏天是开空调的，但现在这里的空气感觉很浓厚，汗水从我的膝盖窝顺着小腿往下流，贴在塑料椅上感觉黏糊糊的。我选了一个香烟点燃造型的隔间，然后看着天花板上的风扇转动，让自己的双眼在旋转的叶片中变得模糊起来。威利派了一个叫桑尼的杀手坐在我后面的一个隔间里，他正在读报纸。我不认为辛辛那提会和妈妈一起来，但也不能肯定。我提前十分钟就到了，而妈妈则迟到了二十分钟，这是我们典型的行为模式。

杰西·蒂埃里坐在我斜对面的隔间里，他在桌上放了一些硬币。

“多谢，亲爱的，”女服务员说道，“替我问候你奶奶。”杰西点了点头。我通过眼角的余光看着，只见他拉上皮外套的拉链正要离开，他捕捉到了我的眼光并笑了。

“新年快乐，汽车城。”杰西说道，然后他离开了餐厅。

一个脸色粉红的胖男人从我的隔间旁走过并停了下来。“哎哟，乔茜你好啊，记得我吗？”

沃尔特·萨瑟兰。他是一家纸盒火柴制造厂的会计，有时会在威利家过夜。我在早晨有一两次碰到过他。他看我的眼神使我恨不得自己穿着冬天的大衣。

“你好。”我说道，同时避免和他的目光接触。

“你一个人吗？”他问道。

“我在等我妈妈。”我告诉他。

“哦。你现在，”——他压低了声音——“开始工作了吗？”

我转身直面他。“没有。”

他看了看我，咬着下嘴唇，调节着他的腰带。“如果你开始工作了，要告诉我，好吗？我想成为第一个。”他悄声说道。

“我不会在威利家工作的。”

“这个嘛，不一定非得在威利家。乔茜，我知道你一定不容易，要是你需要钱，尽管告诉我。我们可以做出很好的安排。为了成为你的第一个男人，我会花大价钱的，”他擦了擦额头上的汗，“而且我不会告诉任何人。这可以成为我们的秘密，乔茜。”

“滚开，胖子。”桑尼从我后面的隔间里说道。

沃尔特像只受惊的松鼠般急忙溜走了，正好与走进来的妈妈擦肩而过。

妈妈穿着新的红裙子，戴着我从未见过的首饰，大笑着滑进隔间。

“沃尔特·萨瑟兰，多么可怜的老肥猪。他像糖浆一样慢慢腾腾的，然后要你整晚都抱着他，让他在那儿哭。我真高兴他从来没选过我。不过他很有钱，他一般都找小甜点，她从他那儿可赚了不少钱。”

我点了点头。

妈妈看着手腕，欣赏着她的镶钻手镯。“你换了发型，宝贝儿，看起来真漂亮。”

“谢谢。你看起来也很好。新裙子？”

“是啊。辛辛今晚要带我去安托万餐厅吃饭。你知道我有多喜欢安托万餐厅，我已经好多年都没能去了。”

我感到嘴里开始发酸，一想到妈妈与辛辛那提要在安托万餐厅一起吃着华丽的晚餐，我就反胃，万一那儿的某个顾客认出妈妈戴着的首饰是偷来的怎么办？

“今年新年夜玩得可真开心。你呢？”

新年夜那天妈妈对威利说过她不舒服。现在她却说她玩得很开心。“我也很好，”我说道，“我待在家里读完了一本书。”

妈妈翻了翻白眼。“你最好别整天埋在书堆里，要赶快投入生活，乔。要不了几年，你最好的年华就过去了。你要化化妆，穿件好点的胸衣，还有点儿看头。我在你这个年龄可真是迷死人的……可后来我怀上了你，一切就都毁了。”

女服务员来到我们桌前。妈妈点了一杯甜茶。我从妈妈肩膀上看过去，见桑尼仍埋头在报纸上。他烟灰缸里的烟头已经满得快装不下了。

“妈妈，我一直不明白……为什么你会给我取名乔茜，而不是约瑟芬？”

“你在说些什么？她的名字又不是约瑟芬。”

“谁的名字？”我问道。

妈妈从包里拿出粉底盒，查看了一下自己的妆容。“再说了，我没给你取名叫约瑟芬，你不应该感到高兴吗？那个名字听上去像一个胖胖的洗衣妇的名字。乔茜要性感多了。”

性感。我看了看餐厅四周，看到另一个隔间里有个妈妈坐在女儿旁边，帮着她看菜单。她用手理了理小女孩的头发，将餐巾放在她的腿上。

“谁的名字叫乔茜？”我又问道。

“乔茜·阿林顿。她是多年以前斯特利维尔[1]最有品味的夫人，在贝森大街有座房子。威利以前总是说起她，说她是在情人节那天死的。所以当你在情人节那天出生时，我想到了乔茜·阿林顿，然后就给你取名乔茜以纪念她。”

“你用一个红灯区夫人的名字给我取名？”

“并不是随便一个夫人，是存在过的最高级的夫人。她是个聪明的女人。以你的脑子，乔，你也可以成为一个很好的夫人。”

“我没兴趣，妈妈。”耻辱感在我心里沸腾。我想象着向夏洛特·盖茨解释说，我不是以《小妇人》中那个贞洁的人儿命名的，而是以贝森大街上用五美元贩卖自己身体的妓女命名的，而且我妈妈还认为我应该引以为荣。

“别这么心高气傲的，乔。怎么，你以为自己是灰姑娘啊？”她把头向后一仰，大笑起来，真丑陋。“你以为你的生活会像某个童话故事一样吗？就像你读过的某本书吗？”

女服务员将妈妈的甜茶拿了过来。我早该知道，我早就该结束这样的对话，我早就该离开。可我却坐在小隔间里瞪着她，希望她能像其他妈妈那样，希望她会有所改变。当妈妈的绝不会摆出攻击的架势，我早就知道这一点。

“那么，你想要告诉我什么？”我问道。

“我们要离开了。”妈妈说道。

（1） 美国新奥尔良市红灯区。译者注。

“你这是什么意思？”

“我和辛辛那提。”妈妈向桌子这边探身过来，“我们要去加利福尼亚。我需要你替我告诉威利，但要等到明天，我们走了以后再告诉她。”

“你要去加利福尼亚。”由于某种原因，我并不感到意外。

她将头发弄得蓬松了些。“是时候离开了。这可能是我最后的突破，到好莱坞去。”

我的妈妈真荒唐。“妈妈，我认为你和辛辛那提去任何地方都是不明智的。他很危险。他打过你。我不想让这种事情再次发生。”

“噢，他变了，宝贝儿。看，他买了这个华丽的镯子给我。”她伸出手臂。

“谁在乎啊，妈妈？这可能是偷来的。”

“你不知道你在说什么。”

“也许吧，但我知道对好莱坞来说，你已经太老了。”

这下可好，我的脚已放开了刹车，我们将滚向黑暗，很快我们就会变成可怕的、被砍成碎片的一堆东西。妈妈突然从桌子上扑过来抓住我的手腕。

“我并没有太老，”她咬牙切齿地说道，“你只不过是嫉妒，你自己心里清楚。我当初没把你扔进垃圾桶里，你就已经够幸运了，你个忘恩负义的小东西。我为你做出了那么大的牺牲，所以轮不到你来告诉我该怎么样。”

我吸了口气，努力平静地说道：“你不会是认真的吧，妈妈。别这样，周围的人都在看着了。”我想把手臂抽出来，“你把我弄疼了。”

“我把你弄疼了？噢，这就对了。你在我生命最好的年华里毁了我的身体，拖累了我，要不然我可能都出名了。而你却说我弄疼了你？”妈妈将我的手放开了，从她面前推开。她向后靠着隔间墙壁，开始在她的包里翻寻着，最后拿出了一个小酒瓶子，打开来喝了一大口。“我的机会终于来了，乔，我要抓住它。”

“很好，抓住吧。”

“我不指望你能明白。你也别指望我还会回来了。”

“我能明白。我只是希望你能找到一个不像辛辛那提那样的人。他是个毫无价值的罪犯，妈妈，你不会想陷入那些麻烦的。”

“你对他一点儿也不了解。”她从包里拿出一大叠钞票，扔了一张在桌子上，“拿着，这顿我请了。”

她可真大方啊。我根本就没点任何东西。

妈妈站起来整理着她的裙子。“别忘了告诉威利。我会尽量写信来，不过我可能会很忙。”她将一只手放在发卷下面轻轻拨弄，“也许你会在报纸上看到我的！”她对着我的方向吻了吻空气，然后就走了。

我闭着眼睛，咬着牙，希望能止住泪水。我哼着帕特里克弹奏的拉赫玛尼诺夫片段，然后感觉到肩膀开始放松。我仿佛看到他的身子在象牙白的键盘上摇晃着，他的父亲又变得健康了，站在门廊里听着他弹琴。我看见夏洛特在街上微笑着向我挥手，突然，出现了福里斯特·赫恩的形象，他狂乱地，嘴里叫着我的名字，挥舞着他买的济慈的那本书。我吃了一惊，睁开双眼。只见桑尼正瞪着我，头顶上荧光灯嗡嗡作响，风扇也发出嘎吱嘎吱的声音。

第十一章

我从后门悄悄进入威利家，为了去参加夏洛特的晚会打扮一下。当我急急忙忙从后面的走廊走下来时，多拉那喧闹的笑声从厨房传来。只需五分钟就能熨好我那件乳白色亚麻衬衫，我不能皱巴巴地穿着它去参加晚会。由于没有熨斗，所以我通常都是早晨在威利家熨衣服。我不想让人看见我在这儿进进出出。

我推开洗衣间的门走了进去，吓到了里面的小甜点，她正在跟萨蒂说话，身上穿着条桃红色的雪纺短裙。小甜点话说到一半停下了来，她们俩都转向我，眼睛瞪得老大。

“乔，你在这儿干什么？”小甜点问道，她声音中充满了关切。萨蒂嘴张得老大，瞪着我。

“我……我要去参加一个晚会，需要熨一下我的衬衫。”我结结巴巴地说道。

“宝贝，是什么样的晚会？”她仍然关切地看着我。

“在上城，”我说道，“是我在书店遇到的一个女孩。我得抓紧时间了。”

萨蒂的肩膀放松了下来。

“上城？哎呀，多好玩啊，乔。快脱下你的衬衫。熨斗正烫着呢。萨蒂，将我的腰带放一边吧。咱们先熨乔的衬衫，这样她就可以赶紧去了。”小甜点用她那细长的胳膊比画着说道。我无法想象她和那个肥胖的、汗流满面的沃尔特·萨瑟兰在一起，我连忙将这想法驱走。

我解着衬衫的纽扣，走向熨衣板，萨蒂帮我脱下衬衫。“谢谢，萨蒂。”

“那你和谁一起去参加这个晚会呢？”小甜点问道。

“晚会？”多拉突然闯进门来嚷嚷道，她穿着绿缎长袍，脚上趿着皮拖鞋，她一手端着咖啡杯，一手夹着香烟。她刚上了妆，红色头发裹着卷发筒，堆得高高的。“哎哟，谁要去参加晚会啊——乔，你在这儿干什么？”多拉的眼睛上下扫着我，看看我的背心、时尚的发型，还有口红。“哎呀，小丫头，瞧瞧你，装腔作势的，瞧瞧这新发型，你要加入——”

“乔要去参加一个晚会，”小甜点打岔道，“她要来不及了。”

萨蒂点点头。

“噢，那好啊，”多拉说道，“那么，宝贝儿，你和谁一起去啊？”

“帕特里克·马洛。”我答道。

“嗯，现在发生了一件甜蜜的事情，”多拉说道，“他为什么不到这所房子来一下？这样我就可以把他扔来扔去的。”多拉推挤着她的大胸，高声嚷道。我只是摇了摇头。

“他是个甜蜜的男孩，所以他不会来这儿的，”小甜点说道，“多拉，你会把他吓死的。”

“好吧，乔，你告诉那个华丽的图书男孩，改天他得带咱多拉去参加晚会。我想将手指穿过他那闪耀的金发，他可以给我读一读他书店里的诗。”她清了清喉咙，“玫瑰红，多拉绿。给她你的钞票，她会让你尖叫。”

我们不禁大笑。我穿上还热乎乎的衬衫，对萨蒂道了谢。

“绿和尖叫不完全押韵。”小甜点说道。

“它们当然押韵！你现在别忙着批评，我可要成为一位诗人了。”多拉咆哮道，拿着咖啡和香烟尽力摆出一种文人姿态，直到我们又开始大笑起来。

威利走了进来，将双臂交叉在胸前。她的银灰色头发紧紧地朝后梳着，她的脸色苍白，与涂的红色唇膏和穿的黑色长裙形成强烈对比。

笑声立马停止。

“多拉，恐怕与你的想法正相反，我开的可不是什么竞技表演场。赶快给我穿好衣服！”威利吼道，又转向我问道：“你究竟在这儿干什么？”

“我得熨一下我的衬衫。”

“你应该在早上来熨的。我这里已经有许多约好的男人要来了。”威利注视着我身上刚熨平的衬衫。“你要去哪儿？”

“去一个晚会。”我弄平我的裙子。

“我还得会读心术吗？什么晚会？在哪里？和谁去？”

多拉做了个鬼脸，然后悄悄离开了房间。

“上城。普里塔尼亚街。和帕特里克一起去。”我又结结巴巴地说了一些模糊的关于夏洛特及其邀请的情况。

“我不认为上城有姓盖茨的家庭。”威利瞪着我说道。

“不是的，夏洛特是从马萨诸塞州来的，晚会是在她叔叔阿姨家举行。”

“那她叔叔婶婶叫什么名字？”威利逼问道。

“我没问过。夏洛特给了帕特里克所有信息。我们不会在那儿待很久的。”

威利点了点头。“你可以坐玛丽亚去。”

“不了，谢谢你，威利。我们可以坐有轨电车去。”

我讨厌玛丽亚，就是威利那辆大大的黑色凯迪拉克，车里面是红色的，轮胎是白胎壁，像一根疼痛的拇指般伸出来。夸特区每个人都知道玛丽亚是威利的车。我不想让人看到我坐在里面。科基却很喜爱玛丽亚。

“你见到你妈妈了？”威利问道。我点点头。“那么，她想要什么？”

我犹豫着，不知道和妈妈的对话桑尼听到了多少，报告给了威利多少。妈妈告诉过我，要等明天她走了之后，才能告诉威利她要离开的事情。

“她想要钱，”我撒了谎，感到眼睛旁边抽搐了一下，“以便能和辛辛那提去安托万餐厅。她想让我向你要个预付，你知道她一直想去安托万餐厅。”

“就像那天夜里那个没用的家伙将麻烦扯进来后，我给了你妈妈一个硬币，让她跟他去随便做些什么。”

“是辛辛那提的责任吗？”小甜点说道。

“对什么的责任？”我问道。

“快滚蛋，”威利对我挥着她那戴满珠宝的手，“我还有生意要做。”她生气地离开了房间。

小甜点看着我。“你妈妈一直很喜欢安托万餐厅。”

我点点头，假装在整理我的包包。“这次辛辛那提又要为什么负责？”我问道。

小甜点用她那长长的手指拉扯着雪纺裙。“我说，乔，你知道参加晚会你需要的是什么吗？你需要这串珍珠项链。”她取下脖子上的项链。“将那个小吊坠放在你包包里，今晚戴上这个。上城所有的女孩儿都喜欢珍珠。”

“我不想拿你的珍珠项链，小甜点。它和你的裙子搭配起来好漂亮。”我告诉她。

小甜点给了我一个淡然的微笑。“乔，亲爱的。你我都知道来这儿的男人们对珍珠什么的毫无兴趣。”

小甜点踮着脚尖，面对面站在我面前，为我戴上珍珠项链。她皮肤的味道闻起来像新鲜的金银花。她是这样善良和慷慨，使我想起了《大卫·科波菲尔》里的一句话：“有爱的心比智慧更好更强大。”我站在那里看着小甜点，不明白她怎么会沦落到了威利家，真希望她以前能走条更好的路，就像福里斯特·赫恩。

“这串珍珠项链戴在你身上看起来真完美，”小甜点说道，“现在，你去吧，玩得开心点。”

我在查尔斯大街与帕特里克碰头，刚好及时赶上了电车。

“你看上去很美，”他说道，“从哪儿来的项链？”

“小甜点的。”我告诉他。帕特里克看上去也很美。脸上的瘀青已不太引人注意了。他穿着干净的卡其裤，搭配西装上衣和领带。电车驶过圣查尔斯大街，我们离目的地越近，我的胃部就越是打起结来。晚会上我一个人也不认识，更糟糕的是，万一真有认识的人呢？两种情况都是灾难性的。我突然觉得空气厚重起来，呼吸也很困难。

“万一这是个可怕的错误呢？”我声音嘶哑地说道。

“噢，一切都会好得一塌糊涂，只不过是一群做作的富人，书架上摆满了昂贵的书，却从来不读。”

“也许我们应该回去。”

“好了，乔，这些都是你一直在社交版面关注的东西，之后你终于可以读到一个你参加过的晚会内容了。”

“我甚至都不知道他们的名字，”我低声说道，“我该怎么办？”我瞪着窗外，随着我们驶向上城，只见街道变得越来越干净，人越来越少。

“约翰和莉莲·洛克威尔，”帕特里克读着夏洛特写给他的那张纸，“这站就到了，准备好了？”

ღ 第十二章 ჱ

我们在圣查尔斯大街下了车，走过一个街区去普里塔尼亚街。我注意到的第一件事就是，这里非常宁静，路感觉很宽，没有人在街上推挤、喊叫或贩卖东西，我真想张开双臂跑过人行道。鸟儿们叫着，冬季的茉莉花香飘到了人行道上，在灌木丛中回旋不去。巨大的橡树在街上排列得整整齐齐，而这条街上都住着造船工程师、石油经营者和各种职业的专业人员。我盯着那些大房子，周围的景观和花坛都非常美观整洁。仿佛树上挂着的不是树叶，而是美钞。狂欢季就要到了，我想象着这些房子上飞舞着紫色、金色和绿色的旗子，象征着之前的女王或狂欢节家庭。我们遇到一对夫妇，他们向我们点头打招呼。我注意到这女人的姿势，并也努力挺直自己的腰板。

我从未置身于这样的富裕环境中。就在上周，我去参加了科基一个朋友的葬礼，这个朋友是一个黑人小号手，名叫比克斯，住在夸特区。他的家是如此贫穷，他们在死尸上放一个盘子，人们将硬币丢到盘子里，以便支付殡仪馆和管弦乐队的费用。而上城的家庭，在他们的葬礼上，会雇半打男仆，只是为了给大家提供饮品。丧事是一种重大的社交活动，每个人都想加入其中。没错，我在夸特区见过富有的人和来旅游的人，但我却从未去过他们的家。我在想，福里斯特·赫恩是否也曾住在这样的街区。

帕特里克在一幢房子前停了下来，这是一幢爬着藤蔓的希腊复古式房子，有两个门廊和一条长长的走廊，走廊两边有着修剪齐整的树篱，房子里灯光明亮，满是客人和欢快的气氛。

“就是这里了。”帕特里克说道，他甚至没有停顿一下，就径直大踏步走向前面的台阶，留下我在他后面急急地跑着，就像小鸭子追赶它的母亲一样。

前院里哈瓦那雪茄的香味由于木兰树的覆盖而变得浓郁。平底水晶玻璃杯里的冰块在融化着，碰着杯壁发出叮当的声音。帕特里克对一群坐在门廊下的人打了声招呼。我听到里面香槟酒瓶的软木塞砰的一声打开并传来了笑声。

我们走进敞开的大门，进入巨大的门厅里，里面好热闹。我挽着帕特里克的手肘，真希望自己能有件好点儿的衣服，而不是这件已褪色的亚麻衬衫。隔壁传来钢琴的弹奏声，于是帕特里克朝这声音走过去，好像有磁铁吸着他似的。

我们走进了一间漂亮的会客厅，墙上贴着植物画的墙纸，安放着舒适的沙发和椅子。人们在屋子里东一群西一群地聚着，一个穿黑色套装的男人则在钢琴边弹奏着。里面的家具很昂贵，但与威利家的不同。威利的家具有种异国情调，具有感观上的色彩美和曲线美。这儿的家具却很优雅精致，而且非常干净，以至于我能在所有物件上清楚看见自己的倒影。

“没有一丁点香烟或血污的痕迹。”我悄悄对帕特里克说道。

“你只是看不见罢了。”帕特里克动着嘴角说道。

一张圆形的桃花心木桌上摆满了各种形状的纯银相框，夸耀着洛克威尔家族的遗产。照片各式各样，有婴儿的，少年的，祖父母的，金毛猎犬的，一家人在海边的，在埃菲尔铁塔下的。所有人都满面笑容，表示他们的生活多么快乐和有价值。上面还有一个小小的椭圆形相框，里面是夏洛特的照片。

我盯着这些照片。如果有什么人对你很重要，你会将他们的照片放在银质相框里展示出来，就像这样。我从未见过这样的东西。威利没有任何装在相框里的照片，母亲也没有。

“约瑟芬！”夏洛特突然出现在我旁边，她穿着一件薄荷绿色的开司米羊毛衫，褐色的头发用一根黑色丝绒发带整齐地扎着，看起来容光焕发。“我真高兴你能来！”

“谢谢你邀请我们。”

“好了，别担心，我不会离开你左右的。我知道，来到一个人也不认识的大型聚会上有多么不舒服。”

我点点头。夏洛特明白这一点。就好像她听到了我内心的想法，又或者我脸上可能又出现了斑点。

“你好，帕特里克，你们找到这儿麻烦吗？”夏洛特问道。

“没有。这样一个地方是不容易被略过的，对不？”帕特里克说道。

“是啊，我婶婶对这座房子的品质感到很骄傲，”夏洛特悄悄说道，“并不是那种低调的类型，如果你明白我意思的话。”

“你那张照片很可爱。”我指着那个相框说道。

“噢，那已经是几年前的照片了，我刚在史密斯学院拍了新的。过来，我给你们介绍一下。”

夏洛特拉着帕特里克和我穿过房间，来到一对很有吸引力的中年夫妇面前。“我婶婶莉莉，我叔叔约翰，这是我的朋友约瑟芬·莫雷纳和帕特里克·马洛。”

“你们好吗？”洛克威尔太太说道，“马洛，我认识那个名字，约翰。”她说道，并用手拍了一下丈夫的手臂，“我们怎么会认识马洛这个名字的？亲爱的，你母亲在未成年委员会里吗？”

“没有，夫人，”帕特里克说道，“我母亲居住在西印度群岛。”

“你的父亲是一位律师吗？”洛克威尔先生问道。

“不是，先生，我父亲是作家兼图书销售人。我们在夸特区有一间书店。”

“噢，现在岂不是熟悉了。我们很喜欢书，对吗，约翰？”

洛克威尔先生不太注意他的妻子在说什么，而是满屋子里看着，盯着其他的女人，一个个看过去。“那么，帕特里克，你在哪儿上学呢？”洛克威尔太太问道。

“我刚从洛约拉大学毕业。”帕特里克说道，感谢着从一个四处走动的侍者那里接过了饮品。

“你呢，约瑟芬？我是否和我们伊丽莎白在圣心教堂见过你？”洛克威尔太太问道。

“约瑟芬住在法国夸特区，莉莉婶婶，这是不是很令人兴奋啊？”夏洛特说道。

“夸特区。噢，天啊，”莉莉·洛克威尔说道，将手不自然地放在胸前，“是的，正是。你说你姓什么来着，亲爱的？”

“莫雷纳。”

“约翰，”她拍着她丈夫的手臂，“我们认识夸特区的莫雷纳家吗？”

“我不认为我们认识。约瑟芬，你家是做哪一行的？”

洛克威尔先生看着我。洛克威尔太太看着我。夏洛特看着我。

感觉他们的脸离我只有一英寸。

“销售。”我静静说道。

“多么可爱的钢琴，”帕特里克迅速转换了话题，“这是施坦威小钢琴，对吗？”

“哇，是的。你弹钢琴吗？”莉莉说道，这话是对帕特里克说的，但她的眼睛仍注视着我。

帕特里克点点头。

“那么，你当然会欣赏一架好钢琴的。”洛克威尔太太笑着，举起杯子自顾自为她的钢琴干了一杯。

“是的，我有一架贝森朵夫大钢琴。”帕特里克说道。

莉莉婶婶的眼睛突然从我身上掉转开，看向了帕特里克。

“一架贝森朵夫？哇，哇，这才叫钢琴！”洛克威尔咆哮道。

“确实噢。今晚你一定要为我们演奏一曲，帕特里克，别害羞，来吧。”莉莉说道。

“莉莉婶婶，别把我的朋友偷走。我正要带他们参观一下你这美丽的房子呢。”夏洛特说着，就将我们从她婶婶和叔叔面前拉走了，他们站在那儿，一直翘首盯着帕特里克和我。

夏洛特并没有带我们去参观这所房子。她从一位侍者手里抓了一盘小食品，就拉着我们进了主楼层的图书室，关上了所有的门，然后重重地在沙发上坐下。

“我跟你说，这真让人筋疲力尽，而且让人难堪。‘你说你姓什么来着？’”夏洛特说道，模仿着她婶婶说话的样子。“我向你们俩道歉。他们像鱼一样地喝酒，像侦探一样地问问题！”

“这就是我们南方人。”帕特里克大笑。

我们在图书室里和夏洛特聊了一个多小时。我尽力在厚软的皮椅上保持着坐姿，时不时用手摸摸脖子，以确保小甜点的珍珠项链没有丢。夏洛特安顿在沙发上，蹬掉鞋子，将短袜折起放在她裙子下面的沙发上。帕特里克专心检阅洛克威尔家的藏书，只偶尔停下来评论一下某个书名或某卷书。当他发现书架上方藏着本坎达丝·金凯德的《凶猛的欲望》时，我们大叫大嚷起来。

一个男人将头探进图书室来。“我可以进来和你们一起躲着吗？感觉这里更有意思啊。”

“爸爸！来见见约瑟芬和帕特里克。”夏洛特说道。

一位穿着蓝色套装的优雅男人走进了图书室。“噢，那么，你一定是那个有一架贝森朵夫大钢琴的帕特里克了。”

“啊——他们还在谈论这个吗？”夏洛特说道。

“是啊。而且，帕特里克，我恐怕你不得不去演奏一下。我妹妹不会罢休的，除非她听到了弹贝森朵夫的手指在施坦威上弹起来是什么样的。我叫乔治·盖茨。”他说着，向帕特里克伸出了手，“而你一定是约瑟芬了，”然后他转向我说道，“夏洛特就没停止过谈论你。”

“大多数人都管约瑟芬叫乔。”帕特里克笑着。我飞快地瞪了他一眼。

盖茨先生和帕特里克谈论各种书，问起一些他在东部没能找到的稀有卷册。然后他又说服帕特里克去了结钢琴独奏会的事，然后他们就离开了图书室。

“你父亲真好，也很风趣。”我告诉夏洛特。

“是的，你的父亲也很风趣吗？”她问道。

我看着她，不知道自己的表情是否已出卖了我。“我的父亲……我父母不在一块儿了。”我告诉她。

夏洛特立刻坐了起来，将手放在我的膝上。“别担心，乔。今晚在这儿的已婚夫妇一半都没在一块儿了。不管怎样，不是真的在一块儿了。但他们从来不会像你一样对此诚实。就在你来之前，勒费夫尔太太还告诉我们，昨晚她在卧室里用枪直指着她丈夫的脑袋，因为他身上有塔布香水味。”夏洛特摇摇头，悄悄说道，“勒费夫尔太太不用塔布香水。可用枪，你能想象这有多疯狂吗？”

我摇摇头，感觉到裙子下面手枪贴在我腿上那冰冷的钢铁的感觉。不幸的是，我太了解这样的疯狂了。

“没有人的生活是完美的。我发现，当人们对此抱诚实的态度时，会有趣得多。”夏洛特说道。

诚实。可如果我告诉夏洛特真实的情况，她会怎么想？告诉她我母亲是一个妓女，告诉她我不知道自己的父亲是谁，告诉她大多数男人都让我害怕，所以我虚构了像福里斯特·赫恩那样的爸爸。

“夏洛特！”一个身材细长、下唇突出的女孩跑进了图书室。“母亲说你是那个男孩帕特里克·马洛的朋友。你一定要把我介绍给他！”

“伊丽莎白，帕特里克对你来说年龄太大了。你还在上中学。我不认为莉莉婶婶会认可。”

“我不管母亲怎么想，”伊丽莎白说道，“他真英俊，而且你听到他弹钢琴了吗？”

“乔，这是我表妹伊丽莎白·洛克威尔。”

伊丽莎白甚至都没朝我这边瞟一眼。她用手指扭着自己的头发，屁股扭向一边站着。“母亲说帕特里克是和夸特区一个模样悲哀的流浪儿一起来的。她是他的女朋友吗？”

我飞快地从房间里跑了出去。

第十三章

我循着钢琴的声音找到了帕特里克，他正被一群穿着华丽的女人围绕着。帕特里克看到了我，于是穿过人群走了过来。

“准备好了吗，乔？”帕特里克说道，并用手臂抱住我的肩。“快救我。”他悄声说道。

“是啊，不巧得很，我得回去了。”我大声说道。

伊丽莎白出现了，仍用手指弄着她的头发。“你好，帕特里克。我是伊丽莎白·洛克威尔，叫我贝蒂吧。这是我的家，那是我的钢琴。”

“噢，小甜心，你现在还没学会弹钢琴。”洛克威尔笑道。

洛克威尔太太继续注视着我们。“真遗憾你们现在就得离开了，帕特里克。约翰和我会顺便造访你在夸特区的书店。我们喜爱书籍，有一间很大的图书室。”

“是的，我看到了。坎达丝·金凯德的书在我们店也卖得很好。”帕特里克非常诚恳地说道。

“谢谢你们的招待。”我说道。

“我们很乐意，乔。”洛克威尔太太说道。

帕特里克拉着我向门口走去，伊丽莎白尾随在后，像只长着龅牙的小狗。

当我们到达门厅时，夏洛克抓住了我的手臂。“乔，我真的太抱歉了。”她悄声说道，脸都皱起来了，“我的亲戚们可真是太讨厌了。”

“不，没什么可抱歉的，真的。”我看到伊丽莎白踮着脚尖跟帕特里克说着话。

“可你还没见到我母亲呢，”夏洛特说道，“她就在后院。”

靠门的地方一个女人突然啜泣起来。“他们全都是穿着西装的猪！他在这里，装作是个好丈夫，可就在昨天晚上，我还发现他胸口上粘着廉价商店出售的口红的印迹，现在我知道我的首饰都去哪儿了！”这个女人继续哭着，她的酒都泼在裙子上了。

我看着夏洛特，她摇了摇头。“显然是喝了太多的冰镇薄荷酒。”

“这个城镇是肮脏的！”这个喝醉的女人哭道，“可怜的福里斯特·赫恩，他们告诉他那甜美的妻子他是死于心脏病发作，其实是罪犯杀了他！他们应当将夸特区烧为平地。”

我转过身瞪着那女人。

“乔！”帕特里克在门厅另一头喊着。

“我一回去就给你写信，”夏洛特说道，“我会将史密斯学院的资料寄给你的。”

我点了点头。帕特里克抓着我的胳膊，和我挤在一起穿过了大门，走下前廊，尽力躲避着伊丽莎白·洛克威尔，她一直在旁边跟着我们，贴近得像帕特里克的影子。前院里长满青苔的橡树下，人们三五成群地站着，抽着烟，喝着酒。一个强壮的、跟帕特里克差不多年龄的男孩独自站在灌木篱墙的尽头。

“帕特里克，这是我哥哥，理查德。”伊丽莎白说道。

理查德盯着帕特里克。他双眼眯了起来。“我在新年夜看见你和你朋友在一起了。”

“那晚很好玩，不是吗？”帕特里克说道，并没有停下来和他握手。

“你觉得那叫好玩是吗？”理查德说道，转过头看着帕特里克走出去。他抓住他妹妹的胳膊。“离他远点，贝蒂。”

我们一言不发地走出去好几步。理查德·洛克威尔显然是那种很粗暴的人。晚会上的混乱消散了，取而代之的是蟋蟀的拍打声。而晚会上那个女人怎么会认识福里斯特·赫恩呢？

“你还好吗，乔？”帕特里克问道。

我不禁大笑。

“说真的，乔，那就是上城。你和这样一些白痴有什么相干呢？”

“夏洛特不是白痴。”我说道。

“我同意。她很棒，她爸爸也不错。我们快离开这儿吧。”帕特里克说道。

我们一步跨到了街上，准备穿过去。突然，有车子的车灯亮起来，并朝我们开过来了，我们什么也看不见。

“那是谁？”我抓着帕特里克的胳膊说道。

“我看不见。往后退，乔！”帕特里克将我拉回了人行道上，这时一辆黑色轿车开了过来。我认识这车，是玛丽亚。

科基的头出现在驾驶员位置的窗边。“快上来。”他说道。

我朝四周看了看，迅速跳上了后座。“科基，你怎么会在这儿？”

“威利派我来的，她说不想让你走路或乘电车。”

当轿车驶过洛克威尔家时，我低下头躲着，祈祷理查德和伊丽莎白·洛克威尔不会站在街边。

“我说，乔茜丫头，你怎么能对一辆这么好的车感到难堪呢？”科基笑道。

“哎呀，别让人看见我在这辆黑色凯迪拉克里。”

“是啊，应该感到难堪的是那些人，乔。”

“那儿怎么样啊？”科基问道。

“我不知道。”我说道。

“你不知道？”帕特里克从前排座位回过头来说道，“乔，他们有架小钢琴，但家里却没人会弹。他们有许多藏书但从未读过，而这对夫妇之间的关系是如此紧张，几乎要使我们窒息。”

“让我告诉你那些富有的上城一族是怎么回事吧，”科基说道，“他们拥有一切金钱可以买到的东西，他们的银行账户很肥，但他们却不快乐，他们从不快乐。你知道这是为什么吗？他们的灵魂破了。而钱不能补好这个，不，先生。我的朋友比克斯很穷，天啊，他每天得吹十个小时的小号，只为了锅里能有点食物。死时也很穷，你见过的，乔，他胸前放着个盘子，但那个人的灵魂却没有破碎。”

“灵魂破了，正是如此。”帕特里克点着头。

“而你要小心那个理查德·洛克威尔，”科基说道，“他是个小猫杀手。”

“他是个花花公子？”帕特里克大笑。

“噢，不，我的意思是说，他小的时候，在夸特区将四只小猫吊死了。老天，你真应该看看当时人们是怎么追着他的。他的头脑有问题。”

我看着窗外，哼着《那不过是纸月亮》，凯迪拉克向着卡纳尔街的方向一路驶过圣查尔斯大街。上城的女人们很提防夸特区，以及一切与该区有关的事物。她们觉得夸特区要为所有的腐败负责。她们愿意相信她们的丈夫们本是社会上有道德的男人——好男人，就像福里斯特·赫恩一样——是夸特区违背他们的意愿将他们吸了进去，抓住他们的脚踝将其拖了下去。

母亲现在可能正在安托万餐厅享用着洛克菲勒牡蛎，就着威士忌和香烟送下去。我几乎都可以想象到她的样子。她会将手臂放在胸前，以便让每个人都羡慕她那些偷来的首饰，并在桌子下面将她的脚伸进辛辛那提的两腿间。母亲比那些在洛克威尔家晚会上的所有女人都更漂亮，但她却没有那些女士所具有的镇定和自信。我不同意科基的观点，灵魂破了的不仅仅是富有一族。

母亲的灵魂也是破的。

第十四章

我急匆匆地走过早晨喧嚣的大街，只为按时到达威利家。之前我试着写了好几张要给小甜点的条子，最终只决定写上“谢谢你的珍珠项链——乔”。

我一眼瞄见了杰西在康迪街和波旁街的转角处，他祖父花车上的各色鲜花很引人注目。我停下来买了两朵粉红百合。

“嘿，汽车城，你今天早晨看起来不错。”

“噢，得了吧，杰西。”我指着自己身上做清洁的服装大笑。

他微笑道：“比我穿着花围裙要好。”

杰西和我在小学和中学都是同学。他和祖父母住在多菲区，但有几年和父母住在阿拉巴马州。当他在新奥尔良时，他就帮着祖父在夸特区卖花。有一次，我十一岁时，母亲发脾气，在街上扇了我一耳光，杰西走上前来，对着她泼了一桶水，然后走开了。我不知道他是否还记得这事儿。

他偶尔会来书店看看工程方面的书，但很少买。他大部分时间都在捣鼓车子。

“威利的侄女们怎么样了？”他一边抽出那两朵我选的花一边问道。“侄女”是威利用来称呼她家里那些女孩儿们的。

“都很好，”我微笑道，“你呢？”

“刚开始在德尔加多大学读大一。虽然不是杜兰大学，但我也挺兴奋的。”

杰西·蒂埃里上大学了？“噢，杰西，那真是太棒了。”

他点点头。“谢谢。你呢？别装作你不是新奥尔良最聪明的女孩儿。”一缕黄褐色的头发垂在他的耳旁。他的声音压低了，而且他真诚地看着我说道：“现在你妈妈去别的地方了，也许你手头会有更多时间了。”

我从零钱包上抬起头，他怎么会知道母亲的事？我付了买花的钱，尽力避免眼神接触，谢过他之后便走开了。

母亲和辛辛那提计划在安托万餐厅吃完晚餐后就上路。我昨晚睡觉前还查看了一下地图册，想知道向西开车去加利福尼亚要多长时间。如果他们不在任何地方停下来观光，估计他们可以在四天内到达。可是，不出四天，辛辛那提就会开始打她的。

我走进威利家的厨房，萨蒂已经准备好了威利的咖啡和报纸，放在托盘上。我一走进去，她就着急地指了指托盘。

“威利已经醒了？”

萨蒂点了点头。我将一枝百合花递给她。

“谢谢你给我熨了衬衫，萨蒂。也谢谢你准备好了威利的托盘。”

萨蒂看看花又看看我，笑了，很不好意思地笑了。然后她又突然沉下脸，使劲朝威利的房间指了指。

我抓起围裙和托盘，穿过大厅，朝一边避开了枝形吊灯上挂下来的一条男人的领带。当我走向威利的房门时，我看着手里的报纸。

孟菲斯游客之死因

宣布为心脏病发作

我在离威利房门很近的地方停下来，想读一读这篇文章，却没有机会。

“你是要一直站在外面，还是把我的咖啡拿进来？”威利的声音在门里面咆哮着。

“早上好，威利。”我忙走进了房间。

威利的发型和妆容很完美。她穿着米黄色西装，坐在桌边在写着什么。“我要咖啡。”

“你起来得好早，一切都好吗？”

“我就不能起早点儿吗？”她厉声说道。

“当然能，只是……通常在这个时间你还没醒呢，更不要说已穿戴好了。你是要去哪里吗？”

“这不关你的事，但我和我的律师有个会。”

“律师，这么早？一切都好吗？”

“你干吗老这样问？”威利继续低头写着，“别在这儿问我这些愚蠢的问题，有这时间，你还不如告诉我你母亲是什么时候离开去加利福尼亚的？”

我将托盘放在威利床上。“你看到她了？”

“不，我没看到她。但有好几打人都告诉我，他们听到她在吹牛，说要和那个可悲的东西一起去好莱坞。事实上，所有人都告诉了我，”威利转过头瞪着我，“除了你。”

我拨弄着围裙。“她要我等到早上再告诉你……这样就不会打搅到晚上的生意。”

威利摔掉手里的笔。“你难道不知道？你母亲是个愚蠢的、愚蠢的婊子！”威利吼道，“但你可别学着她撒谎，也别以为我愚蠢到不知道你在对我撒谎。我比你以为的要更了解你妈妈，她别想把我扳倒。”威利高声尖叫着，她的下巴往前伸了出来，脸涨得通红。

“威利，发生了什么事？母亲从你这儿偷了什么？”

“什么？你母亲对我而言什么都不是，仅此而已！她唯一偷走的是你！谢天谢地，还好她现在走了。她尽管去好莱坞加入那些惯于撒谎、彻头彻尾的失败者之列好了。你必须让她走，乔，你可别去找她或让她回来。你不再是个孩子了。随她去吧，让辛辛那提用枪把她打得满身是洞吧。”

“威利，别这样。”

“看看这房间。你来晚了，一切都乱糟糟的！我已经跟你说了三天了，要你擦干净我那些枪，而你做了吗？没有。你在四处乱跑，跑到上城的晚会上让人家取笑你。”

威利从床上抓起她的包，将托盘里的咖啡杯碰到地板上，啪的一声摔碎了。她走出卧室，重重地关上门，我以为门都要坏了。小甜点和伊万杰琳在门外站着，穿着睡袍，睡眼惺忪地偷听着。

“你们看什么？”威利吼道，“滚回床上去！”伊万杰琳向旁边闪过，让威利走过去。

“没见过这么糟糕的婊子！”威利从后面的过道里吼叫道。她从后门出去，砰地关上了门，几秒钟内我们就听到了玛丽亚引擎点火的声音。

我弯下腰拾着杯子的碎片。

“嘿，小村姑，”伊万杰琳靠在门边说道，“将我的东西搬到你妈妈房间里。所有东西一定要洗干净，我可不想让她的臭气沾得我满身都是。”

“别这样。”小甜点说道，将伊万杰琳拉出去并关上了门。

我坐在威利的床边，手里拿着瓷器的碎片，碎片由于沾了咖啡仍然湿湿的。威利说人们在取笑我，他们真的在取笑我吗？

我必须离开新奥尔良，我必须进入史密斯学院。

☙ 第十五章 ❧

阳光从窗户外射进来，在床尾形成一个光亮的方块。伊万杰琳是对的，房间里确实充满了母亲的味道。我打开窗户，在窗台上坐了一会儿，看着她那高高的、有蓬纱遮盖的床。我见过母亲在公共场合对男人玩弄花招，但从未见过她在房间里“工作”。墙角里深绿色的墙纸已剥开，露出了里面的灰泥。在这静静的晚上，印着蔓越莓图案的床上用品已经很旧了，从蓬盖上垂下来的褶皱已经撕裂，边缘也磨损了。我盯着床头板上的一个弹孔，仍不知道这个弹孔的由来。

母亲的房间几乎是空的。我拉开衣柜里的一个抽屉，只见一瓶红色指甲油在几本《好莱坞文摘》上滚动，我拿起来准备当垃圾扔掉，突然一张纸飘了出来，原来是辛辛那提殴打母亲时警局给出的报告，是她出院后威利坚持要她填写的一份报告。我们将母亲带到警局，在填了几分钟表格后，她说自己感到不舒服，想要回家接着填表格。我盯着这张表，她没有写上自己的姓，还对自己的年龄撒了谎。

姓名：路易丝

地址：新奥尔良康迪大街1026号

年龄：28

婚姻状况：单身

子女：无

无。

我盯着这个字。

“嘿，洋娃娃。”

我抬起头，只见多拉靠在门框边，她穿着件男式衬衫，当然了，是绿色的，下面穿着暴露的绿色底裤。

“听说你今天早上和威利干架了，我当时肯定是睡着了。你没事吧？”

“我很好。”那是我习惯性的回答。

“别介意威利，她最近脾气很不好。你手里拿着什么？”

“路易丝填了张报告吗？”多拉问道。

我大笑。“没有，当然没有。”

“我也认为她没有。她爱她那个辛辛那提。”

“我真搞不明白，他是个罪犯啊，多拉。他是个很坏的男人。”

“宝贝儿，有些女孩就是喜欢坏男人。女人们喜欢辛辛那提，是因为他让她们觉得很性感，而且他时不时地带钱来。那么，你可能不明白女孩儿们觉得辛辛那提很有吸引力，但你确实明白你母亲喜欢钱，对吗？”

我点了点头，然后从母亲的抽屉里拿起一个空的粉红色零钱包。“这个是我的。我曾将省下的钱放在里面，藏在我的床底下。她拿走了它。”

“噢，小甜甜。”多拉摇着头。她走过来将警局的报告扫了一眼，将手放在我肩膀上。“乔，你听着，你不是我们中的一员。你不一样，威利知道这一点。”

我瞪着自己的手。“我想上大学，多拉。”

“大学？这个嘛，有梦想是可以的，乔，但我不知道什么大学。那完全是另一码事。不过我肯定你可以在一个很好的百货公司上班，甚至可能成为一名夜总会的衣帽间女服务生。宝贝儿，我知道你爱路易丝，但你得问问自己——什么样的女人才会偷一个孩子的钱？伊万杰琳，她是有毛病，但就算她有偷窃癖，她也不会偷一个小孩子的钱。你明白我在说什么吗？我并不想说话这么难听，小甜甜，但我确实建议你去走自己的路。”多拉举起这张警局报告，“如果路易丝说她不是你妈妈，那这正好。”

我站在那儿，想着多拉的问题：什么样的女人才会从自己的孩子那儿偷钱？

多拉将手放在嘴上。“现在你瞧，帮我一个忙。你别把这儿找到的东西都扔出去，而是放在一个箱子里，然后告诉伊万杰琳别碰这个箱子，你回头要来拿走它。让她偷走一些东西，也许这样一来她就会好几天都不来我房里偷偷摸摸了。”

多拉离开后，我把床上的被褥都拿掉，开始扫母亲房间里的地板，我将伸到床下的笤帚拉出来时，听到了响声。一只男人的袜子被扫了出来。我伸手捡起时却发现袜子很重，有什么东西在里面。我在床上抖了抖袜子，一只金表掉到床垫上。当我的手指触到这只熟悉的手表时，我的心往下一沉。我将它翻过来，看到了上面所刻的字：

福·L.赫恩

第十六章

嘀嗒，嘀嗒，嘀嗒，嘀嗒，嘀嗒。我整天都听到这声音，脉冲般冲击着我的大脑，一阵阵穿过我的每条神经。我有一只死人的手表，我第一次没有将发现的东西报告给威利。我打扫完之后她仍在和律师开会，所以我就拿着这块表离开了，现在它好像成了一枚偷来的时间炸弹，在我口袋里嘀嗒响着。我回到书店后，仔细看了看这块手表。我盯着秒针，看着它在那昂贵的黄金表面沿着轨道旋转，一遍遍地掠过埃尔金勋爵几个字。福里斯特·赫恩死的时候还戴着这块表吗？当他的心脏停止跳动时，这块表的秒针仍在他的腕上嘀嗒走着吗？也许他在死前已取了下来，在夸特区某处丢失了，然后母亲只是碰巧发现了它。是的，这只是个意外，我这样告诉自己。

我将一把装订书籍用的刀磨得锋利，然后找到一本已被水浸坏了的《印度之旅》，在中间挖了一个很深的方洞。我将这块表放进书里那个掏空的方洞里，然后把这本书锁进了书店后面的玻璃柜子里，这个柜子是用来存放修补材料的，帕特里克很久以前就丢了这柜子的钥匙。

我走过夸特区，一路将《印度之旅》中间挖出来的方块纸屑扔到垃圾桶里。我看见弗兰基在马路对面，便向他吹了声口哨。他迈着那蜘蛛般的长腿踱着步过来了，和我并肩走着。

“嘿，乔茜，你有什么要给我的吗？”

“什么也没有。事实上，我正在想你有什么要给我的吗。你知不知道新年夜那晚我母亲在哪儿？”

弗兰基停了下来。他从衬衫口袋里拿出一包香烟，抖动着直到一支白色的烟卷掉了出来，他用嘴叼出来。“想要这个信息的人是你吗？”他一边点烟一边问道。

“噢，我明白了。你已经告诉威利了？”我问道。

“我没这么说。”

“好吧，是的，是我需要。而且我不会说出去的，只有你我知道。”

弗兰基盯着我，香烟在嘴角叼着。一群游客拿着相机走了过来，对着旁边的一座建筑拍着。弗兰基抓着我的手将我拉到人行道边上。

“你妈和辛辛那提逃走了，乔。”

“这我已经知道了，弗兰基，这不是我想要问的。新年夜她在哪儿？”

他看了看街两侧，从那薄薄的嘴角吹出烟雾。“她当时在罗斯福酒吧，喝了两杯苦味威士忌。”

“然后呢？”

“和一些游客喝酒。”

“什么游客？在哪儿？她在无忧宫吗？”我问道。

“哇，”弗兰基举起双手，“我可没那么说。你瞧，我得走了。对了，乔，我是消息人士，”他倾身靠近些，“但我不是暗探。”

我打开包取出钱夹。

“自己留着吧。听说你正在存上大学的钱。”

“你从哪儿听来的？”我问道。

“我听得到一切，洋基女孩儿。”弗兰基咧嘴一笑，做了个夸张的鞠躬动作，然后大踏步走开了。

我往回走着去书店，停下来看了看杰德里克商店，他们有 9.98 美元的裙子正在甩卖。我真希望去洛克威尔家晚会那天穿了件新的时尚衣服，而不是看起来像个悲哀的流浪儿。杰德里克太太走出商店，到街上清空簸箕里的灰尘，她耸了耸肩表示打招呼，等她看清是我之后，立刻沉下脸将灰倒在了排水沟里。在我十二岁时，有一天我感冒得很厉害，几乎要昏倒了，我尽力自己走着去找萨利医生，然后走到这里时，我实在不行了，将红豆和米饭吐得遍地都是，杰德里克太太坚持要打电话叫我母亲来。我知道如果母亲被打扰了，会怒不可遏的。所以我让她打电话给帕特里克的父亲查理。查理过来后，杰德里克太太用手指着他，说道：“这样的父母真应该感到羞耻，不管他们是谁。”记得我们开车离开时，我坐在查理车上的后座，看着人行道上的红豆和米饭，好像看到了我的生活之船在这里下沉了。我的父母并没有感到羞耻，所有的羞耻都在我身上。

我转向皇家大道，然后看到科基站在他的车旁，车停在路边。

“嗨，科基。”

“威利派我来接你。”他说道。

一阵恐惧袭来。威利一定是知道了手表的事。

“今早我离开时她还没回来，”我告诉他，“她有一个会。”

“我知道。但她回来了，然后她往玛利亚车上装好了东西。她已准备好了要走。”

“去哪儿？”

“她告诉我来接你过去，说你们两个要去莎迪小树林住几天。”

“可家里怎么办？”我问道。

“她说让多拉和萨蒂照顾。”

莎迪小树林是威利在乡下的小别墅，距新奥尔良有三小时车程，过了黄河口就是。

“这个，我不知道，科基，”我告诉他，“我得在书店工作。”

“她要我来接你过去，她已准备好在一个小时内离开。我很高兴找到了你，我想，有一样东西你会想要。”科基伸手从他的出租车里拿出一份报纸递给了我，是《商业呼声报》。

“康布瑞德，他仍在这儿和田纳西州之间的路上开卡车。他在孟菲斯的时候带了这份报纸回来。”

头版的大标题十分引人注目：

福·L. 赫恩，建筑师，死亡

前往新奥尔良旅行时遭了殃

“这上面有关于你那个富有的孟菲斯人的各种信息。”科基说道。

“谢谢你！太感谢了，科基。”

科基笑得很开心。“没问题。但别告诉威利是我给你的。赶快，她在等着。”

我向书店跑去，不知道该如何跟帕特里克说。我从窗户外看见他在柜台前，正和一个客户在一起。我将报纸叠起来夹在腋下。

“嘿，乔。”我一进大门，帕特里克就叫起来。在柜台前的男人回过头来——高高的，肤色很深，是个美男子。

“嗨，你好，乔茜。”他说道。

我看着这个英俊的男人。

“啊，你认不出我了？好吧，当时很暗，而你穿着睡衣。”

我感到面颊上一阵热。“噢，是的，你在道布尔迪书店工作。”

“对了，”他说道，伸出手来和我握手，“詹姆斯·马歇尔。”

我握了握他的手，希望自己看起来能好些，一想到这个美男子看见我穿着睡衣，心里就痛苦。

“科基来找过你。”帕特里克说道。

“我知道了。威利非要我和她去莎迪小树林待几天。我可以和她争，但你知道的，只要她想去莎迪小树林，情况会是什么样。”

“这没什么。”帕特里克很快说道。他笑得很怪异。

我没料到他会这么轻易就接受了。“但查理怎么办？你们俩会没事吗？”

“查理是谁？”詹姆斯问道。

“我父亲，”帕特里克说道，“我们会没事的，乔。尽管去吧。”

“莎迪小树林——听上去不错。”詹姆斯说道。

“在城外乡下，很安静，”帕特里克说道，“嘿，乔，你做完十二月份的簿记了吗？我想完成年底的会计统计了。”

“还有存货清单。”詹姆斯补充道。

“噢，对了。你最后一次记清单是什么时候？”帕特里克问道。

我看看詹姆斯又看看帕特里克。“是的，十二月的已做好。你们为什么需要清单？”

“只是想在新的一年掌握整体情况。那是科基吗？我见他在外面那儿等着你呢。”帕特里克问道。

我点了点头就往后面的楼梯走去，静静停下来偷窥着那本爱德华·摩根·福斯特的书，在锁着的玻璃柜里嘀嗒响着。

ଓ 第十七章 ଓ

威利可能已经冒汗了，她已经等了差不多两个小时。但我之前没准备要离开城里，有不少东西要准备。我还花了一些时间阅读那张报纸上有关福里斯特·赫恩的文章。文章说赫恩先生以前是范德堡大学足球队的运动员，和另外三个男人一起来了新奥尔良，三个人都计划要参加比赛，可是他死的时候却没有一个朋友和他在一起。他也是湖景乡村俱乐部的成员，还是好几个慈善机构的委员会成员。文章也报道说福里斯特·赫恩的妻子对她丈夫的死感到震惊。他那天晚上早些时候还从新奥尔良打电话给她，身体状况良好。玛丽恩，我记得他在书店买济慈的书时提到过他妻子的名字。我将报纸上这篇文章藏在了地板下面那个装钱的雪茄盒子旁边。

科基的出租车慢慢停了下来。“我得去找个停车的地方。威利不喜欢我停在车道上。我会把你的包放在凯迪拉克上的。”我下了车。“你需要帮忙拿那一摞书吗？”科基问道。

“不用，我已经拿好了。”

“乔，你真的要在莎迪小树林读完所有这些书吗？”科基问道。

“每一本都要读完。”我笑了笑，然后关上了出租车的门。我顺着窄窄的车道走向威利家背后的车库。当我走近时，听到了后门处伊万杰琳哧哧的笑声。

“抱歉这次我来得这么早，”一个男人的声音说道，“但我等不及要见你了。”

“很快又回来啊，爸爸。”伊万杰琳用孩子般的声音说道。我忙悄悄躲在一边，伊万杰琳正好从纱门进去，扎着辫子。我停下来挪动了一下那摞书。

“噢，我会很快回来的，宝贝儿。”这个男人说着，一边将帽子戴上，并紧了紧领带结。我的嘴张得老大，原来这个男人是洛克威尔先生，夏洛特的叔叔。

他走入车道，如此轻快，几乎和我撞个正着。

“洛克威尔先生。”我轻声说道。

他看着我，然后看了看后门。“呃，你好。”他想了半天也没想起我是谁，他额头上的皱纹扭了起来。“你认识我，对吗？”

“我是乔——约瑟芬，你侄女夏洛特的一个朋友。”

他换了一只脚站着。“你在这儿干什么？”

我的呼吸仿佛在喉咙后面卡住了。我看了看手里那摞书。“我正把这些威利·伍德利买的书送过来……她喜欢读书。我和帕特里克在书店里工作。你常来这儿吗？”我还没想好就冒出了这个问题。

“不！你瞧，我正忙着呢。”他以厌烦的、居高临下的声调说道，好像突然间我污染了他的空间，就像在杰德里克商店前的人行道上那样。

我看到这种态度的转变。我只不过是从夸特区来的悲哀的流浪儿，某个他可以用手帕像挥去臭味一样挥之即去的人。愤怒开始渗透到我心里，我眯起了双眼。

“噢，好吧，”我挑衅道，“因为我听到那个女孩儿叫你爸爸，然后你说你会很快回来，所以我以为你也许常来这儿呢。”

洛克威尔先生瞪着我，脸上混合着惊慌与恼怒的神情。“我得走了。再见，约瑟芬，我会告诉夏洛特我在街上遇见了你。”他强作微笑，举步走下车道。

我要让他走了就好了。

“洛克威尔先生。”我大叫。

他听到自己的名字便回过头来，将一根手指放在嘴上。“嘘——”

“我想你可能会愿意知道，”我一边说，一边跟着他向街道上走去，“我要申请史密斯学院了。”

“那很好。”他继续走着。

“我一直希望你能为我写一封推荐信。”

“什么？”他说道。

“一封推荐信，和我的申请书一起寄给史密斯学院。来自南方最成功的男人的推荐信对我会有很大的帮助。我可以在下周来您府上跟您谈谈这事吗？”

“不行，”他说道，从他上衣口袋里掏出一张名片扔给我，“你可以打电话到我办公室，别打家里。我……我真的不常来这儿。”

说完，他迅速跑出车道到了大街上。

“你怎么回事？”威利说道，“你拼命抓着方向盘的样子，好像想弄坏它似的。我之所以要你开车，是因为这样我可以放松一下，可你这样躬腰驼背地趴在方向盘上，像个疯子似的，我又怎么能闭上眼睛？”

我向后靠并放松了对方向盘的抓握，昏暗中看着灰色的路面在前灯照射下滚滚向后。这时感觉到手指很疼。车内很暗，只有收音机的光亮着，正调在一个乡村音乐频道上，放着汉克·威廉姆斯的歌。我在想什么呢？万一有人看见我怎么办？我撞见了夏洛特的叔叔，还公然揭穿了他的虚伪面目。这是我的骄傲。当他像看一堆垃圾一样看着我时，我的骄傲就掌控了我。可万一他又来了，将这事告诉了伊万杰琳，然后伊万杰琳就会说，“噢，别担心，她只不过是个妓女的女儿。”万一他告诉了洛克威尔太太，洛克威尔太太又告诉了夏洛特可怎么办？

我讨厌新奥尔良。

“多拉告诉我你想上大学。”威利说道。

“什么？”

“你听到我说的话了。我认为这是个好想法。”

我转头看着副驾驶位置上威利那昏暗的侧影。“你这样认为？”

“你很聪明，乔。你懂得如何充分利用一种状况。你在洛约拉大学会学得很好的。谁知道，你甚至可能进入纽科姆大学也不一定。”

我的手指又抓紧了方向盘。“但我不想在新奥尔良上大学，威利。我不想在路易斯安那州上大学。我想去东部。”

“你在说些什么？去东部哪儿？”

“马萨诸塞州。”

“究竟为了什么？”威利说道。

“为了得到教育。”我告诉她。

“你在洛约拉或纽科姆会得到很好的教育。你应该待在新奥尔良。”

不，我不想待在新奥尔良，我不想一辈子都打扫卖淫场所，被人不怀好意地当作一个法国夸特区妓女的女儿看着。我想有像夏洛特那样端庄的朋友，并与像福里斯特·赫恩那样的人——把我想得更好而不是把我看作垃圾的人——交往。

“你是咸花生。”威利说道。

“什么？那是什么意思？”

“你是咸花生，而外面东部的那些人是花式小蛋糕。别老套了，以为自己会是孤儿安妮，最后住进了某种城堡里。你是咸花生，乔，咸花生本身并没有什么不对的，但咸花生和花式小蛋糕一起上桌并不搭配。”

威利和母亲的想法是一致的。她以为我想要过童话般的生活，可我却注定了只能围绕着新奥尔良的地下世界过肮脏的生活。

“我会为洛约拉大学或纽科姆大学付学费，”威利说道，“这就是你的计谋，对吗？威胁要离开，这样我就会为你那该死的大学付费？”

接下来的路上我没再说话。

第十八章

在莎迪小树林的日子过得很慢。威利的小别墅坐落在一百二十多亩的土地上，你可以尽情地深呼吸，而不用担心可能会有像尿和呕吐物之类腐败变质的气味一不小心溜进你的鼻孔。在夏天，有一次我好几天都没穿鞋子。一到那儿，我就会在草地上踢掉脚上的平底鞋，而这双鞋会在前廊上一直放着，直到我们离开。今年冬天很温和，更多的是潮湿而不是冷。我得把火生起来，但不是为了暖和——只是为了让别墅里变得干燥一些。威利的一个老朋友为她买了这幢别墅，她从不会告诉我她的老朋友都有谁，或他们怎么样了，只是说她最后做了一桩好买卖。

在新奥尔良，日日夜夜每时每刻都充满了噪音，而乡下却如此静谧。如果一种噪音你在莎迪小树林都能听到，在新奥尔良可能已成了吞没一切的喧嚣。这幢别墅并不与世隔绝，不过离它最近的邻居，拉伊和弗蕾达·科尔，也在八百米以外，我们从未见过他们。拉伊和弗蕾达害怕黑夜，他们白天睡觉，晚上则在后院，坐在生锈的别克车里，锁好了门，点火启动着，打着前车灯，随时准备着如果有恶巫出现就逃走。威利对邻居或社交不感兴趣，她说她来莎迪小树林是为了安静，为了远离人群。她在别墅时，甚至穿着棉质衣服，涂着玫红色的口红，而不是她平时涂的大红色口红。

我每天下午都走很远，沿着乡间土路走上差不多三公里到十字路口的一处定居点，路上随处坐下来看书。一连三天，威利几乎都不跟我说一个字。这样的沉默给了我更多时间来思考有关洛克威尔先生、福里斯特·赫恩的手表、史密斯学院和母亲的事。所有这四件事都使我感到紧张。最终威利开始说话了，我才如释重负。

“拿上我那些枪。我们去射击。”她说道。

我从凯迪拉克的后备厢里拿出了高尔夫球袋。六年前，有一个嫖客在扑克游戏中输掉了一套高尔夫球杆给威利。威利让我当了那些球杆，并把她的来复枪和猎枪放进这个绿色的高尔夫球袋里。弗兰基和我经常开玩笑说威利已经变成杰出的高尔夫球手。我又将许多易拉罐在栅栏上安放好。

“你想用猎枪吗？”威利问道。

“不，我就用自己的手枪。”我告诉她。

“这倒也适合你。把猎枪给我。”

威利在我十岁时就开始教我射击了。有一次我忘记了拉上保险，然后枪走火了。威利狠狠地用鞭子抽我的屁股，当晚我不得不站着吃饭。但我从此再没忘记过拉好保险。“要控制好你的枪，乔。一旦它控制了你，你就死定了。”威利总这样告诉我。

我打掉了栅栏上第一个易拉罐。“打得好。”威利说道。

“这很容易——只要假装那是辛辛那提。”我告诉她。我想到辛辛那提说我跟母亲一个样，于是又打了一枪。

她大笑。“麻烦的是，对我来说有很多个辛辛那提，不知道该选哪一个。帕特里克是否已推断出是辛辛那提抢劫了他的家？”威利打了很响的一枪，没打中。她很少打不中。

“没有。我祈祷他没有。他告诉我，他看见我母亲在罗斯福酒店附近和一个西装不合身的男人在一起。他还不知道辛辛那提是谁。这都怪我。”我说着挪了几步，对着下一个易拉罐，“我总是告诉母亲查理有哪些美丽的东西。当她像那样没来由地向我打听他的房子时，我就应该有所警觉的。上帝啊，你知道吗，他拿走了所有东西，威利，不只是值钱的东西，连帕特里克发黄的婴儿鞋都拿走了，甚至阳台上的一包香烟也没放过。”

“我还纳闷他怎么没拿走那架昂贵的钢琴。”

“他很可能也想拿的。也许那时查理回到了家，然后……”我的手臂垂了下来，“谁会对查理这样的人做出这样的事呢？”

辛辛那提将查理打得很惨，害得查理在医院住了一个多月。当帕特里克回到家发现查理倒在血泊中时，他以为父亲已经死了。

“这使得辛辛那提殴打你母亲时，我更容易射击他了，”威利说道，“而且你知道，当你用滚烫的咖啡泼他时，这更多是为查理而不是为了你母亲。”

“帕特里克认为那次抢劫和殴打是造成查理不正常的原因。”我说着，将另一个易拉罐打下了栅栏。

“不是。辛辛那提抢劫的时候他的脑袋已经有些问题了。你母亲早知道这一点，她在书店见过查理，并且说他说话疯疯癫癫的。她给了辛辛那提这个提示，觉得他是个容易打劫的目标。她和他一起去的，你知道。我不清楚查理是否看见她了。”

我瞪着威利。查理一直对母亲像对我一样好。他总是对她很有耐心，并尽力引导她归正。没错，我母亲会在商店的更衣间里将东西塞进她的胸罩，我知道她会将游客的酒抢过来喝，并偷走桌上的小费。但说她会站在一旁看着辛辛那提对查理做那样的事情？

“不，她不可能真的在场。”我告诉威利。

“噢，她在场，你母亲在这件事中帮了不少忙吧。”威利说道。

一阵痛意涌上太阳穴，我将手枪对着威利。“把猎枪给我。”猎枪一到我手里，我就不停地扣动扳机，弹壳一个接一个地蹦出来。易拉罐都打完了，我又开始在栅栏上穿孔。

“停！那是我的栅栏，你个白痴！”威利吼道。

我放下枪看着威利，试着喘过气来。

“这一圈打得好，”威利说道，“你认为那些东海岸的花式小蛋糕们对此会怎么说？”

我点点头。“相当咸。”

我们开车去最近的城镇买牛奶和鸡蛋。我瞪着玛丽亚引擎盖上闪烁的阳光，想着母亲告诉辛辛那提所有关于查理和帕特里克家的情况。谁会故意占查理这样一个可怜人的便宜？而且查理在生病前为我们做了这么多。

威利向店老板付了钱，让我们借下电话用。她打到家里去检查一下情况。我听到话筒里多拉嗡嗡的声音，但听不清都说了些什么。

“告诉他们今晚十点钟过来，那时我能回来并做好准备了，”威利说道，“打电话给露辛达，让她带上两个女孩儿跟着她。不，当然不要带红头发的。我不想再发生争吵。好的，就这样。我们会尽快动身。”

威利挂上电话。

“六个古巴人。去年他们来过家里，四个小时内就掷下了近五千美元。多拉说她会尽力拖延他们，但他们明天就回哈瓦那了。我们得走了。”

我点点头并跟着威利走出了商店，走向轿车。

“噢，”威利在玛丽亚旁边停下来说道，“多拉说帕特里克打了好几次电话来找你。他说有重要的事。”

ঙ 第十九章 ঌ

“把我的包放回房间，然后离开这儿。”威利一边将她的东西递给我，一边命令道。

穿着夜礼服的女孩儿们列队行进在威利面前，以得到认可。她检查她们的指甲，查看她们的首饰，并检查胸罩和内裤是否搭配。她们全都涂着有光泽感的口红。妓女有着漆皮般的嘴唇，小甜点除外，她总是将她的嘴唇弄得很模糊。

“欢迎回来。”多拉说道，她穿着苹果绿色的缎子衣服，上面有一只大大的、看起来像熔化了的彩虹一般的蝴蝶结。

“这到底是要干什么？”威利问道。

“为迎接富有的墨西哥人而特别准备的。”多拉说道。她转了一圈让威利查看。

“他们是古巴人，不是墨西哥人！去换上你的丝绒礼服。看在上帝的分上，你是妓女，不是彩色陶罐。”多拉叹了口气，走上楼去了。

“伊万杰琳在哪儿？”威利问道。

“生闷气呢。她的大款有一阵时间没来了。”多拉说道。

洛克威尔先生。可能他真的吓得不敢来了。但万一他对辫子的欲望胜过了他对丢脸的恐惧呢？我得尽快从他那儿获得推荐信。

“怎么，你打算就这样站在那儿呆呆地看着？”威利问我，“我说了放下我的包然后离开。假期结束了。”

我扛着自己的行李箱，里面有书，所以很重，我在黑暗中慢慢回书店去。我注意看着能不能遇到科基，希望他也许会开车经过，让我搭搭车，但没见到他。车辆快速穿过街道，我每走过一幢建筑，就有音乐从窗户和门廊里飘出来，铸铁的阳台仿佛悲伤的、生锈的桌布一般垂下来。我路过时看见鲁达太太用砖灰擦着她家的门廊，以避开不祥的巫术。在我后面某处，一个破瓶子躺在人行道上。突然感觉莎迪小树林离我无比遥远了。

书店锁着门，挂着“已关门”的牌子，里面的灯却开着。我爬上楼梯来到我的寓所，只见一个包裹竖着靠在我的门上。当我看到上面的寄出地址上夏洛特的名字，心快速跳了起来。门上还粘着一张帕特里克的字条：

请来家里，是查理的事。

我敲了敲帕特里克家的门，然后倾身向栏杆那边看着前窗里面。“我是乔！”我喊道。

门一下子开了，只见帕特里克光脚站着，衣服很脏，脸色憔悴。

“帕特里克，有什么事？”我问道。我听到房子里一声大喊。

“快进来。”他把我拉进去并锁上了门。里面的气味让我停了下来，我仿佛撞到了一面腐烂食物和肮脏尿布组成的墙。

“噢，帕特里克，”我捂住鼻子说道，“你得打开窗户。”

“我不能那么做，那样他们会听到他大喊大叫的。乔，他不愿停止，还从来没这样过。他不会恢复过来了，他不知道我是谁。他让我感到害怕，他不停地尖叫。他只时不时地睡几分钟。我担心他们会把他拖去慈善机构。我已经好几天没睡觉了，我……”帕特里克的胸口在绝望的呼吸中起伏着。

“会没事的。”我握着他的手说道。帕特里克充血的眼睛像陷入了灰色的深井，他的鼻子和嘴周围的皮肤长满了红色的斑点。发生了什么事?

“你试过弹奏钢琴吗？”我问道。

“平时弹的曲子不起作用了。”

“你给他吃药了吗？”

“给他吃来着，但现在药不见了，我找不到了。我想他将药扔进马桶冲走了。这全是我的错。”

“别急，帕特里克。他在哪儿？”

“在他房间里。如果他看到我，会变得非常歇斯底里。”

我走过厨房，发现脏盘子在台上堆着。我慢慢地走上楼梯，并注意听着。当我走到楼梯顶部时，老旧的木板响了起来，门背后立刻就传来猛烈的叫喊声。

“瞧！我告诉你了。”帕特里克在楼梯下面悄声说道。

“嘘——”我朝他挥了挥手让他安静，同时将脸凑近门缝。“查理，只有我一个人，能进来吗？”门后面没有反应。我将手放在凉凉的玻璃门把手上。“我进来了，查理。”仍然没有反应。我推门并向里张望的时候，门发出了吱吱嘎嘎的声音。

房间已经被毁了。窗帘被扯了下来，抽屉里的东西都撒了出来，地板上到处是衣服、脏床单、鞋子、打字机、脏盘子和杯子。

那气味把我呛住了，我忙将脑袋转回大厅里吸口气。我说服自己更糟的我都见过了，但我却不能肯定我是不是真的见过。我抓稳了门把手，吸了口气，然后走进房间。查理穿着内衣裤坐在没铺床单的床垫上，抱着那个情人节盒子，怒目而视。

“露西？”他低声说道。

“嗨，查理。”我开始说道。

“露西，露西，露西！”他不停低声说着，前后摇晃着。几个月以来我都没听见过他说这么多话。

我点点头，害怕任何的反对都会让他发作。我从地板上拾起枕头，将它放在床上，这又引起他说了好几串的露西。

“该休息了，查理。”我告诉他。我用手将他遮着眼睛的头发朝后梳，朝枕头上推着他的肩膀，努力微笑着以驱赶作呕的感觉。

他躺下来并看着我，在胸前抓着那个粉红色心形盒子。“露西。”

我想过要将那个盒子拿开，但不想太过冒险。我开始整理地板上的物件，每拾起一条毛巾或衣物，下面都有可怕的意想不到的东西。有些东西已不可挽回。

我收拾了一个多小时，将东西放在门外，并将那些要扔掉的东西裹在床单里。等查理闭上眼睛睡着了，我悄悄出来，并关上了房门。

帕特里克坐在客厅窗户边的一把扶手椅上，面无表情地瞪着双眼。

“他躺下了，不过我不知道他能保持这种状况多久。”我告诉他。帕特里克什么也没说。“帕特里克？”

“露西——露西尔——是他的姑妈。她已经去世十五年了。”

“他需要吃药。”

“我不知道他把他的药都弄到哪里去了。现在药房也关门了。”帕特里克说道，仍然空洞地瞪着眼。

“我打电话给威利。她可以让萨利医生做些安排。”

帕特里克点点头，沉默着。

“会没事的，帕特里克。只要我们弄到了药，一切都会好的。”

他转头看着我，几乎是生气地说道：“是吗？还是只会更糟糕？只是看见我，他就会发疯，乔。我没法制止他，没法给他洗澡。他表现得像是看不起我，像是我会伤害他似的。”

“他病了，帕特里克。”

“我知道。他需要专业的帮助，需要医院。但我不忍心让他进慈善精神病院，被像疯子一样对待。他并没疯。只是有什么事情……不对劲。他在那次被殴打后就变了。”

“我现在打电话给威利说药的事情。”

帕特里克指了指门厅旁放在地板上的电话。当古巴人在那儿时我还打扰威利，她会大发雷霆的。我说我是为查理的事打电话来的，惊奇地发现威利很快就过来接电话了。我告诉了她这一切。

“可怜的家伙。”威利叹着气说道，“我会处理药的事情。可能会需要两个小时，因为现在已经很晚了，但我会派科基去的。”

我挂上电话后开始打扫厨房。帕特里克的声音从背后传来。

“这都是我的错，乔。我当时离开了他。”

“你每天都离开他。通常他锁在房间里没问题的。”

“但我在晚上离开了他。”

“你在新年夜那晚也离开了他，但他好好的。”

“不，我比平时离开得更久。”

“你去了哪儿？”我一边用水冲洗着盘子一边问道。

帕特里向下瞟了一眼自己的脚。“我有些生意要做。”

“购买死人的书籍？这个嘛，你知道那不会占用你很多时间的。

所以别再感到内疚了。”我的口气听起来很像威利。

帕特里克抬头看着我，很严肃地说道：“我真不知道离了你我该怎么办，乔，你知道吗？”

我大笑。“你会活下去的。”

“不，我还真不知道自己能不能活下去。”他向前迈了一步，“乔，我们彼此之间能诉说任何事情的，对吗？”

我看着他。“你这是什么意思？”

他走近我。“我只是这么说。如果我要告诉你什么，我希望那不会把你吓走。”

我的脉搏开始加快。我将视线从帕特里克移向水槽。“我不敢相信你竟这么说。想想我告诉过你的威利家里的事，那并没有将你吓走。哦，说起吓人的事，就在我去莎迪小树林之前，我碰巧看到了洛克威尔先生和伊万杰琳约会后正要离开那里。伊万杰琳扎着辫子，穿着学生装。”

“不会吧！”帕特里克说道，向后退了一步。

“真的。”

“你躲起来了吗？”他问道。

“躲起来？没有。我告诉他我是来给威利送书的。我问他是否常来威利家。一开始他很粗鲁并试图甩开我，所以我在车道上追着他往康迪大街方向走，告诉他我正在申请史密斯学院，要他给我写一封推荐信。

“什么？”

“没错，而且我告诉他我会给他家打电话，或者如果方便的话我会去他家拿这封信。他反应很快，他不想我告诉他妻子或他那对令人毛骨悚然的孩子说我在妓院碰到他了，对不对？”

帕特里克兴高采烈起来。“乔，你真是个天才！你认为他会给你写推荐信吗？”

“他让我给他办公室打电话。我会顺便去一下。”我用洗碗巾擦了擦手并转向他，“所以，看见了？我告诉了你所有事情。”我吸了口气。“你想告诉我什么呢？”

帕特里克顿了顿，看着我的脸。他温柔地微笑道：“我想今天这些已经够多了。你不停地让我感到惊奇，乔。”

帕特里克在沙发上睡着了，睡得很香。不久科基带着药来了。

“哎呀，这里闻起来像有死老鼠的气味。”科基皱起脸悄声说道。

“比先前好多了，我刚开了窗。”我将橱柜台面抹干净，并将湿湿的洗碗布搭在水龙头上。

“威利还让萨蒂装了些食物来。”科基说着，将袋子递给了我。

“你玩多米诺骨牌了吗？”我问他。每当科基赌博了我都会知道，因为他深色的手指尖上会粘着粉笔灰。

“是的，我和康布莱德一起玩的。查理先生情况有多糟？”科基问道。

“相当糟。他需要这药。”

“萨利医生给了两种药。一种只在他病情真正严重的时候再用。”

我走进客厅，看着两只药瓶。帕特里克正在打鼾，但没有楼上查理打得响，查理每次呼吸都像是在拉电锯一般。帕特里克呼吸时，发出咕噜咕噜的声音，呼气时上嘴唇就会鼓起来。我将两只瓶子放在他面前的茶几上，并将被子拉到他肩膀位置。我要走了，但突然看着他，弯下腰，在他额头上亲了一下。

第二十章

夏洛特包裹里的东西已整整齐齐地被摆在我的桌子上——史密斯学院的目录、宣传册和申请表。夏洛特还寄来了一本破旧的坎达丝·金凯德的《凶猛的背叛》，上面还写了一段题词，跟我开玩笑地写道：*给我亲爱的朋友乔，愿你的心也曾充满凶猛的欲望。爱你的，夏洛特*。她也寄来了那次晚会上提到的她在史密斯学院拍的照片。我将这张小小的照片立在桌子上。

我觉得头很重，很想小睡一会儿。今早我提前一小时到了威利家，以便能在早餐时去看看查理。查理已经平静下来，而且也愿意吃药了。他不再说话，只是坐在窗前的椅子上，怀抱着那个粉红色的心形盒子。之后我又在书店里工作了一整天，直到下午帕特里克回来。我们说好了，我去料理一下自己的事，就是去找洛克威尔先生，而他会在店里照看一会儿。

我在那面挂在墙上的破镜子前照了照，看着镜子里那个瞪着我的女孩儿，不禁叹了口气。我选了一条自觉是最适合去办公室那种职业环境的裙子，想着要是有双搭配的手套就好了，可我没有手套。裙子在穿洗多年以后已经褪色了。我的鞋子也磨损得厉害，但愿没人会注意到。我用纸巾在嘴唇上沾了沾。

格拉维耶大街812号，这是个人人皆知的地址。这里坐落着拥有巨大白色穹顶的爱尔兰银行大厦。洛克威尔先生的办公室在八层。随着电梯向上升，我感觉胃部在向下沉。我脑海里回放着那天在威利家门前的车道上，洛克威尔先生那居高临下的口吻，以及从他鼻孔里喷出来的嘲笑声。我还想起了那天我拿过威利的猎枪，凶猛又强悍，栅栏上的弹孔，我告诉自己，咸花生。

电梯的门开了，眼前出现擦得锃亮的硬木地板，一个衣着体面的女人坐在两边有盆栽植物的接待桌旁。我原以为会来到有许多办公室的走廊里。洛克威尔先生拥有整层楼。从我抱着包包一只脚踏出电梯门时，这个女人就从头到脚地审视着我。

“这里是八楼。”她说道。

“是的。”我点了点头，向前走了一步，“我是来这儿见洛克威尔先生的。”

她那细细的眉毛挑了起来。“你有预约吗？”

“我是他家的一个朋友，他知道我要来。我叫约瑟芬·莫雷纳。”我说着，同时意识到自己说话的声音不由自主地又高又快。

这女人拿起了电话。“你好，多蒂。我这里有位约瑟芬·莫雷纳小姐，是来见洛克威尔先生的。”她停下来瞪着我，“她说她是这家人的一个朋友，而且他知道她要来。”

十分钟过去了，二十分钟，一个小时。我翻着桌子上的一本《生活》杂志，假装对一篇有关杜鲁门总统的文章很感兴趣。接待员将指甲油换了只手拿着，接起了电话，时不时朝我这边瞟一眼，并摇摇头。我僵直地坐在椅子上，随着时间一分一秒地过去，我内心越来越愤怒。我走近桌子。“我今晚去洛克威尔先生家里拜访他好了。也许你打回去问问他是否那样更方便些？”

她打了回去，转瞬间门就大开，洛克威尔先生出现了，他身上的衬衫和领带都熨烫得笔挺。“约瑟芬，让你久等真是太抱歉了。夏洛特会砍了我的脑袋的。快进来吧。”

洛克威尔先生引着我走进了一间大大的办公室。房间有我整个寓室的五倍大，从敞亮的窗户可以俯瞰城市。他关上门，走到桃花心木大桌子后面。“我正要喝点什么，你也一起吧。”他比画着指向一个长长的餐具柜，上面摆满了玻璃瓶、玻璃杯，还有一个冰桶。

“不了，谢谢。”

“噢，一起吧。我会叫多蒂进来给我们调上两杯马丁尼酒。”

我放下包，走向桌子。“要摇晃的还是搅拌的？”

他似乎被逗乐了。“搅拌。再加点儿料（加橄榄）。”

我调着他的鸡尾酒，感觉到他在我背后灼热的眼神。

“哇噢，现在饮品就调好了！”他惊叹道，啜了一小口，然后在桌旁坐了下来。“你调马丁尼酒有多久了？”

“刚学会的。”我告诉他。

“我真希望你能教会莉莉调真正的饮品。你确定不想和我一起喝一杯吗？”

我摇了摇头，在他桌子前的其中一把椅子上坐了下来。“我知道你很忙很忙。”我从包里拿出一页纸，上面印有史密斯学院注册处的地址，并将这页纸从桌上推到他面前。“不必写很长。只要一封推荐信，以便和我的申请一起寄出。”

洛克威尔先生向后靠在椅背上，甚至都不看一眼这张纸。“噢，这么说你是认真的，对吗？”

“很认真。”

他又啜了一口马丁尼酒，然后松了松领带。“你告诉我侄女那天你碰到我了吗？”

“没有，我还没有这个机会。”

“是这样，年轻的女士，我并不真正了解你，而我不能为一个我不了解的人写推荐信。”他看着我，“或许推荐信的问题你该咨询下你的家人，比如你父亲？”

我装出一副悲伤的表情。“不幸的是，他不再和我们在一起了。”

“噢，是吗？”他喝下一大口马丁尼酒。“那么，他在哪儿？”

“我相信你明白我的意思。”

“我知道你的意思。”他说着，从桌上倾过身来，“但我不相信你。孩子，你正试图胁迫我。你很机灵。当你和你的同伴来我家里时，我就感觉到有什么地方不对劲。理查德和贝蒂仍在为你那弹钢琴的朋友争吵。我以前就见过他，他大白天的坐在大教堂的后面。”

“你在大教堂里见过帕特里克？”这令我惊奇。

“是啊，我们罪人经常去大教堂。”他嘲讽地说道。他在桌子那头盯着我。“那么，你很自负，还是很穷，还是两者都是？我侄女，夏洛特，喜欢喂养迷失的人，但通常他们至少还有一双体面的鞋子。”

我顿时感到怒火中烧，我移上前，将双手小心地交叉在桌子上。“对我来说，送书时碰到你和你那扎着辫子的朋友真是个幸运的巧合。不管怎样，我原先就一直希望能向您——或向洛克威尔太太——要一封推荐信的。”我回敬道。

他也做出了回击，像下一盘国际象棋般，将他的“象”移近了我的“后”。“噢，是啊，送书。我顺路去过你在夸特区的书店两次，一直都关着门。”

“家人生病了。”我点点头，“不过我知道洛克威尔太太很喜欢读书。我会很高兴为她带几本书过去的。”我将双手放回了腿上。

我们隔桌坐着，陷入了沉默，我抓着我的包，洛克威尔先生冒着汗。

“如果我给你写了推荐信，然后你不知什么原因被录取了，接下来你又会向我要钱。事情就是这样的，对吗？”

我真感到震惊，不由得向后靠在了椅子上。我从未想过跟洛克威尔先生要学费。“我向你保证，洛克威尔先生，我不想要你的钱。”

“是啊。你以为这是我第一次参加竞技表演？”

“我只是想从你那儿得到强有力的推荐，一份申请委员会能够承认和尊重的推荐。”

“因为你父亲已不再和我们在一起了，”他做出一副可怜的样子说道，“我想象你母亲也不和我们在一起了，哈？你要把这个灰姑娘的故事带去史密斯吗？”

“真的，这跟钱无关。我想去史密斯学院。夏洛特已将所有申请资料都寄给我了。我在学校的成绩很好。”

墙上的钟响了起来，洛克威尔先生用手指敲着桌上镶嵌皮革的地方。我越过他的手看着后面的书柜。银相框，家人的照片。

“你知道，我也许干脆就告诉我妻子这整件事情。你瞧，一个生意伙伴要我在威利家见面喝上一杯，等我到了那儿，我不想待在那儿，坚持挪到夸特区的一个酒吧去。我会告诉莉莉的，毕竟，所发生的事情就是这样。”

我没想到他会这样。“你完全可以这样告诉她，洛克威尔先生，只要你高兴。”

“我高兴的是再也不用见到你。”

我既然已掌控了他，我也可以结束一切。

“那么这样对我们都会很好。你那闪光的推荐信将会让我进入史密斯学院——穿过这个国家一路走得很远——而你也再不会有我的消息。再也不会。”

他从桌上一只沃特福德的烟灰缸里拿起一支烟蒂点燃，然后喝尽了杯子里的酒。“再也不会，哈？”我几乎能看到他脑子里的想法：伊万杰琳穿着格子短裙围着他跳舞。“也许我能想出点什么。”他说道，将那页印有注册处信息的纸拉向自己。

“我会等着这封信的。我的名字是莫雷纳，莫——雷——纳。”

“什么，你以为我会自己打印这封信吗？我会想出一些内容，然后多蒂会准备好这封信的。”

“请打印两份。我会明天再来。”

“不，等弄好后我会送到书店去。你不必再来。”他抬起眉毛并举起杯子。“在你离开前再给我调一杯。真他妈的好喝。”

当我转身要离开洛克威尔的办公室时，他站在窗边，手里拿着新调的饮品。“现在，再见了，约瑟芬。”他带着一种我想可能是微笑的表情说道。他没有送我出门。我坐着电梯下到了大厦的大堂，当我走出大门来到街上时，终于呼出了一口气，混合着释放与快乐的味道。

“莫雷纳小姐。”

有人轻触我的手肘，我回头一看，是一位警官。

“兰利侦探想要问您几个问题。请随我来。”

௸ 第二十一章 ௸

我坐着，哼着歌，坐在警察局门厅里冰冷的金属椅子上，盯着灰色的瓷砖地面。这种地面让我想起了上小学时教室里的地面，当我感到无聊时，我就会盯着地上看，想象那是个乌云密布的大水缸，有秘密口令，地砖上的裂缝就会打开并将我的桌子直接吸到深渊里去。这样的话我就得抓住什么东西，我就得跑得飞快，浓密的头发在身后吹得飞舞起来而打结。我不知道深渊是怎样的，但我很肯定，在学校灰色地砖下面有着比新奥尔良更好的地方。但警察局的地面一点也不让人觉得有希望，来自脏拖把的模糊痕迹在每一把椅子的腿周转画出了圆形的阴影。不管是谁打扫的，这人是个懒家伙，你一定要挪开椅子才能把地拖得干净。

一阵马蹄般的高跟鞋的咔嗒声来到我前面停住了。

“哎呀，嘿，乔茜丫头。你妈妈不在这儿，是吗？”

多拉的姐姐，达琳，在我面前摇晃着，她脖子的左边有斑点，要么是黑皮斑，要么是被揍的。

我摇了摇头。“没错，她不在这儿。”

“谢谢你等着，莫雷纳小姐。”一个矮胖的、发际线已向后退的男人从旁边的门道里探出身来。达琳抬起了眉毛，然后迅速走开了，她那磨损了的细高跟鞋的鞋跟敲打在地砖上。我走进了那间办公室。

“我是兰利侦探。”他说着，伸出手来跟我握手。他的手掌握起来感觉湿湿的、肥肥的。“请坐。”

这间没有窗户的办公室一点也不像约翰·洛克威尔那间办公室。成摞的文件盒靠着每一面墙，几乎要堆到天花板上了，而成堆的文件夹在桌子上堆得老高，把他围在中间，空气由于呼吸的热度和尼古丁而变得厚重，没有摆着照片。侦探从他面前抽出一个文件夹，拿起咖啡杯喝了一大口，那个咖啡杯看起来好几个月都没洗过了，我都看得见杯子里面的一层咖啡污渍。

“我们很幸运能找到你，你书店里的朋友告诉我们你正在格拉维耶大街办点儿事情。”这位侦探说道。

我点了点头。我见过弗兰基和威利与警察谈话。他们总是专注地听而很少说话。我决定也这样做。威利曾有一个警察内线为她做掩护，交换条件是与多拉在一起的时间。后来他被开除了，威利就再也没有一个警察内线了。

“莫雷纳小姐，你是否知道，一位来自田纳西州的绅士于新年夜在无忧宫酒吧因心脏病突发身亡。”侦探说道，然后等着我的反应。

“这件事我在报纸上看到过。”我告诉他。

他点了点头，然后拿起一张福里斯特·赫恩的照片，英俊的、成熟的、善良的福里斯特·赫恩，照片中他正在微笑，他的牙齿排列整齐，就像方形的干净粉笔。

“赫恩先生的支票簿记录上显示出，他死亡的当天下午，在你受雇的书店里购买了东西。你还记得有关他的任何事情吗？”

我将双手扣在一起，这样就不会发抖了，因为想到了福里斯特·赫恩的支票正好好地叠着放在我床下的雪茄盒里呢。“他……说他是从孟菲斯来的，是来看比赛的。”

侦探没有看我，而是向下盯着文件，擦了一根火柴，点着了香烟。他拿起那包烟，递给我一根。

“不了，谢谢。”

他将那包烟塞进衬衫口袋。“他买了什么？”

“济慈和狄更斯。”我说道。

他在面前一本折了角的记事本上做着笔记。“那是书名吗？”

“不，那是两个作家的名字。他买了一本诗集和一本《大卫·科波菲尔》。”

侦探继续写着并打了个哈欠，他的舌头上粘着芥末的颜色。我的肩膀放松了些。这家伙是威利所说的“纸张男”，不是一个积极破案的人，而只是做笔记记录下来，他当然不会与约翰·洛克威尔那样的人旗鼓相当。

“好的，你是否注意到，他有没有戴着什么首饰？这位寡妇报告说死去的人曾有一只昂贵的手表。”

像有一根冰刺扎进我的神经和喉咙。那只手表。她当然会注意到手表不见了。在背面所刻的“福·赫恩”下面还有“爱你的，玛丽恩”几个字，显然这是个礼物，一个昂贵的礼物，而现在她想要知道这只表去了哪里。嘀嗒，嘀嗒——这声音像脉冲般刺激着我的头。

“莫雷纳小姐，你注意到一只手表了吗？”侦探问道。

“是的，他戴着一只手表。”

“你是怎么知道的？”侦探问道。

“在他签支票的时候我注意到的。”

侦探将福里斯特·赫恩的照片翻过来看着。“这家伙看上去像个社交男。表很好吗？”

“嗯，金的。”

当他向后靠时，椅子发出了嘎吱声，他又打了个哈欠，用手梳理着那剩下的一点点薄羽般的头发。“好的，那么你可以证实他买书的时候还戴着手表了？”

“是的。”

“当时是几点钟？”

“我不记得准确的时间了，是下午的晚些时候。”

“还有别的什么特征吗？他看上去像是生病了吗？”

“不，他不像生病的样子。”

“马蒂。”一个同样不整洁的男人从门口探进身来，“在梅泰里市那边发生枪击。那边那些家伙说是马塞洛的一个手下干的。”

瞌睡侦探兰利突然振作起来。“有证人吗？”

“两个。都说话了。你这里还需要多久？”

“我这里已经结束了。让我喝口咖啡，我就过来。莫雷纳小姐，谢谢你。很抱歉打扰了，但这位绅士的家人很关注那只手表和一些不见了的现金，他们不停地联系我们。我送你出去。”

“不用了，听上去你们还有重要的事情。我自己会出去的。”我拿起包，尽快离开了他的办公室，离开了警察局。

他的家人很关注那只手表。他们当然会很关注。他的妻子为了找到这只表会尽力到什么程度？焦虑的绳索像是在我心里紧紧地打上了结。我觉得自己快要病倒了。这只表为什么会在我母亲卧室里一只男人的袜子里？我本可以告诉那个侦探，我发现了这块表并很高兴能为了赫恩太太而拿给他。不过这样一来他可能就会盘问为什么这只表会在威利家，他就会盘问威利，然后威利就会发现我拿了这只表却没有告诉她。况且，威利总是说她可不想要什么麻烦。

我知道该怎么做了。

☙ 第二十二章 ❧

我用拇指摸着那几个在黄金上蚀刻出来的字，我曾看到这只表戴在他手腕上，听到他深沉的声音。不管你选了哪所大学，都祝你好运，还有新年快乐。这会是一个很棒的新年夜！他哪里会知道，他似乎一切都好，充满了希望。《大卫·科波菲尔》。我几乎不了解他，可我心里却似乎有种东西很贴近这块表，拼命地想要留住它，但我却不能。

我穿上毛衣，将表放在包里，然后离开了寓所。

空气又冷又湿，蒙蒙细雨在黑暗中悄无声息地下着。我该带伞的，但我不想折回去。我知道如果折回去的话，自己可能就会失去勇气。于是我继续沿着皇家大道的人行道向圣彼得大街的方向走去。阴云密布的天空将街道变成了又湿又滑的迷宫，通常，我可以注意到人行道上从我后面移来的影子，但今晚却看不见，只看见一片漆黑。只听见许多扇门开合的声音，以及房屋之间回荡的声音。一个男人因为垃圾的事对着他儿子大喊大叫，一个女高音唱着优美的咏叹调，歌声从我上面的某处飘来。

“喂。嘿，丫头。”

一个衣衫褴褛、穿着绒毡拖鞋的老头从我前面的某个门道里探出身来偷窥着。我抱紧包走下人行道，到了马路上。他开始尾随我，嘴里说着胡话。

“榛子就在桌子下面。”他在一步之遥后面咯咯笑道。

我加快脚步，然后听到他穿拖鞋的脚步声戛然而止，代之以怪异的号叫。

“你将永远迷失，可怕地遗憾，克莱芒蒂娜。”他叫道。

或许该等到天亮的。我的头发都湿了，当我经过杜威饮料店时已开始发抖。店里射出温暖、粉红的光。快到拐角时，我听到背后门旋扭的声音。

“乔！”

我转过身。杰西正朝我小跑着过来。

“嘿，乔，你要去哪儿？”

我张开嘴，然后又闭上了。我要去哪里呢？我能告诉他什么呢？我低头看着杰西的工装裤，宽宽地围在他那黑色的机车靴上，并使劲想着。“我要去……见一个朋友。”

“现在已经很晚了，不是吗？”

我点点头，双手抱在湿毛衣前。

“要进来暖和一下吗？”他转头朝饮料店示意着。

我双眼被拐角上那幸福的粉红亮光吸引着。“这个……”

“噢，来吧，汽车城。很快的，你在发抖。”

我看了看黑暗中的圣彼得大街。“好吧，只是一会儿，很快的。”

我在洗手间里将头发弄好，又试着用包里一块薄手帕将身上擦干。当我回来时，一杯热可可已放在了杰西旁边的柜台上。我滑到高脚凳上，杰西的杯子已经空了。

“你在这里很久了吗？”我问他。

“我正要离开，然后看见了你。我不得不从家里出来，我奶奶简直要让我发疯了，她正试图向邻居们施魔法让他们搬走，因为他们很吵，害得她晚上睡不着觉。

“真的？什么样的魔法？”

他翻了翻白眼，然后将热可可推到我面前。

“噢，快点，告诉我吧，杰西。我反正也不会相信那些东西。”

我是不相信，但我包里却有一个符咒袋，是威利的巫医坚持要我带着的。

“不说了，只是些疯狂的东西。”他说着，用餐巾纸擦掉手指上那些看起来像是机油的东西。

“噢，难道我不懂什么是疯狂吗？”

他微笑了。“那么好吧。”他坐在高脚凳上转向我，并将他的靴子抵在我腿的对面。他的身子倾向我，离我很近，我闻到了他身上刮胡膏的气味，我努力稳住自己的脸，因为我的脸似乎被牵引要向那个气味而去。

“她发誓说自己的咒语对除掉人们很有用。她找到一只死老鼠，在它的嘴里塞上一片在红蜡里浸过的柠檬，在老鼠身上倒上一茶匙威士忌，用报纸裹起来，然后放在邻居家的门廊下面。”他扬起眉毛。

“我没听说过这个。”杰西很有趣，并且出人意料地易于交谈。

“她真的很迷信，但新奥尔良就是那样。”

“是啊，新奥尔良就是那样。”我摇了摇头。

他将饮料杯稍微倾斜着，看着里面最后一点液体顺着杯壁往上爬。“但你会离开吗？”

我抬起头。杰西正盯着我。“我是说，你想过要离开新奥尔良吗？”他问道。

他知道了？我想告诉他是的，但这样感觉不太对。他已经知道母亲的事。也许这就是他为什么这样问的原因。我向下盯着柜台。“那么你是家里第一个上大学的人吗？”我问道。

“是啊，我老爸仍在监狱里。他说过要出来，可你知道那只不过是说说而已。”

“他因为什么事儿进去的？”

“赌博……还有其他事情。他总是出来没几个月就又被抓进去了。”杰西说道。

“你爸爸没有和马塞洛绑在一起吧，对吗？”我想起侦探兰利说马塞洛的一个手下在梅泰里开了枪，我希望那是辛辛那提。

“噢，见鬼，他没有。马塞洛是一流的，如果你和他纠缠在一起，你将不会老死在监狱，而是最终死于非命。我老爸只是新月城（奥尔良市的别称）的普通坏蛋。如果你不小心，这个地方会吞了你的，但我不会永远待在这儿的。毕竟，我真的像一个卖花人吗？”

“呀呀，你好啊，杰西！”两个很吸引人的金发美女手挽手地来到柜台前。

“嘿，弗兰。”杰西扭头说道，眼睛却仍看着我。“你喜欢花吗，汽车城？”

“我妈妈很喜欢她上周在你这儿买的玫瑰。”一个女孩儿说道，轻轻靠近了杰西。

“我很高兴。”杰西转向她们，用嘲弄的语调低声说道。“现在，请你们原谅，女士们，我有点忙，正试图向这里这个女孩求爱呢。”

我大笑起来，差点从鼻孔里喷出可可饮料。

“看起来她并无兴趣。”弗兰说道。杰西的脸阴沉下来。

我滑下高脚凳。“我真是太粗鲁了，请坐。我们不需要两个凳子。”我坐到杰西的腿上，两个金发女瞪大了眼睛。我将手臂绕在他肩上并向空凳子比画了一下。

“那辆车跑起来了吗，杰西？还是你仍骑着那辆胜利牌？”弗兰问道。

“仍骑着摩托，不过梅尔茨快了。”

“这辆车不可思议，”我说道，用杰西杯子里的塑料管嗖嗖地吸着里面剩下的饮料，“高压头，双汽化器。”

所有脑袋都突然转向了我。

“乔原先是从底特律来的，”杰西说道，“就是那座汽车城。”

“好可爱，”弗兰说道，她盯着我的眼神像是要在我身上钻出孔来，“乔从底特律来，而杰西从多菲来。”

“事实上，我来自阿拉巴马。”杰西说道。

“但那听上去没那么好。”弗兰说道。

“我觉得那听上去真好。”我将自己的声音调低成悄悄话。“不管怎样，女孩们，你们知道的，他们都怎么说阿拉巴马的男孩们。”我慢慢地点着头。

弗兰张大了嘴，她右边补了两颗牙。她的朋友开始控制不住地咯咯笑起来。弗兰拉着她朝门口走去。

我看着这两个女孩款步走开，穿着昂贵的大衣，涂着粉红色的口红。她们一走出门，杰西就大笑起来。

“真了不起啊，高压头，哈？”他说道。

“我在我们店里的一本改装车书上读到过。”

“对她们而言这是个游戏，”他告诉我，“到贫民窟与杰西鬼混。”

“你这是什么意思？她似乎对你很有兴趣。”我看着杰西。他不像帕特里克那样时髦而敏锐，他有些粗糙，总是静悄悄的，很神秘。杰西有着蓝色的眼睛、深褐色的头发，靠近右耳的地方有一道很深的疤。尽管他儿时脚部受过伤，在学校却是打棒球的。

“得了吧，她们并没兴趣。她们只不过是在与一个夸特区的男人调情，这样当她们老了，她们就可以说自己曾经也在轨道的另一边玩过。”

“是啊，当她们在桥牌聚会上喝着高脚杯里的酒时，可以讲讲这些故事。”

“正是这样。”杰西说道，“她们会谈到有一次她们到夸特区鬼混。”

“与那个帅气的卖鲜花的小贩鬼混。”

“他永远毁了她们的名声。”他在我耳边悄声说道。

杰西在我耳边温暖的嘴唇使我胃里有什么东西颤抖起来。一种紧张的感觉控制了我，于是我从他腿上跳了下来。“对不起，我可能要压断你的腿了。”我坐回了自己的凳子并理了理裙子。

“别担心，帅气的鲜花贩子还受得了。”杰西看着我。

“什么？”一阵燥热涌上我的双颊。

“你说的‘与那个帅气的卖鲜花小贩。’”

“没有，我没说过。”

“你说了，而且现在你脸红了。”杰西咧嘴笑道。“不过别担心，我知道你不是认真的，你只是在玩儿。”杰西手里拨弄着杯子下的纸巾。“你今晚要去见面的朋友，是书店里的那个家伙，对吗？”

我现在感觉这么暖和这么舒服，把那些事都全忘了。手表，侦探，向杰西撒的谎。我真希望能告诉他真相，可我能说什么呢？其实呢，杰西，我得赶快跑了。我包里有只死人的表，他的寡妇和警察都在找它。由于你爸爸在监狱以及这一切，你很明白这些事情是怎么一回事的。

我只是点了点头。“是的，我要去见帕特里克。也许我该走了。”我打开包。

“不用了，我已经付过账了，乔。就让我付吧。”

“谢谢你，杰西。”我微笑道。

“我陪你走过去怎么样？”他一边说，一边在柜台上放下钱，然后站起来。“外面很黑。”

“噢，不用了，没事的。”

他点点头，然后正色道：“当然。见到你太好了，乔。晚安。”

“晚安，杰西。再次为热可可谢谢你。”

我走过圣彼得大街，然后走向伊兹广场，试图找出哪里是做这件事的地方，哪里可能是最黑暗的地方，哪里才不会有人看见我。毛毛雨已经停了，但天空中仍有又黑又厚泡沫般的云。一只老鼠在街上细细地啃着垃圾，它停下来瞪着我，我想到杰西的奶奶用柠檬塞住它的嘴。我穿过马路，然后向河岸边走去。我的鞋在潮湿的碎石上打着滑，我磕磕绊绊，差点跌倒。我装作只是随便走走，回头看看有没有谁在附近。一对情侣在河边站着亲吻，我从他们旁边走过，希望他们会离开。

风吹着，黄色的密西西比河的放浪味道拂面而来，将我的发梢吹起。我听到河岸下面萨克斯管的哭声，看到闪烁的灯光下蒸汽船总统号的名字，以及船上那些付了钱来寻欢作乐的客人。我站在那儿，瞪着远处茫茫一片的河水，不知道我得将表扔出去多远才不会被冲回岸边。我应该将表绑在一块石头上的，这样才能确保它沉下去并在河底待着。突然听见背后有什么踩在碎石上的声音，我迅速转身。

我眯起眼，黑暗中却什么也看不到。我想到了那些密西西比河上发生的鬼故事，想到了简·拉菲特和那些出没于河边的无头海盗。我转过身对着河水。我打开了包。

我伸手进去并抓住了福里斯特·赫恩的手表，告诉自己快把它扔到河里去。可不知怎的，我想象我摸到了上面所刻的字：爱，玛丽恩，这字刺痛了我的指尖，它们祈求着我不要把这件充满美和感情的东西扔到密西西比河的淤泥里。可这正是新年夜发生在福里斯特·赫恩身上的事情，不是吗？一个美男子被偷，被吸到了夸特区肮脏的淤泥下。

狄更斯的话萦绕在我脑海里：

> 在我内心深处，有一个最爱的孩子，他的名字是大卫·科波菲尔。

现在这块表仿佛在烧着我的手。我望着茫茫的河水，想着福里斯特·赫恩和他的善良，想着母亲和辛辛那提，想着威利、那些女孩儿、帕特里克、查理、杰西，还有科基。

我哭了起来。

ꕥ 第二十三章 ꕥ

电梯的门开了，我走了进去。“请到八楼。”

电梯操作员慢慢地转向我。

我的手变得冰凉。“妈妈？”

她脸色发灰且没有生气，嘴周围长满了疙瘩。她缓慢地摇着头并大笑，那种我讨厌的笑。

“噢，不，小丫头，”她咬牙切齿地说道，“没有八楼给你。”

她抓住把手，将它推向前，我感到电梯猛地向下降落，我们在坠落，而母亲却在狂野大笑。她嘴边的疙瘩崩裂，开始流血。许多股血从她嘴边一直流到脖子上，浸入了她身上奶油色的腈纶制服。我尖叫起来。

然后我醒了过来，是尖叫着醒过来的。

当我在威利家做清洁时，这尖叫声仍在我脑海里跳跃。当我走回书店时，这尖叫声仍在两耳间回荡。每隔几分钟，这尖叫声就会和福里斯特·赫恩手表的嘀嗒声交织在一起，我已经将表放回书店里的隐藏处了。

还有母亲。我无法抹去她那食尸鬼似的脸，还有那些血的幻象。我担心她会不会在路上出了什么事情。我希望她会写信来，然后不知道她为什么没有写。母亲不在新奥尔良的话，事情会更简单，因为我不必再笼罩在她的黑心和幼稚心智的阴影中，但我却仍然希望能有她的音信。

我换掉做清洁时穿的衣服，然后走下楼去店里。门开着，帕特里克正在柜台上将一箱书拿出来，他的动作很慢，他的肩膀缩着。

“查理怎么样了？”我问道。

“老样子。”

“你没事吧？”

“没事，只是累了。昨天警察找到你了吗？”帕特里克问道。

“他们当然找到了，你告诉了他们我在格拉维耶大街。你为什么要告诉他们我在哪儿？”

帕特里克瞪着我，很不理解地说道：“我以为你会想要帮忙。我知道你认为赫恩先生是个好人，就跟我的想法一样。你不是想知道在他身上究竟发生了什么事吗？”

“这根本不关我的事。我想知道赫恩先生什么事呢？我之前不过是出于好奇而感兴趣罢了。”

帕特里克耸了耸肩。“然后呢？和洛克威尔先生的事进行得怎样了？”

“我告诉他我是代表你去那儿的，因为你想与他女儿携手走进婚姻殿堂。”

“是啊，然后你就可以嫁给那个小猫杀手哥哥，这样我们就会在一个快乐的大家庭里。说正经的，发生了什么事？”

“他让我等了一个多小时，所以我告诉接待员我去他家里拜访好了。他于是立马出现了，并押送我去了他的办公室。他那间办公室，准确地说，比这间书店还有一整个酒吧还要大。”

“当然了。”帕特里克说道。

“于是我给他调了两杯马丁尼酒，然后通过不太令人舒服的谈话之后，他同意给我写那封信了。”

“哇，这么说你做到了。太好了。”帕特里克说道。

我点了点头，然后看着柜台上的箱子问道：“你搞到了什么？”

“伊夫·博福特死了，他收藏了大量维克多·雨果的书，这是查理一直想要的。我还得再跑一趟，还有很多，但我已经在读这些书了。今天早上去那儿的时候，这位寡妇穿着黑色的便服，说这是她的哀悼服。她告诉我如果我修好她家下水道的话，她会给我折扣价的。”

“呃，博福特太太是不是快八十岁了？”

“八十二了，看上去像是九十五，而我对水管又懂什么呢？我做这些都是为了维克多·雨果，哈？”

门开了，弗兰基踱了进来，他双手叉腰四下看着。

“弗兰基！你总算来买一本书了。”

“嘿，洋基丫头，”他折起一条粉红色的口香糖塞进嘴里，将铝箔包装纸放在鼻子前闻了闻，才将其揉起塞进口袋里，“我不是来找书的，是来找你的。”他朝帕特里克点了点头，“嘿，马洛，老爷子怎么样了？”

“他好得很，谢谢。”帕特里克说道。

“那么，乔，我听说你昨天去了局子里，一切还好吗？”弗兰基问道。

“达琳告诉你的？”

“我没说谁告诉我的。一切都好吗？”

“是的，一切都好，弗兰基。”

“他们问了你妈妈的事？”

“没有，为什么他们要问母亲的事？”我说道。

“他们是问那个在新年夜死去的男人的事。”帕特里克说道。我看了看他并皱起了眉头，他没必要主动说出任何信息。

弗兰基把眼睛从我挪向帕特里克，他的下颌动着嚼着口香糖。“那个从孟菲斯来的男人，是的。警察也来过这儿了？”他问帕特里克。

帕特里克没有回答。弗兰基又看着我。

“福里斯特·赫恩死的那天在书店里买了两本书。他们问我他当时看起来是否像生病的样子，我告诉他们他看上去很好，就是这样。”

弗兰基靠在柜台上，将一本书转向自己。“维克多·雨朵。”

“不对，应该读‘雨果’。”帕特里克说道。我不得不忍住别笑出声来。错误的发音是帕特里克不能忍受的一件事。

“噢，是吗？我曾经认识一个叫雨果的家伙，一直欠着我一张十点的牌。”弗兰基打开那本书，开始快速翻着书页。

“小心书脊，这书已经有些年头了，”帕特里克一边说一边小心地拿走了那本书，“我能帮你找点别的什么吗？”

“不了，”弗兰基说道，站起来，将手指关节压得咔咔响，“那么，乔，有什么威利应该知道的事吗？”

他以那种特有的弗兰基方式看着我。你不可能知道他知道什么，但我必须假定，不管他确实知道的是什么，他都会告诉威利，而威利为此付给他不少钱。

负罪感再次爬上我心头，我应该告诉威利关于手表的事情，我从未将这样的事隐瞒过她。但弗兰基不可能知道我拿着这块表。我能肯定的唯一一件事是，弗兰基知道的比我多。

“不，我没有什么要让威利知道的。有的话我会让你知道的。”我告诉他。

“是吗？”他微笑着嚼口香糖，“那么你会让我知道你和杰西·蒂埃里约会多久了吗？”

帕特里克转过身来。“你和杰西·蒂埃里在约会？”

“我没有和杰西·蒂埃里约会。”我说道。

弗兰基咧嘴笑了。“没有？街上的传言是，昨晚你坐在他腿上，而且他在你耳边说着悄悄话。”

我讨厌这个城镇。是谁在监视我？我瞪着弗兰基。他告诉威利了吗？

“这事是在哪儿发生的？”帕特里克说道。

“我不是八卦男，马洛——我是消息人士。”弗兰基伸出了他的手索要费用。

“别这样！你不能出卖关于我的信息。是在杜威饮料店的柜台边，但这只是个玩笑。杰西是朋友。”

弗兰基举起双手投降。“我对此没任何问题，杰西是个好人，女孩子们不知何故都疯狂地喜欢他。再见了，洋基丫头。”弗兰基向门口走去，我跟着他出去。到了街上，我受不了了，我得知道。

“我说，弗兰基，你有没有我母亲的消息？”

“有人看见她一会儿在这儿，一会在那儿。你知道吗？乔，你应该跟紧威利。”

“我确实紧跟着威利。”

“她总是支持你，你也应该支持她。”

弗兰基吹破嘴里的口香糖，用他的长手向我敬了个礼，然后就顺着皇家大道走了。

我知道威利是弗兰基的大恩人，所以他紧跟威利并带给她消息是有道理的，但他说我应该紧跟威利是什么意思？帕特里克在窗户里向我打手势，要我返回店里。

“你知道，现在一切都明白了，”帕特里克说道，“杰西经常造访书店，但他却不买任何书，只是将油抹在书上。他是从阿肯色州某个乡巴佬的镇上来的吗？”

“是阿拉巴马州，而且他没有将油抹在书上，这是你捏造的。”

“好吧，我觉得他好像挺和蔼的。他总是微笑着，你注意到了吗？”帕特里克说道。

“没有，我从来没注意。”

“你喜欢他吗？”

“他只是朋友。”我说道。

帕特里克点点头。“他的牙齿长得很好。”他突然一转念，“嘿，昨天我碰到保尔森小姐了。”

保尔森小姐是洛约拉大学的教授，查理的女友。我从未见过她，不过查理有一次透露，他觉得她正期盼着将他们之间密切的友谊发展成长期的承诺。她曾雇佣帕特里克在英语系工作了一年。

“保尔森小姐去史密斯学院执教了。”帕特里克说道。

“是吗？”

“是的，我完全忘了这件事。总之，我跟她讲了你的事情，她说如果你有什么问题，她会很乐意回答的。她这周晚些时候会顺便来一趟店里，取我为她订的一本书，到时你可以和她谈谈。”帕特里克说道。

“噢，帕特里克，谢谢你！”我做了一个笨拙的动作要拥抱他，因为我似乎应当这样做。他惊讶地站着，然后用双臂抱着我，并将他的下巴搁在我肩膀上。

☙ 第二十四章 ❧

我已经将这些材料读过无数遍，实际上都能背出来了。

> 招生委员会的初衷是设立灵活的入学条件，以便有能力的女孩们能从各个学校和全国各地来到史密斯学院。

我看着“有能力”这个词。是有能力达到那些严格的条件吗？还是有能力得到录取？可能是有能力支付费用吧，这一点我没有能力。

> 招生委员会将从所有符合条件的申请人中，选择出那些性格、身体素质和学习成绩都有良好记录、显示出她们有能力完成大学学业的学生。

性格，我知道自己本身就是性格，但他们却要我拥有一个性格。

身体素质，除了偶尔有红色痘痘冒出来，以及那次在杰德里克店前人行道上的米饭事件，我是健康的。

学习成绩，只有普罗菲特先生的课得了一次B，这会使我寝食不安的。我仍能感觉到他在我桌子上方那樟脑球般的气息，他是吃了他家阁楼上的腐烂毛衣吗？“莫雷纳小姐，你必须努力，”他会用很轻的语调说道，“你必须找出方程式的灵魂。”方程式的灵魂？我无法相信计算与灵魂有任何相似之处。但我当时真应该假装和普罗菲特先生一起加入吃毛衣大餐，这门课的成绩B现在会削弱我的申请通过可能性。

录取是基于申请人的整体记录，学校成绩、推荐信、大学委员会考试，以及其他被大学确认的、有关综合能力、性格和身体素质的信息。所有证明文件都必须于三月一日前寄达招生委员会，申请才有可能在四月的招生委员会会议上通过。

三月以前，现在已经是二月了。狂欢节是二月二十一日，而各种晚会和舞会都已经开始了。届时，威利每天都会延长开门时间，以便在这个她所说的“喧闹高峰期”多多来钱。她会招来更多临时工作的女孩，并在附近的汽车旅馆预订两个房间，女孩们会轮班工作，其间只有几个小时可以去汽车旅馆洗个澡、睡睡觉。我早上仍会去打扫，但需要的时间会更长，而且在狂欢节期间总是会有跑腿的事情。

我从柜台上瞪着书店的窗户外面，看着过往的行人。约翰·洛克威尔在狂欢节期间也会很忙。我在他办公室的时候，看见一张他和雷克斯的合影，雷克斯是最老的狂欢节克鲁（一个在新奥尔良狂欢节最后一天主持庆祝活动的民间组织）成员之一。如果我不能在狂欢节开始之前拿到推荐信，就意味着根本拿不到了。

住　宿

史密斯学院的住宿规则是，从四个班级中，每个班级选一人组成一个组，每个组住在一个房间里，每个房间有起居室、餐厅和厨房，并由舍长监督。

“舍长”，听上去像威利。我看了看夏洛特的寄出地址，她住在坦尼屋。

所需费用

学　费　850 美元

住宿费　750 美元

书　费　25—50 美元

订阅费和手续费　24 美元

娱乐费和杂费　100 美元

够了。我将这叠文件推入柜台下面。看着这些费用，我的胃就翻江倒海般难受。将近两千美元啊，四年就要八千美元。我一生的积蓄就在那个雪茄盒子里，总共不到三百美元。没错，我总是乘坐七美分的有轨电车，喝五美分的饮料，可一年两千美元？威利说她会为纽科姆大学或洛约拉大学付费，但这两所大学的费用只是史密斯学院的三分之一。我会申请资助和奖学金。这是我唯一的希望，不管用什么方法我都得将雪茄盒里的咸花生变成小甜点。

我瞪着窗外，一个穿着时髦套装的女人穿过大街向书店走来，我估计她应该有五十多岁。当她朝门前走过来时，人们自然地给她让开道。文学虚构类，我将大拇指放在柜台上，向帕特里克发信号。他并不在店里，这已经成了习惯。

“下午好。”当她推门进来时我说道。

这女人径直走向我，将她的笔记本放在柜台上并笑了笑，是那种礼貌的笑，但笑得很保守，仿佛她的牙齿急切地想要向外张望，而她却不允许似的。她的迟疑表明她在评估，她看着我时，脑袋微微倾向一边。她两鬓的头发紧紧地梳向了脑后的发髻，她的皮肤像新鲜的太妃糖。

“莫雷纳小姐？”

我点点头。

“我是芭芭拉·保尔森，洛约拉大学英语系主任。帕特里克·马洛曾有一年担任过我的助理。”

“噢，是的。很高兴见到您。帕特里克告诉我您去史密斯大学了。”

“确实是。”她的脑袋又一次倾斜着，这次是朝另一个方向，在充分地评估，“而且他告诉我你正在申请，你申请得相当晚了。你知道，多数女孩在高中最后一年之前就申请了。”

“是的，不过我会赶上三月的最后期限的。”

“帕特里克说你的成绩非常好。那么你的课外活动情况怎么样呢？”

我瞪着她。

“你的申请中确实有课外活动吧？获得过什么奖？”

我摇了摇头，当她向我举例说着学生会、语言俱乐部、社会委员会以及所有其他机构时，我继续不断地摇着头，这些机构是任何申请东岸学校的女孩都参加过的。

“我的课外活动很有限，在学校时我得做好几份工作。”我解释道。有限？更像是根本没有。

“我明白了。除了在这个书店工作之外，你的其他工作形式是什么呢？”

她是在问我是否支付得起，我是支付不起的。我看着她鬓边梳得紧紧的头发，努力想出一个安全的答复。“我在夸特区的一户人家做女佣。”

保尔森小姐没有像我预料的那样做出吃惊或可怕的反应，她似乎很欣赏我的坦率，手里拨弄着她笔记本上的皮带。“帕特里克解释说你的父亲不在家。亲爱的，你的母亲呢？”

母亲？噢，此刻她正在加利福尼亚一个满是灰尘的汽车旅馆里，将一个冰袋夹在双腿间冷却着自己。

“我的母亲……也是做打扫房间的工作。”我告诉她，“她现在到其他州找工作去了。”

我们之间沉默了良久，然后她说道：“查理·马洛和我是老朋友了，帕特里克是我教过的最好的学生之一。他不像他父亲那样是一位作家，但他很懂文学，我想他会成为一名优秀的编辑，我一直鼓励他朝那个方向发展，但是——”她停了下来，然后用手将这个话题挥走了，“我想说的是我对帕特里克极其尊敬，而他似乎对你极其尊敬。”她最后那句话说得充满了困惑。

“帕特里克和我很久以来都是亲近的朋友。”我解释道。

“你在和他约会吗？”这话飞快地丢了出来，太快，而她自己是知道的，而且她的问题背后闪烁着其他什么东西，并不完全是嫉妒，是某种好奇？“当然，并不是说这与我有什么关系。”她补充道。

“噢，我并不介意这个问题。我们只是朋友。”我向她保证。

“我一直不明白他为什么待在新奥尔良。他父亲一切都好吗？”

“非常好。”我微笑着答道。

“很好，我想要查理今年再来参观我的写作课。”

我想象着查理身穿内衣内裤坐在阶梯教室最前面，胸前抱着那个心形的盒子。

“是这样，你的申请需要强有力的推荐信，不幸的是，我没法给你写推荐信了。你瞧，我已经给圣心区的一个女孩写了推荐信，如果我又写一封，那一封推荐信就没那么有分量了。但我确实鼓励你申请，莫雷纳小姐。这样的练习，不管多么没有成果，都会塑造我们的品格。”

没有成果。她在告诉我那是没有用的，我是没有用的。

“是不是有一本书要给我？”她提示，“我预订时提前付了款的。”

我看到过那本书——是法国作家西蒙娜·德·波伏瓦写的《第二性》。帕特里克从巴黎一家出版社订购的。他说这本书是对女人的一种分析。我从口袋里拿出钥匙，走到书柜前。我打开了玻璃门，将那本书从书架上取出来。我感到后面有一个温热的影子，保尔森小姐离我的背只有几寸远。

她从我肩膀上指过去。“《印度之旅》，是什么版本？我也想看看那本。”她伸出了手。

☙ 第二十五章 ❧

我是个撒谎者。

对不起，保尔森小姐，《印度之旅》目前正在修复中。不，帕特里克，我不知道罗斯福酒店附近与母亲在一起的那个人是谁。是的，杰西，今晚我要去和帕特里克见面。不，威利，我不知道母亲已经前往加利福尼亚了。不，兰利侦探，我没有在我母亲床下发现福里斯特·赫恩的手表，那张床是在妓院里，床头上有个弹孔。

等等，等等。我每撒一个谎，就需要撒另一个谎来进一步掩盖。这是没有用的，就像我学着用钩针编织的时候，编出的长长的东西。没有用却塑造了品格，保尔森小姐已经说过。也许她现在已经回到家，泡了前一夜的伯爵红茶包，淡淡地喝着，揉着她太妃糖色的头皮。

我坐在床沿，瞪着我腿上那本《印度之旅》，我将它放在楼下店里是多么愚蠢。但所有事情仍然对不上号，如果福里斯特·赫恩没有来过威利家，那么这块表怎么会在我母亲的房间里呢？但如果母亲知道有这块表，她绝对不会留下不要的。是的，这块表会是辛辛那提一身死亡行头的绝好补充，而且弗兰基说母亲新年夜一直在罗斯福酒店。

我爬到床下面，将那块松了的地板拉起来，费劲地将手伸进打开的洞里，摸索到那个雪茄盒子，然后将这本书塞了进去，又将装钱的雪茄盒子拿出来，在我桌子的抽屉底部腾了个位置放进去。这时有两件事情一齐蹦出了我的脑海：

赫恩先生没有认为我是无用的。

某个曾与福里斯特·赫恩在一起的人也来过威利家。

为狂欢节做准备的工作越来越忙了，人们庆祝着将要到来的节日。十四天之久，我口袋里装着约翰·洛克威尔的名片，发誓要打电话并索要那封推荐信。十四个夜晚，我躺在床上，肯定自己能够听到地板下面那块沾惹是非的表的嘀嗒声。

女孩们工作到很晚并睡得很晚，伊万杰琳已安顿进了自己的新房间，这个房间也不再有母亲的味道。威利已筋疲力尽，但我不敢偏离我们平时的规律，我端着咖啡托盘，用脚轻扣着她房门的底部。

“那最好是我的咖啡，而且最好是热的。”

我推门进去，只见威利坐在床上，被一摞摞的钞票包围着。

“关好门，我不需要女孩们看到这些绿票子，否则她们会要求发奖金的——好像我不知道她们都将额外的钱装进了自己的口袋，我额头上刻着‘愚蠢’两个字吗？”她将手放在腿上。“那么，你找到了什么？”

“狂欢节期间通常会留下的东西。”我将围裙口袋里的东西全都倒在她床上。一只袖扣、丝质领带、打火机、晚会请柬、酒店钥匙，以及一个鼓鼓的钱夹。

威利伸手拿起那个钱夹，数了数里面的东西。“那是议员的。用一个信封封起来交给科基，让他送到庞恰特雷恩酒店，他住在那儿。幸亏他是跟小甜点而不是伊万杰琳在一起。还有别的什么吗？”

“伊万杰琳的枕头套被撕破了。”

“是的，她昨晚接待了那个抓扒者。”威利说道。

“说到伊万杰琳，”我小心地开始说道，“我注意到她盒子里有了一些新的首饰。”

“那不是偷的，她得到了一个大款。”

“某个新的？”我问道。

“不是，他时不时过来的。”威利将一摞高高的钞票放在床尾并继续整理着。“三千。给我拿一块热毛巾来。这些钞票真脏。”

“伊万杰琳的新男友是个珠宝商吗？”我从卫生间里高声说道。

“哪里，他是住在上城的开发商，修建酒店和购物中心。我不喜欢他，他对权力有种扭曲的需求，不过他撒钱跟撒米一样。”

我站在威利的床边，用热毛巾擦着她的手。她向后靠在枕头上，叹了口气。

“威利，你的手是肿的。怎么回事？”

“我的手在发酵，盐吃得太多了。”她将手从我的手里抽出来，很快将那些钞票收起，按面值摞整齐并用橡皮筋扎好。“只昨天一晚我就进账三千，如果继续这样下去，将会是最好的季节。保险箱开着的，将这些放进去，然后把底下那个绿色的盒子拿过来。”

三千美元。威利一个晚上就赚到了史密斯学院一年的学费。我将一捆捆的钱放在保险箱里其他一排排的现金旁边，然后抓起那个她要的绿色盒子，盒子顶端蚀刻着金色的阿德勒首饰字样。我知道阿德勒首饰店，那是一家源自卡纳尔的高端首饰店，所有东西都很漂亮，也很贵。我从未跨进过阿德勒首饰店，但有时我会看着橱窗里的东西。我将这个盒子递给了威利。

“我要不要告诉萨蒂关于伊万杰琳的枕头套的事？”我一边问，一边收起威利桌上的两只玻璃杯。

“省省吧，现在你不要想枕头套的事。”威利说道。

我深吸了一口气，将玻璃杯放回桌子上，这样她就不会看到我的双手在颤抖。

“你可能以为我会忘记了什么事情，乔，但我不会。我已经在这个游戏里很长时间了，而我的心就像陷阱一样深不可测。”

我点了点头。

“别躲在桌子边，过来这儿。”她吼道。我走近她的高床。

“拿着，”她把绿盒子塞给我，“打开。”

盖子弹开了，里面白色缎衬上是一只漂亮的金表。柔和的弧面上刻着埃尔金女表几个字，这是和福里斯特·赫恩的手表搭配的女款。

她知道了。她是通过这种方式告诉我她知道了。我吸了口气。我无法看着她。

“怎么？”她要求我说话。

“很漂亮，威利。你要我为你戴上吗？我知道你很难扣上小钩扣。”

“我？你在说什么？傻瓜，你就没有什么要说的吗？”

我又颤抖起来。“威利，我很抱歉——”

“闭嘴。我不想听到这个。拿着这块表然后说谢谢你。你以为你那没用的母亲会记得？她不会的。但是别以后每年都盼着会有什么礼物，十八岁是一个里程碑。然后别向女孩们炫耀，否则她们就会盼着去阿德勒首饰店，而我需要她们今晚专心一些。情人节期间生意总是非常好。别忘了从阁楼上拿出装饰物来。你为什么就那样站着？什么，你需要听到我说出来？生日快乐。好了，现在，拿着表滚出去吧。”

我的生日，我并没有忘，只是以为别人忘了。我退着走向门口。“谢谢你，威利。这太漂亮了。”

“好了，拿走杯子。只不过是十八岁，并不意味着你就可以不再把工作做好。并记住另一件事，乔。”

“什么？”

威利瞪着我。“你现在的年龄够得上进监狱了。”

❧ 第二十六章 ❧

等我打扫完并将情人节装饰物从阁楼上拖下来的时候，女孩儿们都在厨房里喝着咖啡。

“生日快乐，甜甜！”多拉说道，“小甜点昨晚提醒我们了。”

“你的意思是说死日快乐，”伊万杰琳说道，“她的名字是跟着那个夫人的名字起的，那个夫人死在情人节（圣瓦伦丁日）这天。”

“你能想象在情人节死去吗？”多拉说道。她将长长的红发扭着绾在头顶，并用一根铅笔穿在里面。“这里头有些东西真让人悲伤，但你们所有人都知道我会在圣帕特里克日蹬腿的，安然躺在铺着绿色缎子的棺材里。”

“威利给了你什么生日礼物吗？”伊万杰琳问道，用手掌摩擦着她的大腿。

“伊万，威利从不给生日礼物——你知道的，”多拉说道，“你只不过是一想到礼物就感到兴奋，因为你想着你的大款男人或许会带情人节礼物给你。”

“大款男人？伊万杰琳，你有新男朋友了吗？”我问道。

“管好你自己的事吧。”她闭上了嘴，从多拉头发上拔下铅笔，然后跺着脚走出了厨房。

约翰·洛克威尔照样和伊万杰琳来往，而我却没有得到推荐信。

我飞快地朝后面看了看，确保周围没人。我拨打了一个号码，听到咔嗒一声，然后电话铃响了两声。

“早上好，洛克威尔公司。”

“早上好，请接洛克威尔先生。”我的声音在颤抖吗？我用手捂着嘴咳了一声，我仿佛看到那个涂着指甲的接待员翻了翻白眼。

“请稍等。”

“洛克威尔办公室。”

我吸了一口气，努力显得愉快和平静。“喂，多蒂，你好吗？我是约瑟芬·莫雷纳，打电话来找洛克威尔先生。”

沉默。“洛克威尔先生等着你的电话吗？”

当然不是。“是的，之前说好了打电话给他的，谢谢。”

“请稍等。”

更长的沉默。萨尔托着一个帝王蛋糕走过来。我指着电话用嘴形说道：“给威利。”萨尔点点头。

电话里的声音显得很深很厚。“让我猜猜——你想要我做你的情人。”

我低头看着话筒。“不，洛克威尔先生，我是约瑟芬·莫雷纳，夏洛特的朋友。”

他大笑，然后从肺里喷出一些深夜吸进的雪茄臭气。“我当然知道你是谁。你找到我算运气好，我通常不会这么早在办公室，尤其是在狂欢节期间，我今天是不得不进来签一张支票，刚做完一单大生意。你为什么不过来，给我调一杯马丁尼酒庆祝一下？见鬼，我昨晚喝醉了，到现在都还没醒。”

“我打电话来是想知道推荐信写好了没有，我必须得尽快寄出申请了。”这些话正如我在寓所里练习的那样说了出来。

“你弄了一双新鞋子了吗？”

“什么？”

“你的脚踝很好看，但那双破鞋子——不管那叫什么鞋——使你的腿看起来又粗又短。你需要一点鞋跟，高跟。”

我的手抓紧了话筒。“我需要的是那封信。”

“那么，穿着好看的高跟鞋来这儿，然后我会给你那封信。”他说道。我听到嘎吱一声和一声轻扣，我可以想象到他向后靠在了红色真皮的椅子上，并将脚放在了桌子上，对着所有装着相框的照片。

“给我那封信，然后我会给你调一杯马丁尼。”我反击道。

“不行。”他咯咯地笑着。也许他真的醉了，如果是这样，我需要利用这个机会。

“六点半到这儿来。”他说道。

“三点半。”

“六点。”他说道，“拜拜，约瑟芬。”

对他而言这只是个游戏，一个小小的游戏。这真愚蠢，真的。

那么我内心为什么会有这么恶心的感觉？

☙ 第二十七章 ❧

比起我那平淡的外表，它显得比一双新鞋还要新。金表闪闪发光，结果戴在我身上很可笑。她在这块表的背后刻着：乔十八岁了——威利。

狂欢节期间这么多事情，她仍记得我的生日，而我却将事情瞒着她，打破了对威利而言最重要的东西——信任。看到科基的出租车停靠到书店外的路边，我如释重负，他搬着一个硬纸箱子走进门来，然后开始又唱又跳。

“我宁可喝带泥的水，也不愿意你取笑我。乔茜丫头，今天是你的生日，所以你别取笑我。”

从科基那儿得到他唱的生日小夜曲已是一个传统了，时至今日这仍会让我脸红。

“我认为史迈利·路易斯不会因为你将他的歌改成了生日曲调而感激你的。”我说道。

“你说些什么？史迈利会感到荣幸的。有一天他会将这首歌录下来。我会告诉他只在今晚为你像这样唱这首歌。生日快乐，乔茜丫头。”科基的嘴笑得直咧到耳边。

“对了，我可别给忘了，”我将那个信封在柜台上推过去，“威利要你将这个送到庞恰特雷恩酒店。”

“好的，那么，现在我们还有事情，让我们来谈谈你生日的事情。我看见你得到威利的礼物了。但谁会想要一大坨乱七八糟的金子，如果你能有这个的话？”科基将那个松垮垮的箱子放在我面前的柜台上。

我喜欢科基的生日礼物，几乎就像我喜欢他一样，从不昂贵花哨，但总是很有意义，而他每次都宣称里面是一只小狗。

“现在，你打开的时候要小心它别跳出来了。”科基警告道。

“但你已经喂好它了，对吗？”我问道。

“当然已喂好了。我今天早上喂的。”

我掀开箱子朝里一看，是一个顶部由红色塑料制成的铝合金保温杯，还有一张地图。

科基兴奋地蹦跶着。“那是从西尔斯百货店买的全新品，广告上说这种保温杯几乎能使你的饮料保温一整天，你甚至可以将汤保存在里面，但你会需要将咖啡装在里面的。”

“是吗？”

“当然啦，没有咖啡你怎么能熬过三十个小时呢？”

“三十个小时？”

科基将箱子放在地上，然后将地图拿了出来。“我已经把一切都想好了，甚至和康布莱德谈过了，他已经肯定了这条线路。”他在我俩面前的柜台上展开这张地图。“瞧，我们在这儿。”他指点着地图上的新奥尔良。“现在，看好了。”他那沾着灰尘的指头沿着一条他已经用红笔画好的线移动着，“首先你会穿过密西西比州，然后是阿拉巴马州，然后向上穿过佐治亚州。”

我的眼睛已看到红线的前面去了，红线在康涅狄格州突然断掉了。“科基，这是你画的？”

“我和康布莱德，他开卡车所以知道这线路。我的想法来自威利，有时我开着车，她说着话，她甚至并不是和我说话，她只是在说话，就像是大声地想出来一样。是这样，她因为你告诉她你想去东部某个昂贵时髦的大学而火冒三丈。她继续说着，说你太咸了，不适合这些学校，于是我就说：‘为什么不？也许那些学校也需要一点儿调味品。他们能拥有乔茜丫头是他们的荣幸。’哇，她生起气来，说进那些学校是有政治因素的，而你没有政治资本，不会被录取的，诸如此类的。但你知道吗？我认为你能做到。我唯一担心的是你怎么去那儿，所以我和康布莱德谈了谈，他说我可以用出租车送你去，或者，他也许可以帮你找到一辆去那儿的货车，你就可以搭卡车司机的车，然后我们就画出了路线图。不过我不确定你会选择哪个学校——因为它们全都会想要你的——所以我们的路线停在了康涅狄格州。差不多两千五百公里了，那可是相当长的路。”他拍了拍保温杯的盖子，“这就是为什么你会需要咖啡。”

他笑得好开心，他是如此肯定，他的信念是如此坚定。

“乔茜丫头，”他的笑脸消失了，“你为什么哭了？”

我摇着头，说不出话来。我伸手拿起保温杯抱在胸前，眼泪从我脸上滚滚而下。

“啊噢，你在生日可不应该哭啊。”他指着地图，“是哪里的大学？”他轻轻地问道。

“是史密斯学院，在北安普敦，靠近波士顿。”

“好的，那么，”他从口袋里拿出红笔来，将那条线从康涅狄格州接着画到了马萨诸塞州，“波士顿，在那儿。”他看着我，“乔，你为什么害怕？你不确定吗？”

我将眼泪憋回去，以便能够说出话来。“我很肯定自己想要去，但不确定这能不能实现。他们为什么要接受我？而且就算他们接受了我，我又如何支付得起这些费用？我不想激起自己的希望，最终却只有失望，我一直得到的都是失望。”

“现在，别让恐惧使你待在新奥尔良。有时我们走上一条路，以为自己会到达某个地方，可我们最后却到了另一个地方，但那没关系，重要的是出发。我知道你能做到的。来吧，乔茜丫头，试一试你的翅膀吧。”

“威利不想让我去。”

“那又怎么样，你要待在这儿，就是为了打扫她的房子然后整天和夸特区那些裸体的疯子跑来跑去？你拥有的故事会比那些丰富得多。”

我举起保温杯。“我还有旅途中的热咖啡。”

科基开始跳起侧滑舞步并唱道：“我宁可喝带泥的水，也不愿意你取笑我。乔茜丫头，你要去波士顿啦，所以你别取笑我。”

我紧紧搂着那个保温杯。

“好了，我现在最好去一下庞恰特雷恩酒店，不然威利会摘了我的脑袋。”科基说道，“还有一样东西。”他将手伸进口袋里，掏出薄薄的一张报纸，边缘都撕破了。“康布莱德从田纳西回来，他给了我这个。这个富人的家里不满意，显然他的手表和现金都被偷了，所以他们很怀疑，要自己进行尸检。”他将那页报纸放在柜台上。

田纳西人的死亡很可疑

小福里斯特·赫恩，四十二岁，其尸体将于周一在孟菲斯重新掘出以做尸检。赫恩，一位富有的建筑师与建筑商，于一月一日清晨死于新奥尔良无忧宫俱乐部。赫恩和他的两个朋友旅行去新奥尔良是为了参加一月二日的足球比赛。赫恩据称离开孟菲斯时带了三千美元，但当其死亡时却没有发现身上有现金。死者身上也未找到他昂贵的腕表以及足球赛的门票。赫恩的死因当时鉴定为心脏病发作。奥尔良行政区验尸官赖利·摩尔医生说，赫恩在俱乐部内倒下，救护车到达时已经死亡。

“乔茜，”科基朝柜台边移了过来，“你没事吧？你的脸色比瓶子里的雨水还要灰，丫头。”

第二十八章

“你真的要今晚去吗？”帕特里克说道，“我还以为你也许会因为生日而来这边，向查理打个招呼。”

“是的，我必须今晚去。他要给我那封推荐信。”

“为什么不让我和你一起去呢？也许我在那儿的话，场面看起来会更严肃安全。”

我喜欢这个想法，然而我想起洛克威尔先生说的话——高跟鞋。他不会喜欢帕特里克也在那儿的，而且我知道最好不要告诉帕特里克我对他的评价。

“我们之后在帕多克见吧，史迈利·路易斯今晚要演出。你可以在查理睡着后过来吗？”我问道。

“帕多克那地方好脏的。此外，我不能离开查理太久，他现在又有些反常了。保尔森小姐打电话来要求和他谈话，说她要顺便过来。你没告诉她有关查理的事吧？”

“当然没有。我永远也不会那么做的。”

“答应我别告诉任何人，乔。”

“我答应！我和你一样爱查理。”我告诉他。

“有些邻居开始怀疑了。我告诉他们那是因为他完全沉浸在写作剧本当中了，有时就大声读了出来，在表演其中的一个片段。”

“这样说真聪明，他以前确实有一次待在家里写作长达35天。”我说道。

“是的，但我不知道他们会相信多久。我喜欢保尔森小姐，只是她相当爱管闲事，而且她哥哥是医生。她只要看上查理一眼就会打电话叫人来把查理带走的。”

“别这么说。你给你妈妈写信了吗？”我问道。

“我已经告诉她有关被抢劫和被打的事了，但她还不知道事情变得有多糟糕。”帕特里克翻着柜台上的一些文件，“我说，乔，我一直忘了问，你做好存货清单了吗？会计需要这个来上税。”

“你的会计是狂欢节普罗蒂厄斯·克鲁组织的一员，此时他不会想着上税的事的。”

“我知道，但想提前把这个准备好。我厌倦了总是在最后一分钟才来做事情。还有我本不想请求，不过你是否能帮我个忙，就是明晚你能不能和查理待几个小时呢？我在晚餐时间要进一些书，然后我想把这些书倒卖出去并送过去，我们可能需要这些钱。”

“当然，我会和查理待在一起的。”

“谢谢，乔。天啊，我现在感觉很糟，你那红脖子的罗密欧，杰西，为你的生日送了花来，而我却连和你去帕多克都无法做到。”

“花？”

“你没看见？”帕特里克翻了翻白眼，“走到外面去，看看你的窗户。”

我走到街上，抬头看我的寓所。在铁质的窗台花盆箱里，有一束粉红色的百合花立起来放着，杰西是如何将这束花放上去的呢？

我还从未收到过花，也没有花瓶，所以我将这些花插在我桌子上的玻璃杯里，花香很快充满了这个小小的空间。我盯着这些百合，感觉既快乐又焦虑，除了科基，来自男人的礼物都不会是免费的。

我穿上了上次去洛克威尔办公室穿的裙子，这是我唯一好点儿的裙子。我系上一条红色的围巾，遮住脖子和肩膀，以便看起来有所不同，然后又用梳子将头发梳向一边，以便使蓬松的头发顺滑些。不知何故，我的头发总是在上床睡觉前看起来最好，而这有什么好处呢?

我低头看着我的脚，漂亮鞋子换一封信，性服务换一串珍珠项链。

这有什么区别吗?

ଓ 第二十九章 ଛ

我的鞋跟踏在大理石地砖上，声音在空无一人的大堂里回响着。情人节这天的下午六点，又如此临近狂欢节，所有人都出去追逐心中所愿了。当我到达八楼时，接待处也没人。汗水从我肩胛骨间顺着脊柱滑下，我从接待区的桌上抓起一本杂志朝脸上扇着。外面不过才二十一摄氏度，但我一直飞快地走着。我抬起手臂扇着腋下的汗，我是热还是紧张？

“现在，那就是我能想到的那本杂志的最好用途。”

我抬头一看，只见一个穿着灰色套装、拿着公文包的男人站在接待桌旁边。

“我猜他们在下班后就关了空调。你是来这儿找谁的吗？”他问道。

“洛克威尔先生。”我点点头，又补充道，“我是他侄女的朋友。”

“我想他在后面的办公室里。今天是他的一个大日子，又做了一单好生意。要不是我已经快迟到了，我会带你过去的，我要和妻子会合去吃晚饭。从这儿往前走。”

我走过一排排的桌子，向洛克威尔先生巨大的办公室走去，每一步都变得更加困难，然后我的脚指头开始痉挛，这是个错误。当我到达时，听见洛克威尔先生洪亮的声音，他正在给出日期和美元数目，很大的数目，他说今天生意合同已经签下了，他的律师刚刚才拿着合同离开。我站在门外，听到他挂上了电话，于是敲了敲门。

“进来。”

办公室里全是雪茄的烟雾。

“哎呀，你好，约瑟芬。”洛克威尔先生咧嘴笑着并绕过桌子向门口走来，他那贪婪的眼睛马上就盯住了我的脚。

我的胃痉挛起来，我感到屈辱的味道升到我的喉咙里。他盯着我的脚。“这到底是什么？”

“这叫懒人鞋，棕色懒人鞋。”

“我知道那叫什么鞋，但那不是我们讲好的。”他说道。

“先给我看推荐信。”

“给你看推荐信？”

“是的，我看了之后，会给你看高跟鞋。”

他向后靠在他的桌子上。“你就只有那条裙子吗？”

“这与裙子无关，重要的是那封信。”

“还有鞋子。”他补充道。

“是的，还有鞋子。那么，给我看推荐信。”

“噢，如果你给我看你的，我就给你看我的？我喜欢这个游戏。”

我使劲咽下口水并瞪着眼睛，努力使自己不要吐出来。

他用手顺了顺头发，无疑这是他从年轻时起就有的习惯，那时他的发际线还没有开始从太阳穴渐渐往后撤，他那肉滚滚的上腹部挑战着西装衬衫上的纽扣。他并不丑，但是，如果他拿起一朵花，那么十分肯定那朵花会在他手里枯萎。母亲可能会觉得他很有吸引力，对有些人而言，膨胀的银行账户使男人的身材变好了。

“这个，你瞧，约瑟芬，今天是个大日子，但大日子通常都是很忙的日子，所以我还没有准备好那封信。”

我点点头。“我已猜到那种可能性，这就是为什么我没有穿着那双鞋大老远走来，那会被称为负 ROI。”

“ROI？投资回报率？”

“正是，对我的时间和自尊的坏投资，更不要说钱了，花在一双我还未穿过的鞋子上。耐用商品，洛克威尔先生，”我向我的脚示意着，“实用而又高收益。”

“天啊，我应该雇用你。你是要寻求一份工作吗？”

“我在寻求大学教育。史密斯学院。北安普敦。”

洛克威尔先生大笑，用手指着我。“约瑟芬，你真棒。你也许已经赢得了你的推荐信，再加上一点点抛光，你可以赢得更多，如果你明白我的意思的话。”我一定是显出了厌恶的神色，他翻了翻白眼，“那你或者可以在办公室工作，你有十八岁了吗？”他问道。

“事实上，我已经十八岁了。”

“你为什么不在星期五过来呢？”他建议道。

“我对找工作没兴趣。我知道你是个大忙人，洛克威尔先生，为了节省时间，你为什么不给我一张带有你公司信头的信纸？我会打印好推荐信并带过来给你签名，这样既慎重又不让你费心。”

他将双臂交叉在胸前。“你知道，我真的想要你来为我工作。”

“来自史密斯学院的文凭会使我成为更让人渴望的雇员。”

“蜜糖，你已经是一个让人渴望的雇员……以那种火辣的灰姑娘似的方式。叫我约翰。”

“我进一步想，洛克威尔先生，给我两张信纸，最好有张是备用的。”

第三十章

一旦我将色带装进查理的打字机，它就毫不迟疑地工作起来。查理坐在厨房桌子边，我的对面，穿着有污渍的汗衫，呆呆地看着打字机。我对他说着话，仿佛他能明白一切似的。我最大的恐惧是，老查理在那儿某个地方试图要交流，但突触的断开使他的行为很不稳定，但有些反应仍然存在。如果你带他到楼梯面前，他会走上去或走下来，随后却很难让他停下来。有那么几个片刻，他的眼睛闪了一下，或他的头转向了说话的人，但这些火花转瞬即逝。

“洛克威尔可真是个极品，查理。他以为自己有钱就不得了了，他竟将自己的照片装框放在办公室里。他如果没有家族血统，就是个夸特区的混混。你知道那种人的。”

我敲着打字机上的键盘。

“好了，这就是我们弄好的。”我转动圆筒将纸取下来，“你读读看，查理？”查理呆呆地看着打字机，不说话。

提请招生主任注意：

我非常乐意为约瑟芬·莫雷纳小姐写这封推荐信。

我偷偷看着查理。“我写上约瑟芬是因为他是这样认识我的，说来话长。在实际的申请中我写的是乔茜。”

> 我是通过我的侄女夏洛特·盖茨（目前是史密斯学院一年级的优等生）熟悉莫雷纳小姐的。莫雷纳小姐有着敏锐的观察力、很强的道德观念，并拥有令人钦佩的职业道德。在她这个年龄的大多数女孩从事的课外活动可能本质上都是社交性的，而莫雷纳小姐却专心致志地追求知识并通过文学而开悟。

查理发出一阵颤声，我看着他的脸，却无法解读那是笑的表情还是痛苦的表情。“我知道，开悟这个词有点儿太过了。”

> 莫雷纳小姐从十岁左右起，就将她的时间和才华投入一间最具声誉的书店的经营中，这家书店位于新奥尔良的法国区，其主人是著名作家查尔斯·马洛。

我朝查理挤了挤眼。

> 莫雷纳小姐在书店任职期间，发展出了一套分类和统计系统，并协助商业渠道的购入、古旧书的选购，以及修复工作。除了在书店工作，我了解到莫雷纳小姐还在法国区的一个家庭受雇做私人助理。

查理的椅子嘎吱响起，作为评论。

“什么？威利那儿算是一个家庭吗？等一下，我几乎要写完了。”

鉴于她的学识和职业优点，我向莫雷纳小姐提供了在我公司就业的机会。然而，我却被告知，她更愿意到一个像史密斯学院这样好的学术机构去获得学位，在那里她可以得到综合环境与教育的双重益处。最后，我请求招生委员会从优考虑约瑟芬·莫雷纳小姐的申请，因为我相信她将成为贵学院真正的财富。

你真诚的，

约翰·洛克威尔，董事长

洛克威尔有限公司

路易斯安那州，新奥尔良

“写得并不完美，但我觉得也相当不错了。”我将信纸从打字机上取下来，叠好，然后放入包里的一个信封中。

查理继续呆呆地看着打字机。

“嘿，你想要打点什么吗？”我将一张白纸放到打字机上，然后将打字机挪到桌子对面的查理面前。他呆滞的眼神从打字机飘到了我脸上。

“来吧，查理，打点什么。要我帮你吗？”我跪在他旁边，将他的手抬到打字机上，然后放开，只见他的手在键盘上颤抖并徘徊了片刻，然后又落回大腿上。

“差一点。让我们再试试。”我抬起他的手，但这次这双手直接就落回他的大腿上了。

我将杯子拿回厨房，而这时候我却听到了在键盘上很快很准的击打声。一个字母！我怀着这个信念，急忙转身跑回房间。查理一动不动地坐在打字机前，我从他肩膀上偷偷看过去。

B。

“继续。”

他没有动。我坐到他对面，看着他的脸，发现他的沉默中满是悲哀。

“来吧，查理·马洛，我知道你在那儿，再打一个字母。”

有什么东西短路了，使得他里面的光仿佛在暴风雨中闪烁。他服的是什么药？这药使一切都变得迟钝，使他几乎处于昏睡状态。我决定暂时不给他服药，看看这微弱的光是否会变得更亮些。

我们在桌边坐了一个多小时，我读着一本书，查理什么也没做，但我注意到他变得有些烦躁并时常看看周围。已经很晚了，帕特里克还没回来，他说过不会出去太久的，他在哪儿呢？我猛地合上书。

“你知道吗？我要给你剪剪头发。”

我在厨房找到剪刀，在查理肩膀上围了一块大毛巾。他举起手将毛巾拉了下来。

“噢，现在你动了。我不应该把打字机拿到你房间去，也许我本可以让你再打一个字母的。”我将毛巾重新围在他肩上，然后走到厨房，从我的包里拿出梳子来。“你知道的，”我回头向他大声说道，“我早就该做这件事了，你的头发就不会长得这么长了。”我又拿一个碗装上水，以便可以沾湿梳子，然后又给自己倒了一杯甜红茶。“我喜欢做的事情就是将那些白胡子刮掉，你从不留胡子的。”

我走回餐厅。“你将会感到像一个新——”

血，到处都是血。

桌子上，地板上，查理全身都是血。

他的脸上满是血，他用剪刀从自己脸上一直划到前臂，割开了一道口子。

我丢下装水的碗向他跑去，和他搏斗着，将那把巨大的剪刀从他手上夺下来，我的好几根手指也被划破了。

“噢不不不！”我无法停止地这样说着。查理对我声音里的恐惧有了反应，在椅子里剧烈扭动起来，血从他额头一道口子里溢出来。我抓着毛巾，擦掉血以查看伤口。只见他的前额、耳朵、脖颈旁到处都是伤口。查理继续对抗着我的努力，我们挣扎着。我听到威利的声音：别像个傻子一样惊慌失措，定一定神。

我深吸了一口气，朝后退了一步。我开始哼唱，查理停止了扭动。我继续哼唱着，从地上捡起掉落的毛巾。我走到查理身后，抱住他，在他耳边哼唱着并检查伤口。我抱着他的同时，用手按住他的额头和脖子。如果他进一步失血，我们的麻烦就大了。

我听到锁孔里的钥匙声。

还不等他进屋我就大叫道：“现在，帕特里克，这里表面看上去要比实际情况严重很多，只不过是几道口子。”

帕特里克尖叫起来，很大声。这尖叫是那种当你看见所爱的人流血时会发出来的尖叫。血色从他脸上消失，很快代之以我都认不出的鬼一样的苍白。

“安静！”我斩钉截铁地说道，“你想要邻居们都跑过来吗？我正要给他剪头发，而当我去拿梳子的时候，他拿起了剪刀。”

“这里……这么多血。”帕特里克说道。

“是从他头上的伤口流出来的，我现在用手按住这里了。你有急救箱吗？”

帕特里克摇了摇头。

"给查理服下他的药吧。"

帕特里克只是站着，呆呆看着。

"帕特里克！听我说，给查理服下他的药。"

"又服药吗？"帕特里克说道。

"我之前没给他服药。"

"什么？你怎么能忘了呢？"

"我没忘。我想要看看他如果不吃药会不会更清醒些。"

"乔，你怎么能这么愚蠢呢？"帕特里克跑去厨房拿了查理的药回来，当他给父亲服药时，他的手颤抖着。

"他必须得服药，不然他会发疯。这就是为什么一开始时我们就给他拿来了药。"

"我很抱歉，但看起来他似乎真的要走出迷糊状态了。我本来要问问你的，但你晚回来了两个小时。你去哪儿了？"

"别假装自己是医生，乔，他需要服药，"帕特里克说道，"感谢上帝他没割到动脉。"

"他会需要缝针的。"我说道。我看着查理，我都做了些什么？

"他不能去看医生，他们会立刻把他送到精神病院去的。我要如何解释我父亲用剪刀割伤了自己？"

"威利认识很多人，我给她打电话。在她那里也发生过这样的事，而她会照顾好他们。"

我们将查理扶到沙发上。我给威利打了电话，她说会让科基带着急救箱过来。她说萨利医生外出了，不在镇上，但她认识一名随军医生，战争期间参加过许多次行动。她会给他一些去她那儿的便利，他或许会过来给查理缝合伤口。

所以我们就等着。

帕特里克不停地看看钟又看看查理。我洗干净自己手指上的划口，然后试着擦掉椅子和地板上的血。你得趁早处理血迹，最好在它干掉以前用双氧水漂白。我跪坐在地上，用刷子在污渍上刷着。或许时间久了，这些污渍会褪去的，反正夸特区大多数人家都有血迹。

科基在一个小时内就到了。他看了我一眼，然后赶紧扶着墙，以免自己倒下。“乔茜丫头，”他喘着气说道，“噢上帝，你看起来就像个屠夫，你没事吧？”

我低头看了看自己的衬衫和裤子，科基说得没错，我浑身都是血。

“我很好。快，把急救箱拿过来。”

科基看到查理时，倒吸了一口凉气。“噢，查理先生，你到底对自己做了什么？乔，这看起来很糟。威利正派一个她认识的军医过来，你最好等他到了再施救。”科基看着帕特里克，“哥们儿，你没事吧？”

“我至少能把他的头包起来，那是流血最厉害的地方。”我开始弄着绷带。

二十分钟后，有人敲了一下门。

“邻居们可能都从他们的窗户那儿看着，想要看看这场表演呢。”帕特里克悲痛地说道。

“你别担心那些邻居了。”科基说道。

伦道夫是一位年轻的军医，战争期间在法国目睹了许多场战争，但他现在喝醉了。

“你想要一杯咖啡吗？”我问道。

“不要，咖啡使我双手发抖，那对缝合可不好。我会用冷水洗洗脸。”他说着，往厨房去了。

“噢，这下可好。”帕特里克轻声说道。

伦道夫回来并打开了他的包。

“你有行医执照吗？”帕特里克说道。

“如果你要看医生，你已经带这老狗去医院了。由于你并不是在医院里，我想你没有选择，我或许是你眼下最好的选择了。朝我脸上打一耳光。”

“什么？”帕特里克说道。

“你听见我说的话了，朝我脸上打一耳光，使劲儿。这能使我醒酒。”

帕特里克犹豫着，科基呆呆看着。

“噢，看在上帝的分上，我得抽自己耳光吗？”伦道夫喊道。

我朝他脸颊上啪的打了一巴掌，正像他要求的，我的手都打得生疼。

这个医生于是像浑身湿透了的狗一样甩甩头，开始工作，一边问查理正在服什么药。他拿出了一瓶氯仿麻醉剂。

帕特里克说得没错，邻居们会议论纷纷的。我们真的能告诉他们，查理剧本的演员阵容包括了一个军医、一个混血儿出租车司机，以及一个浑身是血的女孩吗？查理·马洛从没写过恐怖题材，但不知怎的，恐怖却在书写着查理·马洛。

☙ 第三十一章 ❧

男人们终于将查理抬上楼去了，我跟在后面，拿着他的鞋子和衬衫，他们把他放在床上，又用枕头垫起他的头。

医生四下看了看房间，他的双眼停在了卧室门上的一套工业用锁上。

帕特里克小心地看着他。“谢谢，医生，非常感谢。”

“他要过一阵才会醒过来。你最好赶快睡一会儿，但我建议你待在这儿。”伦道夫说道。

“我待在这儿，你去睡一会儿。”我告诉帕特里克。

“你可以回家了。我觉得你今天晚上已经做得够多的了。”帕特里克瞪着我，他脸上混合着愤怒与恐惧的神情。

“帕特里克。”我轻声说道，尽力不哭出来。

他举起手并飞快地瞟了一眼医生。

伦道夫转向科基。“我相信有一张借条等着我，威利说你会带我去她那儿的。”

科基点点头。“乔茜，来吧，你和我们一起坐车去威利那儿，然后我再从那儿送你回家。”

“我想留下来，我得帮助查理。”

“我很好，乔。”帕特里克声音里的一丝颤动使我的心很疼。他并不好，没有一样是好的，而这一切都是我的错。接下来的几个月，他父亲的精神崩塌了，帕特里克变成了全职护工。他无怨无悔、慷慨大度，尽管完全没有能力治愈父亲，但仍不顾一切地想让这场尊严的错失保留在私人范围内。

“我看到楼下有架钢琴，你常弹吗？”伦道夫问帕特里克。他点点头。

“人们一直认为音乐可以使这些家伙平静。他们的大脑会被困在音乐里面，而音乐能切断其他的一些反应。只是音乐一定要舒缓而美丽。”

帕特里克转向科基。“你可以从前门出去，因为你的出租车在街上。你们两个可以从后门出去。”

“乔茜丫头，你不能就这样出去，你看上去像是用斧头为卡洛斯·马塞洛干了活似的。帕特里克，给这女孩儿找些衣服。”帕特里克去了他的房间。也许萨蒂能帮我将这些血擦掉。

伦道夫用头示意着帕特里克房间的方向。“他没事吧？好像要爆炸了似的。”

“他在生我的气，我转过身去的时候，查理割伤了自己，这是我的错。”

“现在，别责备自己了，”科基说道，“他自己应该待在家里守着父亲，而不是和朋友们在城里跑来跑去。”

“他是在送书，他得让钱不断地赚进来。”我说道。

我将牛仔裤裤脚卷起来，系上皮带，才算是合身了，又将衬衫塞进裤子里。我能在衣服上闻到帕特里克的气味——一种结霜的松树气味——而且不知怎的，让人很舒服。科基开车送我们去威利那儿，现在已接近午夜，街上到处是狂欢节的兴奋刺激气氛。科基和伦道夫谈论着战争，伦道夫预计美军会很快进入朝鲜，我希望他是错的，我们不需要再打一次仗。

科基的出租车缓慢驶进了威利家的车道。

“从侧边的门进去。”我告诉伦道夫。

“新的口令是什么？”他问道。

“宾格尔先生派我来的。”

伦道夫按照所指示的那样从侧门进去了。我下了车呼吸点新鲜空气。我待在阴暗处，这样威利就不会从窗户里看到我。音乐和欢笑声从房子里溢出，还是没能遮盖住一个男人争吵的声音。

“科基，谁在后面那儿？”我们沿着车道走过去。

原来是约翰·洛克威尔的林肯轿车停在房子后面。引擎盖支撑起来开着，洛克威尔穿着衬衫站在那儿，看着引擎并和另一个男人说着话。

“我告诉你了，约翰，别管它了，我们会在早晨把它拖走。”

“你疯了吗？我不会让全世界都看见我的车从妓院里被拖出来。我告诉过莉莉我会在凌晨一点前回家，她那些朋友让她相信在夸特区会发生谋杀。”

“你需要乘车吗，先生？我的车就在车道上。”科基提议道。

“不，我需要开走自己的车。”他坚持道。我从科基背后站了出来。

洛克威尔先生吓得举起手来。“你在这儿干什么？”

“我正在散步，我就住在附近。”我撒着谎，心里飞快打着算盘。

“这样啊，除非你能修好我的车，否则你不必在这里添乱。”他说道。

“我知道某个人能修好你的车。”我说道。

“是吗？你能很快让他过来吗？”

我转向科基。“你能带我去杰西家吗？”

“当然可以，但不知道他是否在家。”科基说道。

“我马上就回来。”我转身和科基在车道上小跑着，但是我想到了什么，然后停了下来，“科基，等一下。”我转身走回洛克威尔先生那里。

“我有夸特区最好的机械师，而且我能让他立马上这儿来。”

“那你为什么还站在这儿？快去！”洛克威尔先生说道。

我将手伸进包里掏出了那个信封。“这样能节省时间。我要你现在就给推荐信签字。”

“你一定是在跟我开玩笑。”

我摇摇头，将信从信封中拿出来，并在车窗上展开。“在这儿签吧。”

洛克威尔站在那儿瞪着眼睛。

“我会让人把你的车修好的，而这个也可以完结了。”我指着签字处。

“这都是关于什么的？”他的朋友问道。

洛克威尔先生的声音沉了下来。“是不是你弄坏了我的车，就是为了让我在这封信上签字？”

“当然不是！”

他抓住我的手腕。“你最好能找来这个机械师。如果你是在糊弄我，小东西，我发誓会让你后悔的。”

“乔茜，你没事吧？”科基喊道。

“我没事。”我向他喊道。

洛克威尔进一步逼近。“你听到我说的话了吗？你会后悔的。”

我点了点头。

洛克威尔先生从衬衣口袋里掏出笔来。“上帝，我甚至都无法看清楚写了些什么，这儿太暗了。”他看看我，看看车，然后潦草地签了字，“拿着，现在，赶快。”

“快点，科基。”我拿着信，一溜烟儿跑下车道并跳进那辆出租车里。我举着信，“科基，别告诉威利这件事。”

“乔茜，你想做什么？这太疯狂了，你甚至都不知道他的车有什么问题，有可能是修不好的，有可能杰西没有所需的零件。现在已过了午夜，有可能他已经睡了，有可能他根本就不在家。那样的话你怎么办？而那个人在等着，他可不好惹。”

我盯着那封签好字的信，我也不好惹。

车灯照到了杰西家。我跑上去敲了敲门。门闩响了，一个女人向外窥视着。

“你想要什么？”

“晚上好，夫人。我是杰西的一个朋友，他在家吗？”

“走吧，现在出门太晚了。午夜之后从没什么好事发生过。”她咬着牙说道。

“奶奶，是谁？”门大开，杰西穿着牛仔裤光着上身站在那儿，手里拿着一瓶牛奶，瓶子仿佛在出汗，他的上身也在出汗。

“嘿，乔。”杰西看见我的衣着，然后扬起了眉毛。

“杰西，我需要你帮我个忙。”

杰西只花了不到十分钟就启动了引擎。

“你有名片吗，小子？”洛克威尔先生在他抽着雪茄的间隙，从车窗里说道。

“名片？”杰西问道。

洛克威尔从车里朝我扔了一张绿票子，票子碰到我的膝上，然后落在车道上。“他能修好算你运气好，约瑟芬，给自己弄条裙子，我想看到高跟鞋。”他开着车走了。

杰西盯着自己的靴子。

“事情并不像听上去的那样。”我说着，将钱从脚边踢走了。

杰西抬起头，我见他双眼飘过我的肩膀看着房子里。一个有钱的男人在妓院门口朝我扔钱，告诉我去弄双高跟鞋——我完全知道这听起来像什么。我不想让杰西这样想我。

“他看起来相当富有。”

“他是我朋友的叔叔。”那听起来也很糟糕。杰西知道威利的女孩儿们都被叫成侄女。“杰西，我能告诉你件事吗？”

他点了点头。

“我请求洛克威尔先生给我一封上大学的推荐信，他不想给，但我说服了他。”噢，那听起来更加糟糕。“等等，也不是那样的。我知道他常来威利家这儿，然后我要他给我推荐信，这样我就不会告诉我朋友的阿姨，也就是他的妻子。”我伸手从包里掏出了那个信封。

杰西脸上散发出了光彩。“所以你给了这个下流胚很大的压力，哈？那样的话，这是你赚来的。”杰西拾起地上的钱，对着我轻轻拍打着。

我笑了，洛克威尔是个下流胚。“这钱你拿着吧，是你修好了车。”

他抓起工具箱，我们顺着车道开始走回家。

杰西谈到各种车以及泥地赛车。走过几个街区后，我已听不到他在讲什么，他的声音仿佛变成了柔和的轻唱。发生了这么多事情，查理、帕特里克、洛克威尔，还有威利——当我和杰西离开她的车道时，我看到了她从窗户里盯着我们。她看到我跟洛克威尔说话了吗？她看到他在推荐信上签字了吗？她什么时候会挑明这个游戏并承认她已经知道我拿着赫恩先生的手表了？杰西停止了讲话，然后我意识到我们到了书店门口。

"我所讲的话你一点也没听进去。"

"哪里，我——你说得对，我没听进去。我很抱歉，杰西，我只是太累了。"

"好吧，累女孩儿，让我告诉你一个秘密吧。"

我不需要什么秘密，我现在的秘密已经够多了。我抬头看着杰西。

"呃，你看看你，累得不行了，穿着你男朋友的衣服站在那儿，不过这个秘密是这样的，"杰西凑近我，"你喜欢我。"

"什么？"我将脸从他的脸旁移开，努力抑制着嘴角那种感觉像是要笑起来的张力，我的身体似乎在杰西旁边有不由自主的反应，这使我感到紧张。

"没错，每当你有麻烦时，你就开始奔波，但却不是奔向你的男朋友，而是奔向我。"杰西缓缓地向后退去，笑眯眯的，"你喜欢我，乔茜·莫雷纳，只是你自己还不知道这一点。"

我站在门口，呆呆地看着他一步步向后退去。他点了点头，然后以那杰西式的样子笑着，他长着一口好牙。

"噢，还有，乔，"他已快到大街上，从那边大声喊道，"那些花，不用谢。"

杰西转过身走远了，他的笑声和工具箱渐渐消失在了黑暗中。

☙ 第三十二章 ❧

我迟到了。两个小时的睡眠比没有睡眠还要糟糕，我想呕吐，由于哭泣，眼睛里的压力引发了头痛。我哭泣是因为查理，以及我的疏忽几乎害了他；我哭泣是因为我让帕特里克失望了；我哭泣是因为我向威利撒谎、操纵洛克威尔先生、对夏洛特不坦白；我哭泣是因为赫恩先生的死，以及我因为一个可敬的人感到我是正派的、不是无用的就抓住一个死人的手表不放的可悲事实。我为撒谎而哭泣，如果我将所有这些说过的谎言倒进密西西比河，这条河会涨起来淹了整座城市的。我哭泣是因为我忘了谢谢杰西送给我那些花，而一想到他竟以为我喜欢他，我就哭得更厉害了。我喜欢他吗？有时感觉好像我正非常努力地不要喜欢他，这简直比错误还要错误。

油腻星期二快到了。威利家会变成一个油腻的灾难。一想到要将这些罪孽收拾干净，我的头就阵阵刺痛。我一走进房子就立马闻到了，波旁威士忌，有人将它洒出来了，不是一杯，而是一瓶，那得要半个小时才能打扫得完。还有别的什么，红酒，但愿那不是红色的，那得要四十五分钟来打扫，也许更多，我不确定。我不再对任何事感到确定，只除了一件事，就是新奥尔良是个不忠实的朋友，我要离开它。

我一走进厨房，萨蒂就在我手臂上拧了一把，将我拉进她那瘦长结实的怀里。她啜泣着，在我肩上发出呜咽的声音，然后开始解开我衬衫上的纽扣。

“萨蒂，别这样，你在做什么？”我将她推开，推得很用力。

她看着我，眉毛困惑地拧了起来，她的脸因为哭泣而肿胀。她伸手从水槽里拿起我昨晚的衬衫。

我都忘了我那粘满血的衣服还在科基车上，他一定是把这些衣服放在这里让萨蒂洗。这可怜的女人可能以为我死了。

“噢，萨蒂，不，我很好，真的。”我露开衬衫遮盖的颈部，向空中举起手，向两边侧过身让她看了看，“我没有受伤。”

萨蒂放松地倒在了一张椅子上，然后吻着自己脖子上的十字架。

我坐到桌旁，努力使她平静下来。她陷入了深深的祈祷中，甚至对我没有反应。这时我看见了桌子上报纸的头条。

孟菲斯游客之死
宣布为谋杀

我抓起报纸。

田纳西州官方政府宣布，波旁大街无忧宫俱乐部里投放的蒙汗药杀死了孟菲斯游客、前足球明星福里斯特·赫恩。杰弗逊行政区调查员马丁·兰利向新奥尔良《时代花絮报》证实，在孟菲斯进行的尸检证实了死因。赫恩，一位受人爱戴的成功的孟菲斯居民，于新年夜后半夜在无忧宫俱乐部死亡。其死因最初定为心脏病发作，但当受害人的妻子发现丈夫身上的现金和昂贵手表等物品都不见时，对此产生了怀疑。对尸体的检查由孟菲斯验尸官在田纳西州进行，后又经路易斯安那州化学专家证实。两者的实验都揭示了准确无误的证据：水合氯醛。这种毒品常被称为“米奇芬”，无味，无色，剂量大时可致命。孟菲斯首席调查官悲痛地质疑新奥尔良市当地缺乏管理，这表现在对死因的最初判定上。《孟菲斯弯刀报》更进一步报道，在这家夜总会所在的法国夸特区，给富有的游客下蒙汗药，这种做法很普遍。该案件的证据将被移交给新奥尔良市警察局。

福里斯特·赫恩不是死于心脏病发作，是有人给他偷偷下了蒙汗药。

我敲了敲威利的门，真希望她正在洗澡或太累了不想说话。

“进来。”

威利看起来就像我预料到的一样累。一本半透明的薄纸平平地放在她腿上，她总是将夜里的收入记在这种半透明的纸上，这样如果警察来了，这种纸可以很容易被烧掉、吞掉或在马桶里冲掉。

“上帝，我太需要那咖啡了。我感觉自己像一只被碾压的破麻袋。”

她的声音听起来像是吞了一大把生锈的钉子。“对不起，我今早迟到了，威利。我甚至还没到楼上去，但我会很快的。”我将托盘放在床上。

“坐下，乔。”

我将威利桌前的椅子转过来对着床，然后坐下了。

“科基告诉我昨晚发生的事了。他是如此为你感到自豪，说你忍耐力超强，真的很勇敢。伦道夫也跟我说了同样的事，说那简直就是个屠宰场，还说帕特里克就像一根橡皮拐杖一样无用，但你却控制了局面。我看到伦道夫脸上被你打的惨状了。”威利大笑起来。

“他当时喝醉了，说需要被扇一巴掌才能醒过来。而可怜的查理还浑身是血地躺在那里，我太害怕了，威利。”

“你当然会害怕，老天，要是我也会害怕的。科基说你以为是你的错，那是我听过的最愚蠢的事情，查理的情况显然比我们任何人知道的都要糟糕。我已经和伦道夫达成了交易，他会每隔几天就去检查一下查理的身体状况，作为交换，他可以得到多拉。”

“谢谢你，威利。”

“然而，伦道夫不能开处方——他有他自己的问题。我仍需从萨利医生那儿弄到药，但至少他能检查并让我们知道他需要什么。”

“邻居们可能已经开始怀疑了。”我说道。

“告诉他们，查理在斯莱德尔拜访一个朋友，我不想让他在精神病院里和那些蠢货待在一起，”威利说道，“查理是个有尊严的人，每次在我需要时总是帮助我。伦道夫说这样的爆发会过去的，他会归于平静的。”

“你是说他的发作会过去？”

威利又啜了一口咖啡。“科基还告诉我，你修好了洛克威尔的车。”

“不是我，是杰西·蒂埃里修好的。”

威利点点头。“是啊，你确实让杰西看起来像个英雄，但我猜那就是你为什么要这样做的原因。人们看见你们俩经常在一块儿，你喜欢他。”

她把这事儿说得像是个事实似的，就像杰西说的那样，这使我很恼火。而是谁告诉她我在和杰西约会呢？一定是弗兰基。

“杰西是朋友，威利，其他什么也不是，他总是谈论车和泥地赛车的事。”

“噢，可不是，而且你正在变成洛克菲勒家族的一员，我都忘了。”

“我不是那个意思。”

“好了，别担心。有很多好女孩儿会很高兴得到这个你不当一回事儿的备胎的，我的天，那些上城的女人们总是呆呆地看着他，好像他是世界上唯一的男子汉。杰西是个好孩子，就算他对你而言文化修养太低。”

威利总有办法不用明说就使我感到羞愧。我看着她将报纸展开，她看看那版头条，看看我，然后又看着头条。她咳嗽了一声，继续看着。“这么说，是有人将蒙汗药放多了，杀死了他，嗯？”

我点了点头。

威利大声读着文章：“‘《孟菲斯弯刀报》更进一步报道，在这家夜总会所在的法国夸特区，给富有的游客下蒙汗药，这种做法很普遍。’胡说八道，他们把我们都写成了贼！接下来我们会被投票选为最危险城市，那样的话，旅游业就彻底完了。”

威利愤怒地摔下报纸，起身点燃一根香烟，并开始在床前走来走去，她那黑色的丝绸袍子在身上松松地飘动着。

她用香烟指着我说道：“情况会变得很糟，乔。人们会要求对夸特区进行清理，这回，事情可搞大了，每个城里的妻子都会看到这篇报道，然后都会想到自己的丈夫，她们会不准他们出门。警察会管控得更严，他们会像母狗盯着骨头那样盯着这幢房子，生意会很难做了。”

“你认为他们会抓到作案的人吗？”

威利没有回答，她踱着步，吸着尼古丁。她停了下来，转身对着我。“你不许和任何人说，如果有人来问问题，你告诉他们你什么也不知道，让他们直接来找我。”

“谁会问我问题？”

“警察，笨蛋。”

我低头看着自己的腿。

“什么，他们已经来过了？”

我点点头。“就像我告诉过你的，赫恩先生死的那天，来书店里买过两本书。警察想知道他买了什么，以及他看起来是否生病了。我告诉他们，他买了济慈和狄更斯的书，而且他看起来状态很好。”

“还有什么吗？”威利使劲地吸了一口烟。我看着烟纸往后燃烧。

“就这些。”

“那么，这已经足够了。他们可能会叫你去做证。”她转身对着我。“帕特里克当时在那儿吗？他看见赫恩了吗？”

“是的。”

“那么让帕特里克去做证，而不是你。”

“威利，你在说什么？”

“闭嘴！出去做你的事情去，你已经晚了。来约会的人会早早来敲门，想要在狂欢节前使自己称心如意。你去用冷水洗洗脸，你那样大哭大闹，脸都肿了，你看上去就像十二岁的乔·路易斯。”

꧁ 第三十三章 ꧂

我一直睡过了狂欢节。

我用了帕特里克在店里的风扇来使噪音变得模糊。我们总是抱怨风扇的声音太响，但在我的楼下，隔着地板，却正好。我一觉睡了十四个小时，中间没有醒过一次，甚至没有想到过史密斯学院的申请。

我已经将申请于狂欢节前寄了出去，包括一张十美元的纸钞，作为申请费。我常想到开一个银行账户，并很想拥有印刷好的支票，但威利不信任新奥尔良的银行或银行家。她说他们在她家里是最狂的人，她才不要让他们用她自己的钱来支付给她，况且她也不想任何人追踪她赚的钱。

邮局的职员说，信将会在二月二十七日前到达北安普敦市，她曾看了看信封上的地址，看了看我，然后给了一个可怜的笑容，她可能是在想："噢，你不会是真的试图上史密斯学院吧？我倒是听说他们在沃尔沃斯超市招聘。"

夏洛特最近寄出的明信片邮戳日期是二月十五日，而到达时是二十日。

明信片正面是画框里的一座宏伟、壮丽的覆盖着白雪的建筑。

底端的说明上写着：史密斯学院的威廉·艾伦·尼尔森图书馆，建于1909年，拥有藏书三十八万卷，而且每年增加一万卷。

我将明信片翻过来，再次读着夏洛特那小小的字体：

亲爱的乔：

你寄出申请了吗？我希望你已寄出！莉莉阿姨说狂欢节活动正在全面展开，我真羡慕你现在一定在享受的一切欢乐。我将你从法国区寄来的明信片给所有女孩儿们看了。这周末飞行俱乐部将飞往耶鲁大学，而下周末我们的国会议员将要来和进步人士见面。等不及你来加入我们了。快回信。

怜爱你的，

夏洛特

我很想加入她们，去做一些重要的、有意义的事。

"嘿，汽车城。"

这声音从外面传进来，还伴随着一声口哨。我朝窗外窥视着，只见杰西在街对面，站在他的摩托车前朝我点头。我开了窗伸出头去，只见街上满地都是庆祝后留下的东西，人们称为垃圾星期三。

"你睡够了吗？"他向上喊道，"我一直没见你出来。"

"整个节日期间我都在睡觉。"

"你饿吗？"

我太饿了。"你要去大教堂领受额前的灰吗[1]？"我问道。

（1） 译者注：这是一种天主教仪式。

杰西大笑。“我是从阿拉巴马来的，记得吗？浸信会，凭恩典得救[1]。我们去吃松饼三明治吧。”

我们坐在杰克逊广场边的长椅上。一夜好眠很有帮助，我的头脑清晰了，而且地面不再在我脚下转动。杰西的头懒洋洋地靠在长椅上，闭着眼睛，太阳烤着他脸上舒服的笑容。不用说话真好，不知怎的，杰西和我可以不说一个字而进行着对话。我闭上双眼并向后靠着，试着将眼皮后面的橙色阴影聚集。鸟儿们欢唱着，微风轻拂着我的手臂。我们就这样坐着，将自己从狂欢节的混乱中清醒过来，对胃里的午餐感到十分满足。

“杰西？”

“嗯。”他答道。

我仍然闭着眼睛，感觉到自己的身体在长椅上更加放松了。“我做了一些事情。”

“那绝不是一个好的开头。”

“不知什么原因，我想要告诉你这些事。”我说道。

“好啊，那就告诉我吧。”

“在新年前后，我遇到一个女孩儿，夏洛特，从马萨诸塞州来的。她走进书店，我们相处得真的很融洽。我们以前从未见过，但她却好像完全了解我似的，我和她在一起觉得很舒服。你也遇到过那样的人吗？”

“是的。”

云彩散开了，灼热的阳光照在我脸上。“但她来自一个非常富有的家庭，而且是马萨诸塞州史密斯学院的一年级学生，她甚至还

（1） 译者注：浸信会是新教派的一种，不领受天主教仪式。

会开飞机。夏洛特一直在告诉我，说我应该申请史密斯学院。我知道，觉得我能够上那么有名望的大学，简直太可笑了，但她将所有资料都寄给我了。”

突然，这整件事情的荒唐性呈现了出来，我几乎要大笑起来。

“但不知为何，我开始想要上这所大学了，非常想。我告诉了威利，她对此很生气，她说我得上新奥尔良这里的学校，说我想进入那样的学校太离谱了。可是，这让我更想上那所大学了。所以我就这样做了，杰西。我向北安普敦的史密斯学院提出申请了。我告诉过你我说服那个愚笨的约翰·洛克威尔给我的推荐信签了名。不久前我寄出了申请。我却很害怕承认这一点，甚至对自己都不敢承认。”我的声音沉了下来，“可我真的想要这样做。”

我感觉到一个阴影飘到了我的脸上方，太阳一定是躲到云后面去了。我深吸一口气然后吐了出来，觉得心里担着的秘密离开了我，进入到微风中。

“真疯狂，你一定这样想，对吗？”我说道。

“我在想什么吗？”他的声音离我很近。

我睁开眼睛，发现杰西离我的脸很近很近，遮住了阳光。我感觉到他的呼吸拂在我脖颈上，而且看到他的嘴唇。我的身体惊慌地抽搐起来，双拳跳到了胸前。

杰西立刻抽回身去。“噢，乔，很抱歉。我不是故意要吓到你的。”他轻声说道，“是因为你……头发上有什么东西。”他举起一片叶子。

困惑淹没了我们之间的空间。我试着解释道：“没有，我只是……”

只是什么？我为什么在悄声说话？我知道杰西不想吓着我，可我的双手却握起了拳头，准备将他赶走，我觉得这太可笑了，而他似乎也知道这一点。

“如果你突然给了我一下，岂不是很好笑？”他笑起来，然后用手捋了捋头发，“这个嘛，并不好笑，但你知道我的意思。”

杰西朝后靠在长椅上，将手放在他那皮夹克的口袋里。“好吧，你问我在想什么。我想的是——”他的头转向我笑着，“汽车城，你最好给自己弄件冬天的大衣，马萨诸塞州很冷的。”

我几乎没听见他在说什么。杰西刮胡膏的味道一直在我脸周围飘浮着。我突然意识到我们在长椅上坐得有多近，而且我非常想知道他放在口袋里的手是冷的还是热的。

“像那样的学校费用是多少？”他问道。

“很多。”我平静地说道。

“很多是多少？”

“学费、住宿费和书本费，加起来每年需要近两千美元。”我告诉他。

杰西低低地吹了一声口哨。

“我知道，这很疯狂。”

“这是很疯狂，但这只是钱而已。有很多办法可以弄到钱。”杰西说道。

我们沿着圣彼得大街向皇家大道走去，走着回书店去。我们俩都没说话。我们走过那些欢庆之后的“产物”，将脚前的易拉罐和杯子踢出去，踩在昨晚被遗弃的衣服上。杰西从一个门廊上揪下一串挂在那里的乳白色玻璃珠子，将它递给我，我将它放在头上。今天自有其平静之处，就像圣诞节，仿佛整个世界都暂停下来。整个城市，所有新奥尔良人都在休息，带着妆容、珠链摔在床上就睡了。

甚至威利家今天也关门了。她会一整天都穿着睡袍，也许正和女孩儿们在厨房的桌边一起喝着咖啡。她们会嘲笑前一晚的约翰们，伊万杰琳会抱怨，多拉会让每个人都发笑，而小甜点会在午后离开去她祖母家。母亲会怀念这一切吗？她正在想着新奥尔良，想着威利家，想着我吗？

“看起来一位急切的顾客来找你们了。”杰西比画着书店那边。

原来是保尔森小姐脸对窗户站着，正朝里面张望。

“你好，保尔森小姐。”

她在人行道上向我们转过身来。“噢，你好，乔茜。”她看着杰西，她的双眼不知廉耻地上下扫视着他。

“这是杰西·蒂埃里。杰西，这是保尔森小姐。她在洛约拉大学的英语语言学系工作。”

杰西微笑着点了点头。“夫人你好。”

保尔森小姐变得僵硬起来。“我也是马洛家的朋友。”她向杰西说道，“很久以来我一直想要联系上他们。我去过他们家了，但没人回应。”

“好吧，我最好先撤了。”杰西说道。

我不想让他走，留下我和保尔森小姐在一起，她会要求我回答太多问题的。

“夫人，很高兴认识您。”杰西向后退着离开，“回见，乔，今天很愉快。”

当杰西走过街对面时，保尔森小姐飞快地瞟了我一眼。他启动摩托车时她的双肩抖了一下。我可以看到杰西在笑，他让发动机转了又转，直到保尔森小姐最终转过了身。他挥了挥手，然后沿着皇家大道行驶而去。

“噢，我的天。”保尔森小姐摸了摸她那卷成圈的发髻，手却留在了后颈上。“那个男孩在上大学吗？”

我摸了摸自己的手臂，仍感觉到杰西靠着我。“事实上，是的。德尔加多社区学院。保尔森小姐，有什么事我可以帮您吗？”

“确实有，”她将双臂抱在胸前，“这一切已经够了，查理·马洛到底怎么了？”

第三十四章

我们已经说好了这样告诉别人：查理不在这个镇上，去斯莱德尔帮助一个生病的朋友了。所以我就这样告诉她了，这谎话说得如此容易，我自己都被吓到了。我曾经听到母亲说谎胃就不舒服的，心想：你怎么能这么做？你怎么跟自己交代呢？我甚至还添加了一些细节，说查理可能在斯莱德尔开了一家书店。帕特里克和我从未讨论过这个，都是我自己编出来的。

帕特里克已经好几天没来店里了。当我去家里时，他总是坐在钢琴旁，没完没了地为查理弹奏着曲子。有些事已经改变了，我们之间有隔阂了，这让我想哭。我会用自己特殊的方法敲门，然后用钥匙打开门进去。帕特里克会从钢琴旁稍微转过身来，看见是我，就又转过身去，他用德彪西、肖邦和李斯特的音乐与他的父亲交流。他会一直弹奏着，一弹就是几个小时。我会带去日用品，整理好房子，而他则一直坐在钢琴旁，我们不会说一句话，但我一走到外面廊柱那里要离开时，我就会听到音乐声停了下来。他在通过音乐与查理说话，却通过音乐不搭理我。

当我看到他从店门走进来时，我很高兴，但因为有位顾客正在书架前浏览，我不便随意说话。帕特里克和我一起工作好多年了，但今天这柜台后面的空间却感觉很狭小，我们走动时尴尬地彼此让开，失去了我们之间舒适的节奏。

“嗨。”我试着对他微笑，将手放在柜台上，做出神秘类的手势。

帕特里克向下看了看那个女人，摇了摇头，然后向我做出烹调类的手势。

这是我们一周来交流最多的一次。我一直在反复为查理所发生的事情道歉，我知道他听见我说的了，但他没有反应。他这简单的烹调类手势使我充满了喜悦。

“查理？”我悄声说道。

“伦道夫在那儿。我得跑出来办一些事情。”

我抽出一摞邮件并递给他。“我将账单和支票分开了。我想你会经过银行的。”

他点了点头。

那个女人拿着一本新的《贝蒂·克罗克烹饪书》来到了收银台前。

“我当时很确定她会选择阿加莎·克里斯蒂的书。”她离开店里后我说道。

“她非常想读神秘类的书，”帕特里克说道，“但她得买烹饪类的书，因为她那愤怒的丈夫一进门，放下公务包就要求吃上热餐。她在这段婚姻中很痛苦——她的丈夫也是。他靠喝酒来逃避，她在浴室里坐在浴缸边哭泣。他们不应当结婚。她现在更加痛苦了，因为她不能买阿加莎·克里斯蒂的书，而得买烹饪书，她感觉被困住了。”

我望着窗外，看着那女人一动不动地站在街上。我将帕特里克创作的情景演绎下去，能看见她突然将那本烹饪书扔进垃圾桶里，将她的头发甩了起来，然后奔向最近的沙龙。两个年轻人穿过街道向书店走来，并通过窗户看着我们。我确定其中一个会买米奇·斯皮兰的小说。另一个男孩看起来很面熟，原来是洛克威尔的儿子理查德。

“乔。”帕特里克拖拽着我的胳膊，将我拉到他怀里。我感到他的手在我头发下面滑动着，突然间他已在吻我。等我反应过来是怎么回事时，他已经停下来了。

“帕特里克。”我震惊到连他的名字都说不清楚。我的手放在他的肩上，没有握成拳头。我让他吻了我，没有将他推开。

他飞快地看了一眼窗外。“我很抱歉，乔。”他悄悄说道。

他的脸离我的脸如此近，上面满是痛苦。

“帕特里克，我也很抱歉，我——”

他没让我说完，他很快地吻了我一下，抓起那摞信封，然后离开了店里。

我靠着柜台稳住自己，心里充满了震惊、困惑，以及嘴里帕特里克的牙膏味。我摸了摸自己的嘴唇。这是一个“我很抱歉”的吻，还是一个“我很抱歉没有早点儿做这个”的吻？我无法分辨，但我没有抗拒，而且更加困惑而不是害怕。

我做完了帕特里克要的存货清单，并将新进来的一批书进行分类。我心不在焉，将图书放错了地方。我将雪莉·卡梅伦的一本新的畅销书《一个苏格兰高地人的自白》放在了旅游类区域而不是浪漫类区域。我发现了错误并责骂自己。我将这本书挪到了展示区，盼望会有一个后悔的家庭主妇来买这本书，而不是去买烹饪书。

我不停地得出相同的结论。帕特里克和我是行得通的，我们彼此感到很舒服，我们彼此认识很长时间了，我们都喜欢读书。他很聪明，有天赋，有型，还很有条理。他见过我所有的阴暗面，如果多拉在街上斥责我，如果威利坚持要我跟她一起去莎迪小树林，或者如果母亲重新出现，因为好莱坞给她的黑眼圈而祈求一份西冷牛排时，将用不着任何不舒服的解释，也不会有被拒绝的危险。帕特里克可以从兰帕站乘坐快船到史密斯学院来看我。圣诞夜时，他会穿着他那件蓝色的厚厚的短大衣在车站等我，而我会乘着大巴深夜到达。我们会一起听音乐，我会在他生日时送给他袖扣，然后我们会在星期天早上一边喝着咖啡，一边为死者的藏书梳理着讣告。

我笑了，帕特里克并没有吓到我，这行得通。

铃铛响了，弗兰基走进了店里，从书堆间注视着我。

“哇，一个月内就来了两次，让我猜猜——你梦到了维克多·雨果？”我问道。

弗兰基四下看看，他的手抽搐着。“你一个人？”他悄悄说道。

“是的。”

“你肯定？”他嚼着口香糖问道。

我点点头，他声音里一贯的幽默不见了，我心里预感到了某种阴影。

“你妈妈正在回来的路上。”

我将憋着的气吐了出来。“已经上路了吗？我怎么一点也不感到意外？”我将一本书放到适当的位置，然后不得不问这个问题：“辛辛那提和她一起回来吗？”

“不知道。我告诉了威利，然后她让我来告诉你。”

“你是怎么知道的？”

“我在美国电报局里有消息来源。他们看见发来的电报了。”

“母亲给威利发电报了？”这似乎很奇怪。

“不是，电报是昨晚从洛杉矶警察局长发给新奥尔良这里一个侦探头目的。他们昨晚将电报送到他家里了，全是保密的。”

“我就知道辛辛那提会让她陷入麻烦的。所以他被捕了，而现在她要回来了。”

“不是他，是你妈妈被扣押了。”

“什么？”

弗兰基点点头。“电报上说，‘路易丝·莫雷纳被押回新奥尔良。’我在侦探办公室的眼线说，他们追捕到了她。”

“因为什么事？”

弗兰基吹了个小泡泡，然后看着窗外。

“到底是因为什么事？弗兰基？”

他的话从口里出来时，口香糖也啪的响了一下。

“谋杀福里斯特·赫恩。”

☙ 第三十五章 ❧

我跑向威利的家，一路上我的心已经快跳到嗓子眼了。没错，母亲是很愚蠢，而且贪婪。可谋杀？我不愿相信这是真的。这个想法太让我害怕了。我脑海里回响着她所有腐烂的诺言，仿佛是从耻辱的罐子里飘上来的，而随着我奔跑的每一步，我都听到福里斯特·赫恩的手表的嘀嗒声——那只在她床下找到的手表。

我从厨房门偷偷溜了进去。多拉穿着她的祖母绿裙子在厨房桌边坐着，裙裾拉到大腿上，光着脚，正在往脚指甲上涂着粉红色的珍珠贝母形状的指甲油。她一看见我就张开了双臂。

“噢，甜甜，到多拉这儿来。我想要站起来的，但那样会毁了我的蹄子。”

我走进多拉怀里，她将我挤压进感觉像是枕头的身体里。“现在，我读过几本犯罪小说的，宝贝儿，他们还没有证实任何东西。威利说他们只不过是为了问一些问题而传唤她。”

“为什么？”

“因为她为一个富有的家伙脱衣了，傻瓜。”伊万杰琳走进厨房说道。

“现在，伊万杰琳，别乱说，”多拉责骂道，“路易丝没有为任何人脱衣。她只不过是在错误的时间出现在了错误的地点。”多拉转向我，“当警察询问人们的时候，有人说在新年夜他们看见她和那个有钱人一起喝酒。”

“母亲当时和赫恩先生喝酒？”

“那是他的名字吗？”多拉问道。

“没错，”伊万杰琳说道，“福里斯特·赫恩。”

“哦，现在那可是个性感的名字。他有什么值得看的吗？”多拉说道。

“报纸上的照片看上去正是那样完美。说他是个建筑师并且很富有。”伊万杰琳说道。

“那么，他为什么没有来这座欢乐之屋见见绿皇后？”多拉说道，“他如果来了，就不会死了。”

“多拉，别说了。”我说道。

“噢，甜甜，我很抱歉。我只是想说你用不着担心自己，毕竟，警察现在正询问每一个人，不是吗？”多拉稍稍抬起了眉毛，她的姐姐达琳曾在警察局见到过我。

“我想也是。”我点点头。

她也朝我点点头。“要是我就会更担心她是不是会和辛辛那提一起回来。”多拉说道。

“反正，路易丝得待在阁楼上了，”伊万杰琳说道，“那个房间现在是我的了，我好不容易才把臭味清除掉。”

我起身去找威利。伊万杰琳在门口那儿抓住了我的胳膊。

“离约翰·洛克威尔远点，”她悄声说道，一滴唾沫从她牙齿间飞射到我胸前，她盯着这口水泡泡。“噢，瞧，”她咧嘴笑道，“下雨了。”

我在威利的门上敲了敲。

里面回答:“你不应该在这儿。”

我还是走了进去。威利坐着，已经完全打扮好了，穿着她惯常的黑色衣服。她的头发梳得比平时更高些，用两只镶满钻石鸢尾花的梳子固定着。她面前桌子上放着那本打开的黑皮书。

“我正变得跟查理一样了,”她回过头来说道，“上周我写下银圆萨姆喜欢七和七。”她更正道，“应该是彼得帽子喜欢七和七。”

威利的黑皮书是一种卡片式目录。她列表将每一个顾客的代号、喜欢什么女孩儿、服务偏好，甚至他们喝什么，以及玩什么扑克游戏都记下来。银圆萨姆其实是一个叫西德尼的汽车销售商，但他背上有一个银圆图案的文身。书上只记着必要的信息，以便威利可以将其用作保险单，如果有人给她找麻烦，她就可以用他的来访记录，提出要将其给他妻子或母亲看看。每天晚上行动开始前，威利会查看这张表上所有提前预订的人，她会确保记住他们的爱好，同时表现得一切仿佛都是自然的、没有预演的。

威利对母亲的消息显得非常平静，她总是说自己在暴风雨中也可以照样沏茶，她的悠闲使我感到了放松。

我拾起她床上的一管黑泽尔毕晓普口红[(1)]，然后往自己唇上、脸颊上点了一些。“那么，我们现在怎么办？”我问道。

威利在那本书上翻了一页。“我们已经讨论过了，你不要跟任何人乱说，新年夜你待在家里，什么也没看见，你和你母亲很疏远。

---

(1) 20世纪50年代由美国女性化学家黑泽尔·毕晓普(1906—1998)创立的知名口红品牌，也是世界上第一款“长效口红”，除非卸妆，否则不会轻易脱色。

她回来时，你就去莎迪小树林。你将会有一阵子不在镇上。”

“我自己一个人去吗？”

“怎么，你想要辛辛那提和你一起去吗？”

“不，可是我突然不在镇上的话，不会看起来很奇怪吗？”

“噢，你以为每个人都会注意到？你有那么重要吗？你说警察已经问过你问题而你也回答他们了。所有当地人都知道你母亲，而且他们都很清楚，不会来招惹我，来提起你名字的。没人会说什么的。”

“但早上谁来打扫房子呢？”

“怎么，灰姑娘，你会想念你的硬毛刷吗？”

我靠在威利床上的柱子上。“不，我会想念你，我邪恶的继母。”

威利放下她手里的钢笔，然后在椅子上转过身来。“你怎么知道我不是你的仙女教母呢？”

我们互相瞪着。我看着威利，她全身穿着黑色衣服，嘴唇是酒红色，眼神可以将蛇都吓得缩回洞里去。我突然忍不住笑起来。

“好吧，”我说道，“你是有着仙女教母心肠的邪恶继母。”

“我宁愿像你，”威利说道，“有着继母心肠的灰姑娘。”

哎哟，她是在开玩笑吗？她表现得好像把那当作恭维了。

她转身说道：“科基会送你去莎迪小树林的。”

“他就把我一个人留在那儿吗，威利？”

“你不会需要车的。如果你需要打电话，可以走到那家杂货店去。”

“但要是有什么事情发生呢？”

“咸花生，我不担心。你是个好枪手。我会告诉拉伊和弗蕾达看着路上过来的车子。你知道他们在晚上都睁着眼睛。现在，除非你想要某个老色鬼将你的小雏菊花瓣拔掉，你最好从这儿滚蛋。”

我走出来到街上时，正好遇到科基将一个顾客送过来。

“我很想开车送你，乔茜丫头，但我得去接一群参会人员并将他们带过来。”

“没关系，科基。你听说我要去旅行了吗？”

“听说了。威利不想让你在这儿被你妈妈拖后腿。她会告诉你妈妈你在斯莱德尔帮助查理先生。”科基挠着他的后脑勺，“乔，我得问问你。你怎么会知道这件事不对劲？从第一天起，你就逼着我去打听验尸官的报告。你知道那个田纳西人和你妈妈有关的事吗？”

“不，我只是……喜欢他。他来到书店，他非常友好，很尊重我。他鼓舞了我，科基。像那样的人，我没怎么认识过。”

科基点了点头。“好吧，看起来我们去莎迪小树林的途中要开始用那个保温杯了。”

他开着车去接参会人员了。我开始走回书店，想着那只手表。我得处理掉它。我可以将它扔进垃圾箱里。我可以将它带去莎迪小树林并藏起来。一辆轿车从我旁边开了过去，我听到刹车声，然后是换成倒挡的声音，那辆闪闪发光的林肯轿车倒了回来并停在我前面。

“那么你被史密斯学院录取了吗？”约翰·洛克威尔将他的雪茄烟灰弹出车窗外。

“我正在等消息。”

“仍不知道那封信上说了什么。”

“说了很多赞美之词……而且写得很好。”我向他保证。

“我希望里面提到了你的马丁尼酒。”

“没有，但提到了我的汽车修理人脉。”

“现在这车跑得很好。你要搭车吗？夏洛特如果知道了我不捎上她的朋友，会认为我是个可怕的叔叔。来和我喝一杯吧。我在夸特区有一个私人的小公寓，更加隐秘。”

“不用了，多谢。我还有事。”

洛克威尔笑道：“也许改个时间吧。”他又用手指着我说，“你身上有某种了不起的东西，约瑟芬。我喜欢这口红。”

他开车走了。我用手背擦了擦嘴唇。

❧ 第三十六章 ☙

我坐在自己的床边，腿上放着雪茄盒子。我看着赫恩先生的支票，他的妻子会注意到这张支票还未兑现吗？如果我现在去兑，警察可能就会注意到这笔款，然后就会来盘问我的。我看着他的签名，自信，优雅。我回想起母亲在米尼特餐厅时，从包里拿出一摞现金，吹嘘着要去安托万餐厅吃晚餐。他们果然是一对啊，辛辛那提穿着死人的衣服，母亲花着死人的钱。

我将这张支票和手表一起放在床下的地板下面，我会将这两样东西都带去莎迪小树林处理掉，这应该是我脑子里要考虑的最首要的事情。但事实上却不是这样，我整个上午都在想着帕特里克，不知道他会不会来书店，结果他没有。我得等着去看查理时才能见到他了，我看着钟，数算着每分每秒，直到关门。昨晚我洗干净头发并做好了造型，我不停地看着镜子，换了两次衬衫。突然间，我想给帕特里克留下好印象，为了他，我想要看起来漂亮。

保尔森小姐又来书店探听了。我告诉她我要去斯莱德尔看查理，回来时会将情况报告给她。她写了一张字条给查理，并坚持要封在一个信封里让我带给他。我卖了一本雪莉·卡梅伦的书给她，然后我们又讨论了她在史密斯学院写历史小说的朋友，她认为我们会相处得很好。其实保尔森小姐不当侦探的时候，还是很有趣很好心的。

夏洛特的信到了，问我是否收到了申请的回音。她还提到她的表妹贝蒂·洛克威尔曾为了帕特里克写信给她，要求再次给她介绍。夏洛特觉得贝蒂特滑稽，我却觉得这很恼人。我将信扔进桌子的抽屉里，锁上门，然后出去了。

我走着，排练着等我见到帕特里克时会说的话。我想要显得很自然，不要表现出我一整天都在为那个吻感到眩晕。我到门口时听了听，想听到钢琴声，房子里却一片寂静。我将钥匙放回口袋里，然后敲了敲门。

门开了。“嘿，乔，进来。”帕特里克光着脚，穿着件平整的衬衫，正在将皮带穿进他裤子上的皮带扣里，他的头发仍是湿的。

“你看起来真漂亮。”我说道，同时希望他也反过来恭维我。

“多谢。我会很快回来，得去穿上鞋。”他跑上楼去了。

有什么东西很好闻。我随意走进了起居室，走向帕特里克的钢琴。我用手指摸了摸上面“贝森朵夫”几个字，然后将我的手在琴键上无声地拖动着。弗朗茨·李斯特的《爱之梦》放在乐谱架上。我看着所有这些音符，不禁惊奇帕特里克多么轻易地就能将这些小小的黑色点点变成了美丽的音乐。

“我做了油炸丸子，”他下楼回来时说道，“我是照着贝蒂·克罗克的烹饪书做的，就是那个命中注定的家庭主妇买的相同的书。”

“这是什么意思？”我指着乐谱上问道。

帕特里克走到我后面，从我肩上看过去。“Liebesträume，这是德语。”他说道。

“我知道是德语，但翻译过来是什么意思？”

帕特里克将乐谱合上，放在了钢琴顶上。“意思是‘爱之梦’。”

他脸红了吗？“噢，”我说道，并不想显露出我心里绽放的微笑，“查理怎么样了？”

“他一直睡得很足，每天差不多二十个小时。我不得不叫醒他起来吃饭。”

“你认为这是药物引起的吗？”我问道。

“不知道，我要问问伦道夫。”帕特里克从碗柜里拿出一个盘子，然后递给了我，“我本想在查理的衣柜里给他多找个枕头，结果发现了他放在衣柜顶端的手稿。”

“你读过了吗？”

“我对此感觉不是很好，但还是读了。我知道，他会要我等到他写完的时候才给我看，但我太想先读一读了。而且你知道吗，他写得真是太好了，我真希望他能写完。”

“这个嘛，你永远不会知道的，也许等他好点儿了，他就会写完。”我说道。

我们坐在厨房的桌子边吃饭，我本来希望我们在餐厅里吃，但那或许显得太正式了。我不停地告诉自己，别把这当成约会，我已经和帕特里克一起吃过好几百次饭了，但我却没法不这么想。一旦我去了莎迪小树林，我不知道要多久才能再见到他。我们开始吃饭，随后我告诉了他关于母亲的事情。

“哇，乔，那真疯狂。”帕特里克说道。

“我知道这很疯狂。多拉说他们想要问母亲一些问题，因为有人报告说他们看见她和赫恩先生在一起。”

“威利怎么说？”

“威利让我到莎迪小树林去。”我看着帕特里克，“我不知道会去多久。”

“噢，那很有意义，她不想让你母亲将你拖进这场闹剧中。”

“我不知道我会去多久，”我重复道，“我们也许得关掉书店。”

“我会想办法的，”帕特里克说道，“你也许可以利用这次假期，带上一堆你一直想读的新书去。”

我们吃完晚饭，谈着一些无关紧要的事。我不停地想着要不要提起书店里发生的事。

“我说，乔，我能请你帮个忙吗？”帕特里克说道，“记得道布尔迪书店的詹姆斯吗？今天是他的生日，他的女朋友今晚搞了个晚会，他们邀请了我，而我真的想去参加，但是……”

“但是你需要有人在这儿守着查理。”

帕特里克点了点头。“我很想带你一起去参加这个晚会，但伦道夫今晚很忙，不能过来。”

“当然，我会守着查理的。”

“噢，太谢谢你了。我不会在那儿待很久的。”

我洗着盘子，而帕特里克上楼去查看查理的情况。他下来时穿着外套，打着领带。

“你看上去真漂亮，而且闻起来也很香。”那味道像是古龙香水。

“真高兴你喜欢这个味道。”他走向门口，停了下来，然后又向我走过来。他将双手放在我肩膀上，并飞快地吻了我一下。“多谢，乔。我会很快回来的。”

大门砰的一声关上了。在书店时我没注意到这一点，他的嘴唇是冰冷的。

他并没有很快回来，几小时过去了。我读了读杂志，拂去钢琴上的灰尘，最后摇晃着上楼去看查理的情况。我在帕特里克关着的卧室门前停了一下，抑制着想进去四下偷看的冲动。最终，我进了查理的房间，他正在睡觉，被子整整齐齐地盖在身上，房间里很干净整齐，药瓶在梳妆台上排列摆着，旁边还放着一张伦道夫写的说明。我将桌子旁的窗户开了一条缝，让房间进来一些新鲜空气。那页纸仍在打字机上，我忍不住多看了两眼，发现上面多了一个字母：

BL。

我坐在查理的床边，他伤口旁边的苍白皮肤上由于擦过红药水而呈现出红橙色。我将被子稍稍拉下一点，发现查理仍抱着那个粉红色的情人节盒子。他的气色很虚弱，而他的灰发仍很长很蓬乱。

“噢，查理，”我轻声说道，“你怎么了？我只是想给你剪下头发。我真抱歉。”

他的眼睛闪烁着睁开了，眼神移动到我身上，锁定，然后有那么短暂的一瞬间，他微笑了。我八岁时藏在他书店里时，他也给过我这样的微笑；我在外面人行道上哭泣时，他透过前窗也给过我这样的微笑；他说“乔茜，你是个好女孩”时，他的微笑也是如此。

我将他眼睛上的一缕头发拨开。“我爱你，查理·马洛。你听得见我说的吗？我们会搞清楚这件事的。”可他已经又睡过去了。

我醒过来时，闻到咖啡的香味，只见自己躺在沙发上，肩上盖着一条毯子。起居室的窗帘发出淡淡的桃红色光晕，太阳已经升起来了。我走进厨房，只见帕特里克站在橱柜前，仍然穿着外套，打着领带。

“我吵醒你了吗？”他说道。

“我不敢相信自己竟然睡着了。查理没事吧？”

“他很好。抱歉，我比预期回来的要晚。”帕特里克通宵没睡，但看起来一点也不累。

“晚会很好玩？”

“是的，但我是那只音乐猴子，他们整晚都让我弹奏钢琴。我把以后一生该弹的爵士乐都弹完了。”帕特里克转过身来笑着，“乔，猜猜谁在晚会上？”

“谁？”

“卡波特。”

“杜鲁门·卡波特？你告诉他你很喜欢他的书，而且你店里他的书卖得很好了吗？”

“我们只简短地谈了一会儿，大多是关于普鲁斯特的。他的声音很奇怪，乔，而且他个子很小。他只有二十五六岁，却是整个文学界谈论的对象。唯一能与他比肩的是那个古怪的艾尔莫·阿韦。”

“威利认识艾尔莫，她叫他蜂王后，不过她喜欢他卖给她的古董家具。听上去这是个很不错的生日晚会。”

“我给你煮了些咖啡。你今早要离开了，对吗？”他问道。

我点点头。

“我们会想你的。”帕特里克一边往杯子里倒着咖啡，一边说道。

“我也会想你的。你可以通过威利跟我联系，她会通过小杂货店给我留口信。而且你当然也可以写信。我将地址留在柜台上了。噢，对了，我差点忘了，保尔森小姐来过店里。”

帕特里克转过身来，面孔因恐惧而皱起来，“又来了？”

“是的。我告诉她我要去斯莱德尔看查理。她给了我一张纸条，让我带给他。”我从包里拿出封着的信封，递给了帕特里克。

他撕开信封并拿出来看了看，然后递给了我。

你从来就不是一位写神秘作品的作家，而现在你自己却变成了神秘人物。

从斯莱德尔寄封信来，否则我就会知道这全是谎言。

担心你的——芭芭拉

☙ 第三十七章 ❧

我喜欢科基的出租车。

但我们不是在科基的出租车里，我们开着玛丽亚，而且科基笑得很开心。

“乔茜丫头，再从保温杯里倒一点咖啡给我。瞧，这次驾车出来多好玩。有一天我要给自己买辆这种大大的黑色凯迪拉克，白胎壁轮胎和这一切，就是这样。”

“这辆车太引人注目了。我们应该开你的出租车，我喜欢你的出租车，坐着很舒服。”

“我的出租车是个好女孩儿，如果她能说话，咦，她会怎么说呢？现在，这条路不是去北安普敦的，应该是往北穿过密西西比州然后进入阿拉巴马州。康布莱德说最好太阳出来就走，太阳落下了就休息。我同意。在佐治亚州你会和康布莱德的表亲待在一起，如果到了弗吉尼亚州你也需要停一下的话，他也有个老阿姨在那儿。”

“科基，你都计划好了，真贴心，但我还没拿到录取通知书呢。”

“你会被录取的。我知道这一点。”科基一次次地点着头，“你必须被录取。”

他从方向盘上转过头来看着我。“你得离开这儿，乔茜。新奥尔良对有些人来说还可以，对少数几个人来说真的还很好，但对你不是。太多的负担会将你拖垮的。你有很多梦想，而且有实现梦想的潜在能力。我打赌你依恋那个孟菲斯来的有钱人是因为他符合你心中爸爸的形象。我完全同意，除非另一半是某个很好的人，否则你不可能长成这么好的人。所以你会被接受的，而你会给我们大家都带来荣誉，你一定会给我带来荣誉。”

我们聊着天很快就过了三个小时。科基给我讲他父母的故事。他父亲是从加拿大来新奥尔良定居的白人，他已有妻子和孩子，而在婚外又和科基的母亲在一起了。在科基还未满三岁时，他就去世了。科基不像我，他跟母亲很亲近，一谈到她眼里就充满了泪水。他爱她爱得很深，而且说她总是为他做正确的事情。他十六岁时她就去世了。他说这使得他不可能找到妻子了，因为他想要一个具备他妈妈那种品质的女人。任何我建议可以做伴侣的人他都拒绝了，而且他的嘲笑和评论让我笑死了，几乎眼泪都笑出来了。

“那么，为什么贝莎不行？”我问道。

“贝莎很好，但她太老了。我喜欢皮肤能够稍好一点儿的女孩。”

“那泰菲呢？”

“泰菲？你开玩笑吧。她只有三根脚趾，像狗一样汗流满面地夹着扁桃仁，而且她总是用咖啡磨成粉来染她的灰色头发，看起来像土一样。不，谢谢你。”

泰菲只有三根脚趾。谁知道呢？

科基对伴侣很挑剔，但似乎却又完全知道他在一个女人身上要找的是什么。这使我想到了帕特里克以及我们尴尬的道别，他很使劲儿、长时间地拥抱了我，好像他再也不会见到我了。但他却没有吻我，只是盯着我，眼中满是沉默。我无法分辨他是对我的离开感到不快还是为查理感到不快。

我们正好在午饭时间前到了。科基在拉伊和弗蕾达·科尔家停了下来，他摸了摸他们车子的引擎盖。

“是凉的，他们已睡下一会儿了。”科基说道。

可怜的拉伊和弗蕾达。我不明白是什么使他们如此害怕黑暗。

科基将威利让他带来的一箱东西放在门廊处。里面有一罐萨蒂做的秋葵汤饭、一箱香烟、一瓶麝香葡萄酒和一封来自威利的信，要他们照看我。

我们沿着一条两边林立着树的路开车去了莎迪小树林。

“现在，乔，你一定要将耳朵竖起来，乡下这里很好很隐蔽，但也会很麻烦。你在这儿尖叫的话，没人会听见，连拉伊和弗蕾达都听不见，他们离这儿有好几英里远。”

“你说得好像这里有熊出没似的。”

“我说的不是动物，我说的是罪犯。”

我笑起来。“没人想抢劫莎迪小树林。这儿除了家具和旧杯盘，什么都没有。”莎迪小树林是一幅平静的画。一幢克里奥式的小木屋，带着一条很深的前廊，四周都是挂着苔藓的橡树。

科基拉好停车闸。“现在，听着，乔茜，我不是在哄人。和你妈妈有关的这件事很严重。有很多人不想让她回到新奥尔良。威利把你拉出这个热点很聪明，但即使是在外面这儿，你也要做好准备。有些家伙有可能愚蠢到以为他们可以通过你搞定你妈妈。”

我下了车，从后座取出行李箱和一大箱书。科基打开了车的后备厢，里面塞满了板条箱和盒子。

“科基，这是半个食品储藏室了，我以为我最多待一个星期。”

“萨蒂一整晚都在为你做吃的。这儿有你充足的供给。”他将威利的高尔夫球包从后备厢拉出来，“来拿这个，你知道我受不了任何枪。”

我看着包里面。“她把所有枪都放在里面了？”

“前袋里有额外的子弹。她说已告诉你带上你的手枪了。”

“这是不是有点太过了。”

“这个嘛，你从未单独待在外面。如果有人过来怎么办？”

“谁，比如弗蕾达吗？”

“比如辛辛那提。”

他说漏嘴，不能收回去了，一阵凉意爬过我的脖子。我仿佛听到他的声音——“我会找到你的，乔茜·莫雷纳。”我拔出其中的一支猎枪，看看威利都送来了什么。

科基擦着额头。“我不应该说出来的。现在，乔茜，我并不是说辛辛那提会来这儿。威利担心的是，他和你妈妈可能会要求你成为她的证人，而且，辛辛那提与某个很坏的家伙是绑在一块儿的。”

“比如卡洛斯·马塞洛？”

科基看起来已快哭出来了。这时我记起帕特里克那么使劲儿地拥抱我，把我都弄疼了，他好像是在永别。科基吸了口气，然后开始向门廊那儿搬板条箱。我抓着他的胳膊。

“科基，到底发生了什么？”

“乔，你妈妈完了，她给自己带来了麻烦。一个有钱人被她毒死了，而有人说她和他在一起。”

“谁告诉警察这件事的？”

“我不知道。如果有什么重大的事情发生，都会在报纸上看到的，当你去杂货店时，你可以拿一份报纸。但一定要随身带着你的手枪，并将门窗锁好，而且回来时要小心，设置一些小小的标记，这样你就能知道你离开时有没有人来过。”

我支起百叶窗，并将窗帘拉好。科基将供给放在厨房里。

“现在，用不着担心你的脑袋，威利只是在采取预防措施。你要享受在外面的时光，好好休息一下，并读完所有你带来的书。我眨眼间就会回来接你的。”

玛丽亚毫不费力地下着坡，在尾部周围喷起许多尘土。我站在门廊前看着，手里握着威利的猎枪。

第三十八章

我不再奇怪为什么拉伊和弗蕾达对黑暗感到恐惧了，现在我也很恐惧。

每天傍晚我走到他们家去，和他们一起在车上过夜。我躺在车的后座上睡觉，他们俩则假装开车去伯明翰，去蒙哥马利，每晚都有一个新的地方。太阳升起时，我为他俩做一顿丰盛的早餐，然后拿着我的枕头走两三公里回莎迪小树林去。每天中午，我会走着去小杂货店，看看有没有信息和邮件。

我很喜欢莎迪小树林，一点也不想念新奥尔良。但我很想念帕特里克，每天都写信询问查理的近况，可一个星期过去了，我没有收到他的回信。我从小杂货店打电话给威利的时候，她说伦道夫每天都会去看查理，查理情况已稳定下来，睡眠情况好了很多。她不会告诉我关于母亲的太多消息，只是说她回来了，与被通缉有关，并且住在城乡汽车旅馆里。那意味着她与辛辛那提在一起，因为城乡汽车旅馆是卡洛斯·马塞洛开的。威利说她派科基去斯莱德尔，将帕特里克给她要寄给保尔森小姐的打印好的信从那儿寄出。

我试着从杂货店给帕特里克打了电话，但却没人接听。

我刚刚洗好头发就听到声响，听上去像是引擎的隆隆声，然后却安静下来。我跑到厨房抓起了猎枪。我猫腰来到木屋前，偷偷向窗外张望，却什么也没看见。我小心地光脚推开纱门，门上的铰链却响起来，出卖了我。我慢慢地走到外面门廊那儿，将枪管对着我前面的车道。有什么东西在门廊旁边发出咔咔声，我将枪管转向左边，指头放在扳机上。

“哇，你放松点儿。”

杰西·蒂埃里正站在门廊边他的摩托车旁。

“我在车道上熄了火，然后推着它走过来的，因为不想吓着你，不过很显然，还是吓着你了。”他说道。

我放下猎枪喘了口气。“瞧瞧你，子弹上膛准备开火，就像汽车城的梅·韦斯特[1]。”

杰西逗乐时，我很难再生气。“我看到你很意外，只不过如此。”我说道。

杰西脱下皮夹克，放在摩托车座位上。“天气很好，所以这一切真好。我昨天在夸特区碰到了威利，她给我指了方向，她还说我回去后得向她报告。”杰西微笑着，“那么你是要邀请我到门廊上去，还是仍不能决定是否要向我射击呢？”

“不——我是说，是的，上来吧。”

我话还未说完，杰西就已经跳上来，到我身旁了。

“我真不知道你穿着这样的牛仔裤怎么还能动。”我告诉他。

“这条吗？这裤子并不紧，只是缩得很贴身。瞧，当你搞了条新的，并不会很合身，所以你得穿着它进浴缸里泡泡热水。”

---

(1) 梅·韦斯特（1893—1930），美国演员，编剧。代表作有《侬本多情》《六重奏》。

“你穿着牛仔裤泡在浴缸里？”我笑道。

“没错，热水将它收缩到你腿上，然后就完全合身了。”

“但这样一来，你得整天都穿着湿牛仔裤走来走去了。”

“只是一天而已。”杰西指着我的头发，“看来你也刚从浴缸里出来。”他在前廊上一把椅子上坐了下来。

“我刚洗完了头发，然后我就不得不去射击某个人。你想喝点儿冷饮吗？

等我拿着冷饮回来，杰西正在读我那本济慈的书。我们坐在前廊上玩着纸牌、喝着冰茶。他说在波旁大街上见到我母亲，她看上去很瘦，而且很累。

“和她在一起的那个男人看起来很粗野，乔。”

“辛辛那提？他何止粗野，他应该进监狱，他是为马塞洛团伙执行任务的人，而我那傻娼妓母亲却崇拜他。”

杰西拿起一张牌。“我会见你那傻娼妓母亲，然后让你看看不计后果的醉鬼父亲，如此的不计后果，竟将车子撞上了树，使我母亲身亡，使我的腿断掉，还在我脸上留下了疤痕。”杰西出了那张牌，“赢了。”

“噢，杰西，我很抱歉。我不知道这些。”

“这不是你的错。这不是我的错。只是事情就是这样的。我的腿现在没事了，但我却永远不可能参军了。我们再玩一会儿扑克牌怎么样？”

“当然可以。”我看着杰西一边洗牌，一边对我微笑着。他说这不是他的错，我希望自己对母亲也能有这样的感觉。我知道自己并没有做错什么，但不知怎的，我总是觉得愧疚。杰西将牌发给了我，然后我努力记住手里的牌。

“这样的话，”我说道，“如果将我母亲和你父亲放在一起，那可就是一个完整的家庭了。”

杰西拿起杯子啜了一口，他的眼睛却一直看着我。“对我而言，那听上去是一个空荡荡的家。”他继续盯着我，“如果警察在你妈身上坐实了证据，那可是谋杀指控，乔。”

“我知道，威利害怕他们会要我出庭做人物证人，这就是她把我藏在这儿的原因。”

“你觉得安全吗？”

“我还行。”我内心某处很想向杰西承认，我晚上是在一辆生锈的、在虚构的路上哪儿也开不去的别克车后面度过的。

杰西向后靠在椅子上，看着门廊外面。“必须得说，这是个美丽的藏身之处，我才不会在乎完全迷失在这儿。这条路再往前是哪儿？”

“要我带你去看吗？”

☙ 第三十九章 ❧

我在前面台阶上撒了一层看不出来的灰，这能让我看出我离开时有没有人留下脚印或擅闯此处。我将手枪递给杰西，要他放在皮夹克里。

“天，你快成邦妮·派克了。”

“一位知道绳子不太可能会绑在一起的夫人。”

杰西觉得这太过火了。“是威利这样说的吗？”

“不，是梅·韦斯特说的。现在，我怎么穿着裙子骑上这玩意儿呢？”

杰西转动着摩托车。“我想过要开着梅尔茨来这儿的，但我想等到最后完成了再让你看到，那是辆很好看的车，乔。”

云朵都跑走了，太阳正当头照着。杰西向我解释着我该如何坐上去，脚放在哪儿。“记住，腿不要靠近消声器。”他戴上太阳镜，“现在，你将不得不抓着我，所以要控制好自己，好吗？”

“太可笑了。为什么不让我来开呢？那么你就可以成为那个抓着我的人了。”

“我也巴不得那样——相信我，我真的愿意——但那不是个好主意，你是第一次坐摩托车。”杰西跨上了胜利号，然后我爬了上去。我本不打算抓着他，可摩托车一开动，我就抓住了他的腰部，我可以感觉到他在笑。到了车道尽头，我告诉他向左转。我们沿着马路向十字路口而行。这和坐在车上很不同，天空就在我们头顶，在太阳的热度下，我能闻到杰西身上皮夹克的味道，引擎轰鸣着，杰西的左手从上伸下来摸着我的头。

“你还好吗？”他喊道。

“再快点儿。”我回喊道。

他做出了回应，将摩托车上挡然后加速，像枪管里射出的子弹一般一路飞跑。我没有选择，只能抓紧，我很害怕，但很喜欢这种感觉。

风就在我们周围，吹着我的身体，猛烈地刮过杰西的头发，又刮过我的头发。我们几乎到了不计后果的边缘，然而我却感觉是安全的。不会受到辛辛那提的伤害，不会受到母亲的伤害。和杰西一起骑着摩托就像是将瓶子里的尖叫释放了出来，我真想一直这样骑下去。

我们最终接近了杂货店，我挤了挤他的腰部，指着那儿，他慢了下来，开了进去。

我跳下摩托车。

“你还好吗？”杰西问道。

“太喜欢了！我的心感觉像要跳出来了，皮肤像着了火。”

“那是肾上腺素的作用。有时我会加速，感觉到一身自由，而且我好像可以永远骑下去。”杰西突然笑起来，“瞧瞧你。”

“怎么了？”

“你笑得这么开心，而且脸全都红了。来吧，我给你弄点儿喝的。”

我们站在饮料冰柜前，彼此靠得很近。我由于骑行，仍处在眩晕的状态，不小心屁股把他撞到一边，他抓着我的胳膊将自己拉了回来。

“你最好友好点儿，不然我会把你丢在这儿。”他悄声说道。

“那我就走回去好了，我每天都这样走的。”

他看上去吃了一惊。“你自己一个人一路走到这儿？”

“每天。我和自己。你不会嫉妒了吧？”

杰西抬起手将我眼前的一缕头发撩开。“是的，我还真有点儿嫉妒了。”

他的手停在我脸颊上，我的眼睛看向了他。

“嘿，乔茜，今天没有口信，但有你的邮件。”老板将一个信封递给了我，我认得那是帕特里克写的字。于是我背朝杰西，撕开了信封。

亲爱的乔：

抱歉没有早点儿写信，一直很忙。查理一直睡得很足，不过伦道夫说昨天他曾在房间里走来走去。我在沙特尔区看见你妈妈和某个聪明男人在一起。警察从巴吞鲁日市将那个乐队领队带回来询问，然后他声称自己以为赫恩先生趴在桌子上睡着了，而不是死了。卡波特离开前搞了个派对，并要我去弹钢琴。还没有从史密斯来的邮件。目前全部情况就是这样了。

想你——帕特里克

另：贝蒂·洛克威尔来过书店两次。回信告诉我你猜她买了什么书。

杰西和我坐在小杂货店的木台阶上，喝着根叶汽水，朝一棵树扔着石头。每次扔出去，我都想象着那棵树是贝蒂·洛克威尔，并将其钉起来，每根枝干是一条手臂或一条腿，然后是她的头。咸花生。

“那么，你成为帕特里克的女朋友有多久了？”杰西问道。

我不想谈论帕特里克，尤其是和杰西。“我不知道。”我告诉他。

我用力掷出一块石头，打下贝蒂最后剩下的肢体。

“他有正确地吻你吗？”

我停下来转头看着他。“什么意思？”

他给了我一个自鸣得意的微笑。“那意味着没有。”

“那你呢？你肯定有很多女朋友。”

“我不孤单，虽然我并没有女朋友。”杰西从瓶子里喝了一大口汽水，然后向后靠在台阶上，“那晚在杜威饮料店，你说你要去见男友，我跟踪着你，天很黑，我想保证你的安全。你一直走到了河边，他让你白等了。”

杰西在那晚我带着手表去河边时跟踪了我。“不，我——”

“是的，他根本没有出现，你开始哭起来。我站在那儿想：‘老天，这个家伙可真愚蠢。’所以他寄来的信中不管有什么让你不高兴的事，就忘掉吧。你要向前看。天啊，马萨诸塞州简直想象不到有什么人要到他们那儿了。我敢打赌你会是他们拥有的第一个梅·韦斯特。”杰西喝完他最后一点汽水，“好了，我们回去吧，我还得骑三个小时回家。”

我们开着摩托车回莎迪小树林，回程要慢多了。我抓着杰西，将脸的一侧靠在他背上。

台阶上的灰没有被动过，小木屋静静的，仿佛在午后打着盹。

我们在门廊前静静地吃着三明治，盯着橡树的枝条上像披肩一样挂着的寄生藤被微风吹得慢慢地前后摇动着。杰西将手枪还给我，随后我跟着他回到前廊，走下台阶去他的摩托车那儿。

“噢，我差点忘了。”他伸手进夹克口袋里掏了一张小卡片递给了我。

杰西·蒂埃里

高级车辆服务

电话：雷蒙德 4001

“洛克威尔那个家伙跟我要名片，可我没有。这使我想到，那些上城的家伙可能会用到谨慎的机师，而且我可以为此收取可观的费用。我给了威利一张名片，然后她说能将许多生意介绍给我。这肯定比卖花强。”

“我们俩都得到了更多奔忙的机会，对吗？”他套上夹克，“但我更愿意认为我们得到了更多的勇气。”

“我认为这太棒了，杰西。而且你甚至有了电话。”我说道。

“哪里，那是邻居的。他们说他们会接电话，然后来找我。好吧，我该上路了。”

“谢谢你这么远来这儿陪陪我。”

“回见，乔，”杰西戴上他的太阳镜，“今天很愉快。”

我坐在台阶上，看着他开着摩托车远去，我听着胜利号的哼唱直到声音完全消失，被蝉和牛蛙的合唱取代。我坐在那儿，直到太阳落下，然后锁上门，拿着枕头开始走着去拉伊和弗蕾达家。

今晚我们要去比洛克西。

第四十章

两天后，我收到一张杰西寄来的明信片。

汽车城。梅·韦斯特。马萨诸塞州。

杰西

一部分的我希望杰西会再来，但另一部分的我又希望再次收到帕特里克的信。我已读完了带来的一箱书，为了缓解无聊，我已将木屋整个打扫了好几次。

我将威利房间的床上用品取下来，擦洗了地板、墙面，又打开衣柜通风。我不敢重新安置任何东西，威利不喜欢我四下翻弄她的东西。我确实轻轻地拿出抽屉里的东西以便擦一擦，这时我发现了那些照片。威利顶端的抽屉里有一个发黄的信封塞在最里面，这个信封里有三张照片。

第一张是一个成熟女人的锡版相片，她穿着长长的深色裙子，前面有一排的小纽扣一直延伸到下面。她把手放在栏杆上站着，表情显露出想拿扳手或什么钝器打照相人的欲望，背后草草地写着威廉明娜这个名字。我仔细看了看，觉得看到了她脸上有威利的影子。

第二张照片没有名字，背后只写着1935。照片里的男人非常英俊，我认得他坐着的椅子，但不认得那个房间，这椅子现在是威利的，在康蒂街上那幢房子的客厅里。

最后一张照片上是威利，大概有十岁了，安静地坐在一棵树下，她的头发从各个方向伸出来，她的脸笑开了花，充满了淘气的快乐。威利从未谈到过她的童年，我盯着这张照片，震惊于她竟然也曾经是个孩子。不知怎的，我曾想象威利·伍德利生来就有生锈般的声音，以及能骗过任何骗子的街头智慧，可这张照片上，她是个笑得很开心的甜美女孩，这张照片上的威利发生了什么？我经常会很渴望看到自己儿时的照片，但一张都没有，母亲从未洗出我的照片。

我想到了洛克威尔家里和办公室里的银相框，这些照片向每个人宣示着他的历史，威利也有藏在抽屉后面的照片，我的历史和梦想在我桌子里的一张名单上，现在已埋在了后花园里。

那个问题已经解决了，我在厨房找到一个旧的果仁糖罐，我将赫恩先生的手表调好时间，仿佛是给它以生命似的，然后将这块表和他的支票一起放在糖罐子里。我仿佛能看到福里斯特·赫恩，听到他的声音，他拿出支票来买济慈和狄更斯的书，对我微笑着，这块表从他的衬衫袖子下露出来。支票上有地址，他的妻子和孩子们会很珍视它，他们会很感激的。

我将它埋在了后面的紫薇树旁。

车喇叭响了一下，我马上听出来了，我跑到前廊，看着科基开着玛丽亚缓缓进来。我跳下台阶，一下子抱住了他。

“见到你太好了，你渴了吗？你要吃点儿什么吗？”

科基拉开我的手，皱着眉严肃地说：“是时候回去了，乔茜丫头。”

“总算可以回去了。我已经快没有吃的了。母亲走了吗？”

科基耷拉着脑袋，他说话的声音很小，我无法听清。“你说什么？”

他吸了口气。“查理先生死了。”

我坐在玛丽亚的前座上，胸口起伏着，感觉两行热泪一直流到脖子上。科基说查理当时出现回光返照，帕特里克和伦道夫整晚都守着他。他离去时，帕特里克坐在他床边，握着他的手。伦道夫打电话给威利，她和科基过去帮着帕特里克。威利安排了殡仪馆，而明天将举行葬礼。

他们都帮上了忙，每个人都在那儿，只除了我。

科基带来了报纸。

查尔斯·马洛——已故凯瑟琳和尼古拉斯·马洛至爱的儿子，已故唐纳德·马洛的兄弟，小帕特里克·马洛的父亲，马洛书店的店主，作家，享年六十一岁，在过去的三十九年里都住在这座城市。谨邀请该家庭的亲戚和朋友们前往参加他的葬礼。

葬礼时间：星期三上午十一点

地点：雅各布·舍恩与子殡仪馆，卡纳尔街3827号

埋葬地点：格林伍德公墓

“乔茜丫头，你尽管哭吧。我开着车下来时，一路已经哭完了。我知道你想去那儿。现在说你妈妈的事，她脖子上仍然架着刀，但

威利说你必须回去参加查理先生的葬礼。”

“我当然得回去，这不对，科基，我应该为查理和帕特里克待在那儿的。威利没有权利将我支开。”

“这对帕特里克来说很艰难，但我想他还算平静。查理先生病了很久而且无法治好，这对他来说太难了。”

科基开车直接送我到了帕特里克家。他开了门，我几乎认不出他来了，他脸上写满了悲痛，倒在我怀里。科基帮我将他扶回房间的沙发上，我用手搂着他并抚摸着他的头发。

“你能来这儿我太高兴了。”他说道。

“我也是。”

“他走了，乔。我知道他情况不好，但是……但是我没想到会发生得这么快。”

萨蒂正在帕特里克家的厨房里忙来忙去。

“萨蒂正帮着为明天做准备，”科基说道，“葬礼后，大家会来这儿吃饭。我一会就回来，现在你要保重，小伙子。”科基拖着沉重的脚步出了大门。

“为什么我还得接待客人？我父亲刚刚死了，”帕特里克悲痛地说道，“我不想参加社交活动。”

“这不是接待，你只是给人们机会来表达他们的哀悼之情并安慰你。”这话说出来都很酸，我同意帕特里克的话，在新奥尔良，有时死亡确实更像是社交活动。而且他比任何人都更了解这一点，他常常参加葬礼后的宴会，寻找书籍。

“你和你妈妈说了吗？”我问道。

“我们互相发了电报。她当然想让我去西印度群岛，但我怎么能去呢？我还得搞葬礼宴会。我真感激威利派了萨蒂来。”他又向后倒下，头重重地落在我腿上。“谢谢你，萨蒂！”他对着厨房那边大喊道。

“她只是不会说话，但并不聋，帕特里克。”

他将手伸上来摸着我的脸。“你不知道我见到你有多高兴，没有你，我挺不下去。你明天会和我在一起的，对吗？”

“每时每刻都会的。”

他用手指摸着我的脸颊。“这种感觉真是太奇怪了。我每每好起来些，觉得强壮了些，可突然又有什么事发生，我又被完全击垮了。我觉得一切都很荒诞。”

“你刚刚失去了父亲。”父亲这个词卡在了我的喉咙里。突然之间我哭了起来，泪水流得到处都是。我泣不成声地说道：“他对我照顾得这么好，如果不是他给了我这间书店上面的屋子，谁知道我会在哪里。”

帕特里克将我拉向沙发上的自己。“我知道，乔。你也失去了他。”

我们躺在那儿，哭着，直到都睡着了。

☙ 第四十一章 ❧

葬礼的准备工作是一种很超现实主义的经历。不知怎的，在其他人的帮助下，我们得以从一张脸变换到另一张脸，从一个地方移动到另一个地方。但是这日子已经变得朦胧，被扭曲成了一种烦扰的、呈慢动作播放的电影。

保尔森小姐一听说事情原委马上就过来了，她安慰帕特里克并帮忙打理各项事务。威利和殡仪馆的人谈着查理的身后事宜。我们这些人一下子都维系在了一起—— 一个妓院女老板，一个英语教授，一个哑巴厨子，一个混血儿出租司机，还有我，一个提着一整桶谎言并像撒五彩纸屑一样的女孩。

真得感谢威利，查理看起来又像他自己了——成熟而文质彬彬。我向小甜点借了一条葬礼时穿的裙装。帕特里克请保尔森小姐在葬礼上念一篇致辞，他觉得自己没办法念出口。保尔森小姐泰然自若地向人群讲话，就像她在课堂上讲话一般。

“我们今天来到这里，向我们亲爱的朋友查尔斯·马洛的一生和遗赠致敬。他的儿子帕特里克委托我代他朗读他准备好的这篇致辞。”她清了清嗓子。

“非常感谢大家支撑我走过这段艰难的时期。对你们大多数人而言，我父亲的去世可能来得太突然，但事实上，我父亲已经受了好几个月的苦，与大脑的退化做着艰苦的斗争。尽管我知道你们一定因为没能说再见或给予帮助而感到沮丧，但请相信你们给予我父亲的最大礼物就是让他独自承受这样的有失尊严。认识他的人都知道，他以语言、文学历史和专业的外表为傲，而这一切在他最后的几个月都失去了。

“我衷心感谢伦道夫·考克斯医生、伯特兰·萨利医生、威利·伍德利和弗朗西斯（科基）·科卡尔，他们全都在我父亲最后的日子里帮助了他。而如果不是乔茜·莫雷纳，我绝不可能走出这段黑暗的旅程，乔茜对我父亲而言就像他的女儿。

“正如你们许多人了解的那样，我父亲是一位极有天赋的作家和书商。幸运的是，他通过诸多的著作继续活着，我知道我会一直通过他的作品听到他的声音，从而得到安慰。感谢你们大家今天能来。”

整个过程我都在帕特里克旁边。我回过头来看见威利和科基在最后面，威利戴着深色的太阳镜，科基的眼泪不停地流到脸上。威利在葬礼后走到我旁边，她看上去很累，脚腕肿着，她递给我一张收据。

“拿着这个，我用现金付了，告诉帕特里克一切费用都付完了。”

“噢，威利，我想帕特里克不会愿意让你来支付这一切的。”

“我不在乎他愿不愿意，”威利说道，“我自己愿意。我们明天见，早点儿来，家里都成猪圈了。”

“你不参加午宴了吗？萨蒂准备了各种吃的。”

“我不去了，萨蒂也不去了。我去那儿做什么呢？四下站着，吃着美味的沙拉，谈论着书籍？我有一担生意要跑，艾尔默要搬一张床来，多拉昨晚将她的床弄坏了，那女孩儿真应该做杂技表演的，而不是做妓女。”

科基跟着威利离开时，朝我挥了挥手，他也不会参加午宴了。

“嗨，乔茜，还记得我吗？”

道布尔迪书店的詹姆斯带着一个个子高高的、很有吸引力的金发美女站在我面前。

“是的，你好，詹姆斯。非常感谢你能来，我知道这对于帕特里克来说很重要。”

“这是我的女朋友，吉蒂，我会去参加午宴，但吉蒂不能去了，所以我想介绍你们认识一下。”詹姆斯说道。

吉蒂向我伸出戴着手套的手，她穿着很昂贵的、裁剪得体的套装，上面有很大的珍珠扣。“很高兴见到你，乔茜。帕特里克总跟我们说起你，他说你就像是妹妹。我为你失去亲人感到非常难过。”她给了我一个微笑，她的牙齿很完美，跟杰西一样。

我点了点头，然后他们走了。他们看上去就像一对儿时髦的洋娃娃，外貌完美却彼此间毫无吸引力。她所说的“就像妹妹”刮着我的心，帕特里克真的这样说过？

只有很少几个人去了公墓。保尔森小姐说她会受不了的，宁愿去家里帮着准备午餐。尽管她很沮丧，她仍然表达了自己能理解为什么我们要那样做来保护查理，并觉得这很值得赞赏。

帕特里克凝视着查理的墓，他穿着一套深色西装，看上去肃穆却很英俊。我挽着他的胳膊。“你待多久都可以。”

我们和查理单独在一起站着，过了近一个小时。

“有好多话需要跟他讲，那些他不明白的事情。但是，算了吧，各式各样的果子冻和插着纸风车的三明治在等着我们，”帕特里克抱怨道，“我为了找书，吃过那么多葬礼午餐，现在到了回报的时候了。”

“得了吧，你知道萨蒂不做果子冻的。”我告诉他。

家里很挤。帕特里克走进来时，屋子里声音变低了，人们再次向他表达了哀悼。我在帕特里克身旁穿过人群，突然，我的脚停了下来，在房间一角，酒水区旁边。我抓住了帕特里克的胳膊。

母亲。

她穿着蓝绿色的裙子，对于葬礼午餐来说，过分亮丽。她的头发染着廉价的黄色，发根部的深色露着。她的脸瘦长而灰暗。

她在这儿做什么？我知道答案。食物，随便喝的饮料，还有——我无法不这么想——将房子里的东西划入囊中的机会。我的眼睛四下里寻找着辛辛那提。

她径直向我走来，红指甲环绕在潘趣酒杯周围。

“宝贝儿！”她将手臂环绕着我，却不真正触碰到我，然后吻了吻我脸颊旁的空气。我用手臂抱着她萎缩了的身体，她退缩了回去。

“妈妈，你这么瘦了。”

“右旋安非他命，”她悄悄说道，“好莱坞正在试用的节食药片，效果很好。我觉得这药一旦获批，会风靡全球的。我真不敢相信这儿会有这么多人，我是说，查理看起来好像并不是个什么大人物。”

“他非常受人爱戴，母亲，他也是一位知名作家。”

“这么说，都是些读书人，但他们并不真正有价值。”她抓住我的手腕，“这是从哪儿来的？”她的手指迅速检验了威利给我的那块金表。“这可是14K金的，让我试一下。”

我柔和地将手抽出来。“这是个礼物。”

帕特里克转过身来，盯着母亲。“你好，路易丝。”

“嗨，你好。我为你父亲感到非常难过，而他变得那样痴呆真是太可怕了。我听说这种病可能会——”她打了一下响指，“就像这样发生了。你这可怜的，你一定十分担心这病会遗传，你可能最终也会是这个样子。”

帕特里克将手放在我后腰上，将我揽向他。他的脸因厌恶而扭曲，“你知道，路易丝，你一直就是个……杰作。”

保尔森小姐将帕特里克叫了过去。

“他可真够苦的，”母亲说道，“你们俩在一起了吗？你个小狐狸精，你在脚踏两只船，我听说你也在和杰西・蒂埃里约会。现在听我说，他的确是盘菜，但如果帕特里克再不停地送你这种值钱的礼物，我会站在他那边，这关键在于礼物从哪儿来。但是让杰西也围着你转也很好，因为他是好玩的类型。”

我看着母亲目瞪口呆，绝望地想弄明白我们怎么会有着相同的基因，但我知道我们一定有相同的基因，因为除了她的可怕之处，我心里的某个部分却不知怎的仍爱着她。

“我肯定你已经听到外面那些正在传播的垃圾消息了。”母亲说道。

“我的确听到了。你当时是和那个孟菲斯来的男人在一起吗？”

“我没和他在一起，我们只是一起喝了一杯，和某人一起喝一杯并不犯法。”她喝光了手里的潘趣酒，然后将杯子放在了花盆里。我将杯子拿了起来。

“你是怎么遇到他的？”

“噢，我都不记得了。在外面四处游荡，那晚好玩的事那么多，所有事情都变得模糊了。”她靠近我，“我有不在场的证明。”她仿佛排练似的说着这个词。

“他是个好男人吗？”我问道，想弄明白我母亲怎么会对福里斯特感兴趣。

“好男人？我不知道。他很富有，那种一下子就看得出来的富有。嘿，辛辛那提也来了，亲爱的，也许我们可以一起去吃晚饭。他现在和戴蒙德·吉姆·莫兰是伙伴了。你听说过他吗？他在这儿开了一家餐馆，他所有东西上都有钻石，甚至连假牙上都有。我猜戴蒙德·吉姆还是单身，也许我们可以一起去来个成双成对的约会。”

谢天谢地，保尔森小姐走了过来，这样我就不必回答我母亲那阴险的建议了。“一切都还好吗？乔茜？”她问道。

“保尔森小姐，这是——”我停顿了一下，咽下了刚想从嘴里飞出来的谎言，“这是我母亲，路易丝。”

“见到你真高兴。”保尔森小姐用她那清脆的嗓音说道。

“母亲，保尔森小姐是洛约拉大学的教授。”

母亲从包里摸出一片没有包装的口香糖，开始很大声地嚼着。

“噢，那很好，我是在好莱坞混的。你也许在报纸上见过我的照片。”

“是否见过我不能确定，”保尔森小姐说道，“路易丝，你女儿给人很深的印象，你一定感到非常光荣。”

“是的，她真的是个好女孩。她只是需要学会将自己打扮得漂亮点儿，经典的那种。你知道她的名字是按照斯特利维尔区最经典的夫人的名字取的吗？”她得意地捏了一下我的胳膊，“这儿有伏特加吗？我觉得我想来杯血腥玛丽。”母亲向厨房漫步而去。

我站在那儿，将完全不堪的一面展现给了保尔森小姐，一位有尊严的教授、史密斯学院的校友，我仿佛将洗衣服的脏水溅到她的脸上。

她伸出手，温柔地握着我的手。“我想我们现在彼此更加了解了，乔茜。”

第四十二章

仍然没有来自史密斯学院的邮件。我又收到了夏洛特的一封信，问我愿不愿意这个夏天和她们一家去伯克郡度假。我根本不知道伯克郡在哪儿，得在地图上找。听上去这很费钱，而且到那儿也很费钱。我还需要适合那些场合的衣服，这些衣服我都没有，而且也买不起。

门开了，贝蒂·洛克威尔带着酸苹果般的微笑，闲逛着进了书店，她那电线杆子般瘦瘦的四肢从裙子里伸出来，那裙子看得出来一定很贵，我以为那天在那棵树上已经将她的双臂打掉了呢。

“你好，”她说着，一边四下张望，寻找着帕特里克，“给我提醒下你的名字。”

“乔。”

“对了，乔。”

“帕特里克不在这儿。”我告诉她。

她下嘴唇噘了起来。“噢，那真遗憾，他推荐了一本书，说我一定会喜欢的。但这本书当时没有库存了，泰德·卡波特。”

“现在有了。”我将书从书架上抽出来递给她。她将书翻转过来，看见书的封底上那幅卡波特很有争议的、懒洋洋的、盯着镜头的照片。

“哇，他很年轻。帕特里克什么时候会来这儿？”

“贝蒂，可能你还没听说，帕特里克的父亲刚刚去世了，上周才举行完葬礼。”我不由得又加上一句，“他可能会去西印度群岛见他母亲。”

“西印度群岛？这个，这可不太好。”

约翰·洛克威尔突然闯进来，他那皱着眉头的儿子理查德跟在后面。“快点，贝蒂，我告诉过你，我们没时间了。车在发动着，在耗费着汽油。”洛克威尔先生看见了我，然后停了下来。“哎呀，你好呀，约瑟芬，你最近怎么样？”

“你怎么认识她的？”贝蒂问道。

我迅速插上。“是夏洛特邀请我去你家参加晚会时认识你父亲的。”洛克威尔先生朝我咧嘴一笑。“我很好，洛克威尔先生，你怎么样呢？”

“我也很好。”他慢慢走到柜台前，“有什么新闻吗？”他似乎很喜欢我们之间秘密的灵活的状况。理查德只是看着，在门边啃着自己的指甲。

“我这里没什么新闻，生意怎么样啊？”我问道。

“从没这么好过，有许多值得庆贺的事。你最近有没有夏洛特的消息？”

“有啊，就在昨天还收到她的消息，她邀请我这个夏天去伯克郡。”

贝蒂看看我又看看她父亲，很讨厌我们之间这样随便聊天。

“那听上去很棒。你为了去伯克郡会需要一些好鞋子，对吗？”

“我想是的。”

“你在说些什么？”贝蒂问她父亲。

他不理会她，靠在柜台上，指着我的手腕说道：“那是只很好的表。是你男朋友之一给你的吗？”

我瞟了一眼贝蒂。“帕特里克给我的生日礼物，他对我真好。”理查德·洛克威尔大笑起来。

“贝蒂，我能帮你给他打电话问问那本书吗？”我问道。

洛克威尔先生从贝蒂手里拿过那本书，看见了那张照片，然后将它扔在了柜台上。“你不许买那本书，那是垃圾。”

“你怎么知道。”贝蒂说道，然后转身冲出了书店，理查德跟了出去。

洛克威尔摇了摇头。“莉莉完全惯坏了那姑娘。好了，我要走了。知道你确实在这儿工作得很好。”他压低了声音，“我在圣彼得大街那边有个地方了。如果你还想要……见个面的话，尽管告诉我。”他咧嘴笑着离开了店里。

贝蒂和我其实是有某些共同点的。我将指关节放在柜台上，比出垃圾的手势。

科基在快要关门的时候过来了。

“你快要关门了吗？”他问道。

“正好要关了。帮我个忙，将门上的牌子翻过来。”

科基将牌子上写着“关门”的一边翻转朝外，然后锁上了门。

“现在，我有一些事情要跟你讲。”科基说道。他大步走到柜台前，伸出了双手，“看到这个了？”

我看着科基的双掌，纹路很深，很干枯。

“它们是运气之手。丫头，查理的葬礼之后，我心情很郁闷，不得不去找点乐子，所以我急忙去赌了几把。噢，我笑翻了，接连三天，我翻倍赢。康布莱德说他从没见过这种事情。正当我感到魔鬼在试探我，要我将一切押上的时候，我退出了。正当那时，我知道了我为什么会赢到这些钱，而且我应该拿这些钱做什么。乔茜丫头，将那个保温杯放进行李箱，你要去史密斯学院了。”

他从夹克衫里掏出一个信封，将它放在了柜台上。

我盯着那个鼓鼓的、皱巴巴的信封。“科基，这是什么？”

“这个嘛，让我们来看看。里面是上学需要的钱和你住宿需要的钱。”

“什么？”

“我是个急性子，所以我将帽子在周围亲近的人中传了一圈，康布莱德帮了一把，小甜点和萨蒂也放了一些进去。我们知道萨蒂不会去跟任何人讲的。”

“威利知道吗？”

“不知道，而且她不需要知道。我没有让弗兰基参与进来，这样他就不会向她出卖消息。我很喜欢威利，但她却坚持让你留在新奥尔良。”

我伸手拿起信封，用拇指掀开折口处，厚厚的一大沓钞票露了出来。

“你妈妈的事情就要爆炸了，她落入了更糟的境地。威利将你保护在游戏之外是对的。马萨诸塞州离这儿相当远，很好。”

我不能接受这些钱。我看着科基，这样告诉了他。他的眼睛急得像是跳起舞来，就像我生日那天他带了保温杯和地图过来时一样。他想要这件事实现，就跟我一样，也许比我还殷切，而且他相信我。我看着这个信封。

我尖叫起来，并从柜台后面跑出来，张开双臂抱住了他。“谢谢你！”我们一起上下蹦着，唱着，叫着。

然后他旋转着离开了我，并弹着手指，“乔茜丫头，你就要去波士顿了，所以别再取笑我。”

☙ 第四十三章 ❧

我将那个信封藏在地板下面，然后就跑去帕特里克家。我等不及要去告诉他。我们也曾讨论过钱的问题，而且他曾建议卖掉查理的一些东西来帮我，现在他不需要这样做了。

我敲了敲门，没有回应。我用钥匙开了门并向里张望。“帕特里克？”我叫道，什么声音也没有。

“在上面。”他喊道。

我跑上橡木楼梯，每次跨两级台阶。只见他在查理的房间里，靠床坐在地板上，他的脸有些肿胀。

“这太难了，”他说道，“我知道我应该将这些东西都清理出去，但我却没办法做到。”

“这太快了，”我告诉他，“你为什么要现在做这些呢？”

“我总是想，我越快有一个新的开始，感觉就会越快好起来，但现在我每看到一件东西都会想起很多旧事。”

我在房间里四下走着，手指拂过查理的抽屉和相框里帕特里克祖母的照片。我拾起那个心形的情人节盒子，将它抱在怀里。桌子上方的窗户开着，风吹着打字机上的那页纸。

BLV

“帕特里克，你看见这个了吗？上面又多了一个字母，他是什么时候打上去的？”

“是的，我看见了。一定是那天伦道夫在这儿的时候。如果你想要就拿去吧，我有那些手稿了。”

我将那页纸从打字机上抽了下来，然后坐在他旁边的地板上。“我有一些消息，也许能让你高兴一些。”

他振作起来一些。“你收到录取通知书了？”

“没有，但我得到钱了。科基扔骰子赢了一大笔钱，然后都给我了。”

“乔，那太好了。我真为你高兴。”

但他看上去并不高兴，他看起来完全是悲哀的。他当然会这样，他刚失去了父亲，而现在我又谈论着要远走他乡，去这个国家的另一端。

“我也很悲伤。但别担心，我会在这儿帮你照看查理的东西。我会在假期回来，而你当然也可以到那边看我。我们可以在马萨诸塞州旅行并寻找书籍，那会非常有意思的。”我将手放在他腿上，“我非常高兴我们之间的事情变成了这样，我无法相信这些年来我是如此盲目。”我移近了些，要去吻他。

“乔……”他阻止了我，然后垂着头，肩膀摇摆着，他哭了起来。

“怎么回事？”我问道。

眼泪从他眼里掉下来。“我非常抱歉，乔。如果我可以，我会……选择你。”

我的指尖变得冰凉。选择，动词，从一个范围中选择。我看着他。“存在着另一个人吗？”

他沉默了一会儿，然后点了点头。“我觉得如此恐怖，我太可怕了。”帕特里克的哭泣变成了更严重的抽泣。他哭得很厉害，整个身体都抖动起来。

我一动不动地坐着，我很想去安慰自己最好的朋友，可我受伤的自尊却不让我这样做。

“我不知道这是怎么发生的，简直一团糟，我伤害了这么多人。”他抽泣着。他看着我。“詹姆斯。”他轻声说道。

我在他那狂乱的眼神中搜寻着，然后我突然明白了。

我将视线从他身上移开了。“詹姆斯知道你的感情吗？”

“我想他知道。”

我的喉咙变得很紧，我得艰难地冲破气管中的堵塞才能说话。“我在葬礼上见过吉蒂，”我轻声说道，“我觉得他们之间没有火花，也许这是可以的。”

帕特里克的眼睛捕捉到我的眼神。“你不沮丧吗？”

我吸了口气。“我觉得你好像得装作是和我在一起，这很荒唐。不过吉蒂是一个很美丽的女孩——我见到她时就是这么想的，而且她很聪明。我又怎能因为你爱上她而责怪你？但你得面对詹姆斯，你得诚实。一旦你这样做了，会感觉好得多。”

帕特里克瞪着我，然后低头看着自己的大腿。

难堪又有一点羞辱，那就是我此时的感觉，还有失望。帕特里克和我在一起是完全行得通的，我们彼此感觉很舒服，而且他吻了我。我已在脑袋里构建了整个剧情，我们的关系会如何成长并前进。现在我为自己曾想象这些事情而感到愚蠢。帕特里克的心属于另一个人。没错，贝蒂·洛克威尔是个讨厌鬼，但吉蒂却是个成熟的年轻女人。

谈话变成了尴尬的沉默。我拾起查理的心形盒子，盖子上的红色塑料花由于好几个月的影响已经变了形。我打开盖子。

我瞪着盒子里的东西。“他是从哪儿弄来的这个？”

帕特里克耸了耸肩。

里面是一对连体橡子，它们的贝雷帽处相互接触，中间融合在一起，彼此向着对方而又独自生长着。

我们默默地坐在坚硬的地板上，头靠在查理的床上，远处孩子们玩棒球的声音和鼓掌声从开着的窗户飘进来，悬浮在我们面前那些阳光照射下的灰尘微粒上。

我看了看我大腿上的那页纸。“B——L——V，”我大声读着，试图搅动这令人不舒服的沉默，“你认为这是‘相信（Believe）’的意思吗？”

他缓缓地转向我。“不是，我知道那是什么。”

“你知道？”

帕特里克点点头。“那是他正在写作的那本书的第一章的标题，成为爱（Be love）。”他平静地说道。

我盯着那页纸和那对橡子。我用手臂拥抱着帕特里克并吻着他的头。

然后他哭了。

ೞ 第四十四章 ೞ

帕特里克想要另外的人，我想要他快乐，但是为什么他不能和我在一起快乐呢？我知道答案：他不能选择我。帕特里克想要的生活是一种有旅行、学识的文学生活，而我是夸特区一个好斗的女孩，仍在努力提升自己。不论我怎样分头发，我都不可能不从那个我生出来就有的头旋分起。

我真希望自己在夸特区能有一个朋友，一个像夏洛特那样的朋友，一个我能分享秘密的朋友，可以倒在她卧室的地板上，然后向她倾吐我内心对帕特里克的想法。我看到好多女孩子都是一边手挽手地走着，一边笑着，她们之间有一种无法解释的亲近，她们有一个保护者和知己的安慰。她们有某个可以信任的人。

有一个男人在书店外面靠车站着。他看见我走近了，就从人行道上朝我走过来。那是兰利侦探。

“莫雷纳小姐，还好我等了等。我一直希望能再问你几个问题。”

我看了看大街的两头，看看谁会在周围，好向弗兰基报告。

“如果你愿意，我们可以走进店里。”他说道。

我开了门锁，开了灯，然后走向柜台。我吸了一口气，使自己的情绪平静下来。“侦探，我能帮你什么吗？”

他擦了擦冒汗的额头，拿出一个破烂的笔记本。“那天你在警察局的时候说，赫恩先生买了两本书。”

我点点头。

“好的，这两本书在他的酒店房间找到了，而且其中一本里面还夹着收据。他的妻子告诉我们那张支票仍未兑现，她认为那很奇怪。在他身上找到的支票登记簿上记录着这张支票。”

我的大脑飞快运转着，努力追上我的心跳。我指着收银台旁边的一个牌子说道：“我们不收支票，侦探。也许是赫恩先生在没有看到这个牌子前签写了支票，而后又用现金支付了？”

他用笔指着牌子说道：“应该就是那样了，谢谢你。”

“我送你出去。”

“还有一件事。”他挠着脑袋，“我肯定你已经知道你母亲正在接受审问。有人看见她在他死的那晚和他在一起。莫雷纳小姐，你知道新年夜你母亲在哪儿吗？”

我看着兰利侦探，他的情况一望而知。每个星期天他都会开车去他母亲家吃晚饭。他的母亲，可能名字叫埃塞尔，有着结实的脚踝，顶着灰色的卷发，穿着花色的居家服，她下巴上有一颗黑痣，黑痣上长着一根又黑又硬的毛。她会一整天都在热烘烘的厨房里拖着脚走来走去，为她儿子每周的到来做准备。她会准备点儿特别的，也许是泡芙甜点，而他会全部吃下去。他开着车走后，埃塞尔会洗好盘子，允许自己缓慢地喝点黑莓酒，然后坐在客厅的椅子上睡着了，身上还穿着围裙。

“莫雷纳小姐？”他打断了我的思绪，“你是否知道新年夜你母亲在哪儿。”

“侦探，你见过我母亲了吗？”我问道。

“是的，我见过了。”

“那么我肯定你不会对我所说的感到意外了，我们已经疏远好一段时间了。我自从十二岁起，就住在这家书店的楼上。”我瞪着侦探，“我从来没和我母亲一起过新年夜，我根本不知道她在哪儿。”

他将笔夹在耳朵上，以便用手去挠痒痒，或是抠掉某个粘着的东西。“好吧，警长要我过来找你谈谈。我告诉过他这等于去山羊的窝里找绵羊的毛，但是你知道，他有一份检查清单要完成。”

来我这儿就像是去山羊的窝？

“那么，莫雷纳小姐，如果你新年夜没有和母亲在一起，你在哪儿呢？”

“我就在这儿，在楼上我的房间里。”我向后面的楼梯比画着，在我的手刚一动的那一刻，我就后悔了。

兰利侦探朝店后面的楼梯看了看。要是他想搜查我的房间怎么办？我将如何解释放在我地板下面好几千美元科基赌博赢来的钱？他可能会认为那是赫恩先生身上不见了的钱。我脖子后面斗大的汗珠冒了出来。

他靠在柜台上。“新年夜有谁看见你在这儿了吗？”

“是的，帕特里克·马洛，这家店的店主，他在半夜前后和朋友一起来过这儿。”

“然后你们都出去了吗？”

“没有，帕特里克会告诉你我当时完全不适合出门，我正穿着睡衣、裹着发卷。”

侦探咬着嘴唇思索。我几乎可以看到他脑袋里暗淡的灯泡在闪烁。“如果我告诉你，有人看见你新年夜在外面了，你怎么说？”他说道。

“我会说他们在撒谎，希望给我压力让我说出些不同的东西。我已告诉你事实了，侦探。新年夜整晚我都在这儿。你可以去问帕特里克·马洛和道布尔迪书店的詹姆斯，他们俩都看见我在这儿了。”

我几乎为这家伙感到难过了。他用这么透明的办法在夸特区是混不下去的。

他为我付出时间而对我表示感谢，随后就离开了。我锁了门，关了灯，然后看着他开车离开。之后，我跑到街对面给威利打电话。

我重述了所有的细节。

“他刚离开了？”她问道。

“是的，他刚开车走了。”

“他们仍在挖掘。他们什么也没找到。”她说道。

“威利，母亲有不在场的证明吗？”

“相信我，你不必知道你母亲的事。回去锁好门。”她挂了电话。

我跑过黑暗的街道。昏暗的灯光下我笨手笨脚地在一大串钥匙中找着。我听到一声响，头发被扯住，同时被推得砰的一声撞在玻璃门上。我感觉到背后有什么硬硬的东西。

“嘿，疯狂的乔茜。那是个很不好的举动。你真的以为去跟警察谈话很聪明吗？”辛辛那提酸臭的呼吸热热地在我耳旁吹拂。

“我没有跟警察谈话。”

他又将我向门上推了推。“我看见了。我站着看你跟那个警察谈话来着。”他的手放在我的头后，将我的脸推挤在玻璃上。

“我不是在跟他谈话。他只是……来问我一个问题。”

他在我眼睛旁边将他的匕首朝门上拍着。“你，”他悄声说道，

“是个说谎的人。”

我的身体哆嗦起来。

我看见一对情侣沿着皇家大道朝我们走过来，于是张嘴大叫。辛辛那提猛地将我从门上拉开，用手臂勒着我的脖子，并强迫我跟着他走。

“别想喊出来。”他咬牙切齿地说道。

我努力跟上他的步伐，我的脸实际上是被钳住了，他的左手拿刀顶住我的腰，我感觉到刀尖刺着我。我们向波旁大街走了一个街区，然后他将我推进了一家小酒吧。我看见母亲坐在后面靠窗边的一张桌子前，她面前有一个空了的大杯子。

他将我推到一张椅子上坐下，然后迅速从后面拉出一张椅子自己坐下。

“瞧瞧我找到了什么。”辛辛那提说道。

“嗨，乔。”母亲的声音听上去饱含睡意，她那涂着蓝色眼影的眼睑上下翻动着，像濒死的鸟儿在最后拍动翅膀。

“我告诉过你，那个侦探开车过去了。等我过去一看，猜猜是谁在和他聊天？”辛辛那提点燃了香烟，并将烟吹到我脸上。

母亲坐了起来，她的语气有了一点变化。“乔，你为什么要和那个侦探谈话？”

我将自己的椅子滑开，离辛辛那提远点，而离母亲近点。“赫恩先生死的那天，他来过书店，买了两本书。警察在他旅馆的房间里找到了那两本书和收据。那个侦探来问我关于这些东西的事。”

“他们现在才来问你？”辛辛那提说道，“他们为什么不早点儿来问？”

“我不知道。”我说道，并看着母亲。我无法忍受看着辛辛那提。

母亲伸手握着辛辛那提的手。“瞧见了，宝贝？那没什么，他们只是问问关于那两本书的事。”

“闭嘴，路易丝，她在说谎。这孩子跟我一样滑头，不像你这么愚蠢。”

“我不愚蠢，”母亲反驳道，“你才愚蠢。”

“小心你的嘴。”

母亲噘起了嘴。“好了，我不再是嫌疑犯。他们认可了我的不在场证明，之后我们要回好莱坞去了。这个城镇对我们来说真是太小了。”她说道。

“你们什么时候走？”我问道。

“明天一早，”辛辛那提说道，“怎么，疯狂的乔茜，你想跟我们一起走吗？”他将手放在我大腿上，我忙将他的手扒开。

“我不想在早上走，”母亲抱怨道，“我想明天去司令官宫殿餐厅吃晚餐，我想让所有上城的女人们都看见我，并知道我要回好莱坞去了。”

“闭上你的臭嘴。我告诉过你，我们得离开这儿。如果你的嘴能一直闭着，等我们回到好莱坞，我会带你去莫卡堡酒店吃饭。”

母亲微笑着，接受了这个妥协。“辛辛在洛杉矶和一些伙伴干得非常好。”她的眼睛像个没耐心的孩子一样到处搜寻着，“那块漂亮的手表哪儿去了？”

“在我房间里。我不经常戴，有点太花哨了。”

“那么你应该给我，我会总戴着它。”

“曾有一只很好的表到了我手里，但被你妈妈弄丢了。”辛辛那提说道。

“我没弄丢！”母亲立刻说道，“肯定是伊万杰琳偷了。我告诉过你一万次了。”

“又或者是被疯狂的乔茜发现了，卖了，然后给自己买了一块好表。”辛辛那提盯着我。

“我那只表是个礼物，”我看着母亲，“是我的十八岁生日礼物。”

“哦，你现在得承担法律责任了。”辛辛那提窃笑道。

一名穿着制服的警官在门口出现，向旁边一桌的朋友打着招呼。

我站了起来。“母亲，祝你去加利福尼亚一路安全。”我倾身过去吻了她的脸颊，“请将你的地址发给我，这样我才能给你写信。”我尽量快而又不用跑地走着，一旦到了外面，就从裙子下面拔出枪，然后跑起来。

来自辛辛那提手上的热度仍然留在我腿上，而且晚上的空气通过被尖刀划开的衬衫渗透进来。我跑过了无忧宫俱乐部，然后想到福里斯特·赫恩，他坐在桌子边死了。

最终，是我成了自己生活的英雄，还是被其他什么人主宰了，这些书页将会揭晓。

☙ 第四十五章 ❧

他的话仍在我脑海里不停地回放着：这孩子跟我一样滑头，不像你这么愚蠢。

不论辛辛那提认为我在哪个方面与他相似，都令我恶心，使我想逃跑并藏起来。在底特律，当我还是个孩子的时候，每当恐惧侵袭我，我就会跑到自己的藏身之所，是在我们所寄宿的房子前廊下面一个窄小的空间。我会将小小的身躯蜷缩进那个冰凉的棕色泥地里，躺在那儿，躲避着不可避免降临到我头上的邪恶。我会用手指塞住耳朵，哼唱着，以摒除母亲的毒舌或锐利的手背上的残留物。这成了习惯，哼唱，而且十年后我仍然这样做。生活又开始变冷了，前廊下的藏身之所已不在了，而躺在泥土地里已变成了我生活的隐喻。

莎迪小树林现在成了我前廊下的藏身所，但太远，无法每次都跑过去。当我从辛辛那提手里逃脱，跑回书店时，发现邮件投递口下面的地上有一张纸。

这是正式的吗？你是马萨诸塞州人而不是汽车城的？

杰西

我想成为马萨诸塞州人，我仍想要相信那是可能的，相信我的翅膀不论有多单薄，被撕毁得有多严重，仍能以某种方式带我离开这充满谎言与变态男人的生活。我想用自己的头脑来学习和研究，而不是要诡计以及在街头奔忙。

我想过要去找杰西，但感到内疚。我只是因为帕特里克不要我了才想到他吗？

“你母亲正晕头转向呢。”威利第二天早上说道。她将那个黑色本子递给我，让我放到镜子后面藏着的保险箱里。“她以为她正在努力走入某种美丽人生，以为她是歹徒的情妇，而她男朋友是什么黑道老大。那个混蛋以为他高人一等，得到了提携。他不过是个微不足道的小卒，太过愚蠢，都意识不到那只手已在他自己背上了。”

黑手，这才是威利所说的。在新奥尔良，一只黑手印意味着你被作了记号，是一个让大家看的威胁符号，除非你与暴徒妥协，答应卡洛斯·马塞洛的一切要求。我曾有一次在一扇门上看到一个这样的黑手印，是在海滨大道上。这使我身上起鸡皮疙瘩，知道这个人的生命受到了威胁，不明白为什么会有人这么愚蠢地与暴徒们混在一起。

“母亲曾想今晚留下来去司令官宫殿餐厅吃晚饭。”我告诉威利。

“开什么玩笑？为了我们大家，我们最好盼他们赶快上路去加利福尼亚，不要超过今晚。”威利说道。她在枕头上躺下来后，又说道：“我想再睡一个小时，这是我赚来的。”

我开了门，正准备将咖啡托盘拿到厨房去，突然一阵打嗝的声音从门口传进来。

“见鬼，什么声音？”威利说道，并伸手摸出了她的枪。

“是多拉，她在喝苏打水，说她在约翰离开后，吃了红豆饭导致胀气。”

威利在空中挥舞着手枪。“我向你发誓，我几乎就要把她卖给巴纳姆了。你听到了吗？”她把枪塞回枕头下面，又重新躺下。“出去。告诉多拉，去她房间里放气，不然我要让马车来拉走她。”

我走进厨房。“威利说让你去自己房间里放气。”

“哎呀，我睡不着，宝贝儿。我需要把这些排出来。”她向我挥了挥手，“乔。”她悄悄说道，并指了指萨蒂。萨蒂正背对着我们朝向炉子。多拉将苏打水一饮而尽，拼命吞咽着。几秒钟后厨房里回荡起雷鸣般的打嗝声。萨蒂吓得跳起来，她狂怒地回过身来，用木勺要打多拉。多拉大笑着从厨房里跑走了，身后飞舞着三叶草绿色的缎子。

萨蒂从我手上接过托盘。“萨蒂，”我悄声说道，“我还没有机会向你道谢。”

她不明白地看着我。

“为了你所做的贡献，你给科基的钱。”

她将手放在嘴上并摇了摇头，意思是别再说这个。但我看见了，当她把盘子放进水槽里时，脸上露出了笑意。

我走回书店，一路上看着有没有邮差过来，我现在不是应该收到史密斯学院来的消息了吗？我到书店时，见帕特里克正在柜台后面整理着一箱书，我真想冲进自己的房间，完全避开他。

“乔，我真高兴你在这儿。我之前担心你不会来了。”

“我住在这儿，帕特里克。”

“你知道我是什么意思，”他说道，“我想为所有事情道歉。我的脑子这些天全在那个房间里。”

我向柜台走去。“这可以理解，你父亲刚去世。”

“我只是需要一些时间。我决定接受我母亲的邀请，和她待一阵子。”

“待多久？”我问道。

“直到圣诞节。”

“圣诞节？那是很长一段时间。”

“我要先去佛罗里达群岛，将一些东西带给查理的朋友们。我会在那儿待一个星期，然后坐船去哈瓦那与我母亲和她丈夫碰头，在那儿度假。从那儿我们再去特立尼达拉岛，那儿才是他们现在住的地方，母亲的丈夫在那儿做石油生意。”

“你在特立尼达拉岛做什么呢？”

“收敛心神。伦道夫说美国可能要进入朝鲜战场。我回来时可能会被征召入伍，我不知道。”

帕特里克入伍？我无法想象山羊和绵羊在一起，这个比喻是侦探兰利用过的。我绝对可以想象杰西在军队里会什么样，他会是个好士兵，可帕特里克呢？

“伦道夫告诉我有些部门战时设有音乐装备。”帕特里克说道。

“噢，所以你是作为音乐家入伍，而不是作为士兵。”

“呃，不，我会两者都是。”帕特里克拨弄着他面前柜台上的一片纸，“怎么，这听上去有点疯狂吗？”

帕特里克加入军队，是的，这听上去荒谬极了。“你知道吗？”我说道，“我进入史密斯学院和你加入军队，这两件事都很疯狂。”我开始大笑。

帕特里克也大笑起来。“我们可以交换照片，你穿着字母交织的毛衣而我穿着军装。”帕特里克会穿着军装的想法简直令我笑得停不下来。一个女人走到了书店前面，我们飞快地将手放在柜台上比谁做出的信号快。帕特里克的双膝弯着，事实上是站着马步，我兴奋中将包包掉在地上。我们俩都将小指放在了柜台上：浪漫类。我们大笑起来，笑得如此大声，如此刺耳，那女人本来手已放在门上，又缩回去并匆匆离开了。

“回来！”帕特里大叫道，“我会将你要的书装在纸袋里，没人会看见。”

“别叫了，我肚子疼。”我告诉他，从地上拾起我的包。

“我会想念这一切的，”帕特里克说道，他的脸色严肃了起来，“我一直想告诉你一件事。道布尔迪书店提出要买下我们大部分的书。我需要在明天之前给他们一个答复。我想我会卖的。”

“你要卖掉这个店？”

“不是这个店，只是大部分的书。我要离开了，而你也会去史密斯学院。如果我回来后决定要待下来，我只要再买很多书就行了。你知道我很喜欢买书、寻书。”

“当然。”我说道。我四下里看着这店，想到一半的书架将空掉，很难过。

“乔，我之前还希望那天我们的谈话只保留在你我之间，可我要走了，所以我告诉你的话，现在真的不重要了。”

我看着帕特里克。离开意味着他不能再见到吉蒂，那个他爱的女孩，但他也不用再冒着背叛朋友詹姆斯的危险了，这太可怕了。“我不会说出去的。”我告诉他。

“我得去给我母亲发一封电报。你可以帮忙照看一下店里吗？”他问我。

“当然可以。让我换下衣服，我在威利家弄得很脏。”

我走过一堆堆的书，上了楼，突然对这些书都觉得很不舍，不知道去道布尔迪时应该造访书架上的哪些书。当我想将钥匙插进锁孔里时，门自己开了，我向后退了一步：我并没有忘记锁门呀。

我用脚踢开了门，向里面窥视着，只见我的桌子上方窗户坏了，窗帘开着并在微风中摇摆着。我慢慢地迈进屋里，立马看见了绿色的阿德勒首饰盒子躺在桌子边的地板上，铰链弹开了，白色的缎子垫上什么也没有，只有手表曾经放着的印痕。我向屋里的壁橱看去，壁橱开着一道缝。我倒退着走向五斗橱，眼睛却看着壁橱，然后静静地打开了五斗橱顶部的抽屉，手向背后伸到里面，又再向里伸，我的手枪不见了。壁橱的门稍稍地动了一下。我悄悄地走过去，抄起靠在桌旁的棒球棍，弯着手指轻轻抓住门把，将球棍举起，猛地拉开了壁橱的门。

没有人在里面。

我透了口气并放下了球棍，弯下腰拾起手表盒。这时我却看到——

我的床被挪动过了，只是一点点，几乎看不出来。我扔下盒子，一头扎进床底下。我惊慌到几乎拉不起那块木板。我将手整个伸进地板里面，只抓出来一个皱巴巴的信封。

里面的钱没了。

第四十六章

房间仿佛失去了形状，我爆发出阵阵尖叫，很长的、完全不受控制的尖叫，仿佛是从地心深处发出，从地板穿透上来，并通过我的嘴发出来的。当意识到发生的这一切是怎么回事后，我的身体剧烈震颤起来。

是她拿走的，她拿走了一切。现在她正在高速路上行进着，一条带红圆点的围巾包着她那干枯的头发，她的手腕（由于服食右旋安非他命而变得苍白）放在开着的窗边，上面挂着一只背后刻有“乔十八岁了”字样的表。

“乔，你吓死我了。”帕特里克跑过去将窗户关上，“冷静，人们会以为你被谋杀了。”

他将双手扳着我的肩膀。“乔，别这样。”他使劲儿摇晃着我，“别这样。”

我推开他。这就是我的生活，我心里这种沮丧以愤怒的形式被惊醒了，如此愤怒，我无法承受。帕特里克跳开来，背靠着壁橱，双眼惊慌地圆睁着。

我的尖叫渐渐变成了低吼，然后变成呜咽，最后当我瘫坐在地板上时，变成了啜泣。

他在我旁边跪坐下来。

“全都没了，”我在啜泣之间喘息着说道，“他们拿走了科基给我的钱，全部拿走了。”

“谁拿走的？”帕特里克问道。

我抬起头看着他。“我妈妈。”

我整个下午都躺在硬硬的地板上，抱着那个绿色的盒子，瞪着天花板。

帕特里克下楼给店里的顾客帮忙去了，而我空洞地听着，所有对话都进入了我的耳朵，并在我死尸一般的身体里回响。杰西来过了，帕特里克告诉他我病了，在楼上。科基来过了，帕特里克告诉他我去给顾客送书了。几小时躺在地板上，我的背很疼，但我不在乎。这是对我的愚蠢的惩罚，我的母亲当然知道我藏东西的地方。十年前，是我床底下的粉红色零钱包；今天，是几千美元。我如何向科基解释钱不见了？如何向威利解释表不见了？现在，史密斯学院的录取成了一个残酷的玩笑，我没有钱去上这所大学了。

下午晚些时候的阳光斜斜地集中到地板上。帕特里克轻轻敲了敲我的门。

“嘿，你确定不想跟我回家去吗？”

我摇了摇头。

他将两个包放在地板上。“这个包里有一个三明治。”他将另一个更大的包里的东西倒在地板上，这些东西发出很响的叮当声。“我去了趟五金店。”他拿起一些链条状的东西。“我离开后，你下楼从里面将门用链条挂上，你可以用这个挂锁锁住链条，然后将钥匙带到你屋里。那样会使你感到安全一些，好吗？”

我点了点头，但什么也没说。

他向门口走去。

“帕特里克。”他停了下来，“我需要问你一件事。”我将头转向门口的他。“你是因为可怜而吻我的吗？”

他张了张嘴，然后低头看着他的脚。“不，乔。完全不是那样的。”

我闭上眼睛转过头去了。我不想再看着他，尽管我能感觉到他仍站在那儿，想要进一步说明或解释。他站了很久，等着。最终我听到他的脚步声下了楼，我睁开双眼，让泪水像泉水般涌到硬硬的地板上。

☙ 第四十七章 ❧

我一连好几天都躲着人。每次科基问我有没有收到史密斯学院的消息时，我的心就像被使劲儿敲碎了一般。小甜点和多拉不停地问是否有什么事情不对头。萨蒂怀疑地看着我，连伊万杰琳都问我是不是生病了，威利则直接朝我嚷嚷。

“年轻人，你以为你是唯一有麻烦的人吗？我受够你了，一副讨人嫌的嘴脸。是因为帕特里克要走了，去见他母亲吗？别再跟我演戏了。”

我没有跟任何人说起这件事，只待在楼上自己的房间里，将店门用链条锁好并插上插销。我正在看夏洛特最近寄来的一封信，这时听到了那个熟悉的喊声。

“嘿，汽车城！”

是杰西。他又来了，他每天都过来对着我的窗户喊，我从不答应。今晚我的灯亮了，所以他知道我在里面。他不停地喊着：“嘿，汽车城！”越来越大声，变换着高音、低音，甚至唱着。

“闭嘴！”有人从旁边的窗户里喊道。

“想办法让她下来，我就闭嘴。”他回喊道。他又开始喊着。

“好了，姑娘，快下来吧，要不然我们就不得不叫警察来带走这家伙了。”另有人大声喊道。

“乔，你听到了吗？他们要叫警察了。”杰西大喊道。

真让人受不了。我走到窗边，猛地拉开了窗帘，只见街上杰西周围已聚了一群人，看到我出现他们都欢呼起来。我开了窗户，然后人们开始向我喊话。

“快点，洋娃娃，为了这可怜的家伙，下来吧。”

“乔茜，求你下来吧，别让他在这儿叫唤了，我明早还要工作呢。”

当我打开门上的锁和链条时，街上的人都散去了。

杰西大笑，嘴咧得老大地笑道：“我很抱歉，乔，别生气。”

我不想看他，他伸出手好像要敲我的胳膊似的。“你要邀请我进去吗？”

“不。”我关上门，坐在店前的台阶上。杰西也在我旁边坐下。

“我就想到了你会这么说，所以我是有备而来的。”杰西从夹克里掏出两瓶汽水，用钥匙开了盖，递了一瓶给我。我看着手里绿色的玻璃瓶上写着：田纳西州查塔努加市可口可乐公司装瓶。田纳西州，这令我想到了赫恩先生——还有他的手表，在莎迪小树林的紫薇树下嘀嗒响着。

杰西将瓶子伸过来和我的瓶子碰了一下。“干杯。”

“干杯。”我点点头。

我们静静地坐着，喝着。这是我喜欢杰西的地方，他不觉得两人相处的每个时刻都要说话，更不会用某些可笑的交谈来打破沉默。我们可以只是坐着，不说任何话，他向后靠着门，他的机车靴在脚踝处交叉着，而我将瓶子放在膝上用手扶着。就像我们在杰克逊广场边的长椅上，以及在莎迪小树林的前廊下一样。然后由于某种原因，这样的沉默使我想要告诉他一切。

“我没有生病。”

他点了点头，用他的瓶子对着我脚边的链子。

“你弄了个挺吓人的链条。一周来都看见这链条在门上。一切都好吗？”

我摇着头。“我的东西被盗了。”

杰西向前倾着身子。“你没事吧？”

我耸了耸肩。

“当时你在场吗？”他问道。

“不在，是一大早，我当时在威利家。”

“你知道是什么人干的吗？”

我缓缓地点了点头，喝了一大口汽水。

“告诉我。”杰西的手握成了拳头。

我转头看着他。街灯的光投在他脸上。除了那道疤之外，他的皮肤毫无瑕疵。他的头发在灯光照射下闪着赭色的光。

“告诉我，乔。”他的眼神通常是淘气的，现在却很坚定地看着我。

这是杰西，我是可以告诉他的。“是我母亲。”

他的膝盖抬了起来，头向下低了一会儿，承认他理解这一状况。“和她的男朋友一起？”他问道。

“噢，我猜肯定是这样。”

他沉默了一会儿。“他们拿走了什么？”他最终问道。

我不再有什么情绪，只是麻木，另外感到有点恶心。“我们来看看：他们拿走了阿德勒首饰店的手表，那是威利给我的十八岁生日礼物；他们拿走了我的手枪；他们拿走了雪茄盒子里我攒的钱；还有——”我看着杰西，“他们拿走了信封里的两千美元，是科基、萨蒂和小甜点给我支付史密斯学院第一年上学费用的两千美元。”

杰西的脸上看起来并没有惊讶或震惊，只是费力地试图理解这一情况。

“乔，你妈妈的男友对这些事儿很在行。人们说他是新年夜给那个田纳西人下蒙汗药的一伙人之一，把你妈也卷了进去。”

“是的，但他从未见过我的手表。他并不知道，自从我还是个小女孩时，就一直将东西藏在床底下，这是只有我母亲知道的事情。”

杰西用拇指和食指转动着一个瓶盖。“我明白了，你知道，在我六岁时，我爸发现了我收集并藏在衣柜里的一套棒球图卡，他拿去卖掉买酒喝了。”

“就是这样。”我说道。

间或有车开过，车的前灯照亮了街上的一些垃圾。

“那么，你被那所大学录取了吗？”

“没有，还没收到消息。但这还有什么关系？我没钱去上大学了，现在还得想办法还科基的钱。”

“这个嘛，等一下，也许你可以获得奖学金。”杰西说道。

“不太可能。我没有任何相关的课外活动经验，这是申请所必需的，我的家世很糟糕，而我唯一的推荐信来自一个好色的生意人。”

杰西又向后靠在了门上，他的腿向外伸着。我们喝完了汽水，没再说话。

杰西站起身，将手伸到我面前。“来吧。”

我将手放在他手里，让他把我拉起来。我们站在街上，手相互缠绕着。

“记得在莎迪小树林那愉快的一天吗？我们是如何向那棵树扔

着石头的？”杰西问道。

我点点头。

他放下我的手，摆出架势，将他手里的瓶子掷向街对面的灯柱，瓶子炸开了花。“那就是你妈妈和她的男友。”

我扔出我的瓶子，没有打中灯柱，而是打在了一座房子上。

“下面那儿发生了什么事？”有人在楼上吼道。

我们大笑起来。杰西向我挥了挥手，走开了。“乔，回见。”

我站在台阶上，等着他转过身来。但他并没有转身。

一辆停在街边的车亮起了前灯，缓缓从我旁边开过，车窗很暗，我根本看不见里面开车的人。这辆车一开过书店就加速离去了。

我将门用链条锁上，用插销插上。

☙ 第四十八章 ❧

詹姆斯和另一个道布尔迪书店的男人过来拿书。帕特里克说看着这些书被运走心里受不了，所以没有露面。我看着那些空空的书架，没有书的书架是孤独的，是完全不对劲的。

詹姆斯递给我一张支票，然后抓起最后一箱书。“我以为帕特里克会在这儿的，”他说道，“我们为这个书单争论了好几个月。”

“我想这对他来说很难，而且他正在为长期旅行做准备。”

“长期旅行？”詹姆斯一边说，一边将那箱书放回柜台上，“他要去哪儿？”

“他肯定告诉过你的。他要去一个群岛，然后去哈瓦那，然后打算今年内都和他母亲待在特立尼达拉岛。”

詹姆斯朝我瞪大了眼睛。“乔茜，你在开玩笑，对吗？”

“不是，他没告诉你？”

詹姆斯的双眼由于震惊而瞪得圆圆的。“没有，他没告诉我。”他突然很气愤。“真不敢相信，他竟这样对我。”他猛地将那箱书推到了地上，然后砰地关上门出去了。

我看着詹姆斯在人行道上踱着步，他显然情绪很激动。他认为帕特里克对他做了什么？我的手指不自觉地在柜台上做出了一个暗号。我看看我的手，又看看外面街上的詹姆斯——帕特里克爱上的并不是吉蒂。

科基开车送我们去大巴车站。外面下着雨，帕特里克慌忙地说着有关家里和书店的一些安排。我其实早已记住了这些事，保尔森小姐会来查看一下房子，房子下周起就会转租给洛约拉大学的来访教授；修理钢琴的人会在圣诞节前一周上门来，以确保那架贝森朵夫钢琴在帕特里克回来之前就调试好。我有一张佛罗里达群岛的名单，还有古巴酒店的相关信息，以及特立尼达拉岛的地址。

“你得和我保持联系，”帕特里克说道，“我想知道所有事情的进展，尤其是当你收到史密斯学院消息的时候。”

科基将帕特里克的行李箱卸在站上，他拍了拍帕特里克的背。“好了，你多保重。下次你见到乔茜丫头的时候，是她从大学回来过圣诞节的时候了。”他笑呵呵地说道，“现在我得先跑了，还得去罗斯福酒店接一个人。”

我们在雨里走向车站。“你还没告诉他？”科基开车走时帕特里克问道。

“我不知道该怎样告诉他，我觉得他比我还兴奋。说到告诉，我很惊讶你没告诉詹姆斯你要去旅行，当我告诉他你要走时，他似乎真的很沮丧。”我小心翼翼地看着帕特里克，“你觉得会不会是他怀疑你对……吉蒂的感情了？”

帕特里克避开我的视线。“如果你愿意，把我在特立尼达拉岛的地址给他吧。”

我们看着帕特里克的大巴车票，他有好多站要坐，但只需转三次车，一次在莫比尔，一次在杰克逊维尔，还有一次在西棕榈滩。

穿着西装的男人们和穿着漂亮裙子的女人们，带着他们的行李箱在大巴车站排着队，都等着离开，去往某个令人兴奋的目的地。帕特里克的金发整齐地梳向了一边，他穿着黄褐色套装和浅蓝色牛津鞋，显得很有魅力。

“三十二小时的奢侈旅行，你就会离开这儿下雨的天气，然后去海滩上，”我告诉他，“我真嫉妒。”

“是啊，这些大巴车真舒适。我真希望你也能来。乔，为所有这一切，感谢你。你为查理、为书店和我做了这么多。”

广播里宣布帕特里克乘坐的去往莫比尔的大巴即将发车。

“我知道我令你失望，”他快速说道，“我发誓，你是我最不愿意伤害的人。”灯光下，他的眼睛湿润了。

我的喉咙哽咽了。

“你对我而言非常重要，”他轻声说道，“请相信我。”

“我们检查下你的行李装上车了没有。”我快速说道，强忍着泪水。

我们走向那辆挡风玻璃上方挂着“莫比尔”字样的大巴车，我们在雨伞下一起站着，看着他的行李箱被装上车箱下方的行李仓。

我看着帕特里克。“坎迪斯·金凯德还是阿加莎·克里斯蒂？”

他大笑。“肯定是坎迪斯·金凯德。更好玩儿的一个，斯科特·菲茨杰拉德还是杜鲁门·卡波特？”他问道。

广播再次响起去往莫比尔的车次即将发车的消息。

“噢，快点。菲茨杰拉德，当然是菲茨杰拉德。快上车吧。”

帕特里克将伞递给我，用双臂拥抱着我，然后径直在我唇上种下了一个吻，很用力，持续了很长时间。感觉我像是在观察着而不是在经历着这个吻。他从伞下跑到了大巴的台阶上。“圣诞节见了！”他喊道。

我看着他沿着走道走到大巴接近中部的一个靠窗位子上。

门吱吱响着，合拢关上。水从大巴顶部滚滚而下，像溪水般流过帕特里克旁边的窗子。他微笑着将手指放在玻璃窗上，做出传记的暗号。

我也朝他比画着：诗歌。

大巴车缓缓驶出，载着帕特里克·马洛以及他的秘密。我站着，看着大巴开走了。我想着济慈的那行诗以及与赫恩先生的讨论。

由于我相信你喜欢我是因为我自身而不是因为别的，我就更加爱你了。

雨水砰砰地打在我雨伞的顶部。

☙ 第四十九章 ❧

我扫了扫书架之间的砖地，挪动一下书，将一些陈年灰尘擦去。帕特里克只走了几天，店里就很奇怪地显得寂静而没有生气。我留下一张纸条，将帕特里克家里的收音机借了过来，这能让我有个伴。

门上方的铃铛响了。

“嗨，你好啊。我正好在附近，于是想顺便过来看看有什么新鲜事儿。”约翰·洛克威尔说道。

我靠着笤帚说道：“你这些天似乎常在附近。”

“是的，我告诉过你，我在圣彼得大街那边住了？”

“好几次了。”

他四下看着店里。“你要关门了吗？”

“暂时的。我们会在圣诞节后重新开门。店主去世了，而帕特里克去西印度群岛看他母亲了。”

“他可真是放浪不羁啊，不过话说回来，文学一族总是这样的，他们对于晚会来说很棒，手里有几个古怪的人来娱乐一下古板的上流社会总是好的。那么，你就会需要一个工作了。你真的不想重新考虑一下吗？一些好看的衣服会使你成为办公室里着装漂亮的小东西。你会拥有自己的办公桌、打字机，当然啦，还有下班后和老板一起喝鸡尾酒的特权。”

“我现在还行，但我当然会考虑的。”

“你考虑下。约瑟芬，我原以为我巴不得除掉你，但你身上有种特别的东西。”他眼睛潮湿地给了我一个微笑，“好吧，我最好滚蛋，我还有个约会。”

洛克威尔走了出去，和一个正走进店里、穿着黑色风衣、个子很高的男人擦肩而过。和他一比，洛克威尔显得矮小多了，他回过头来向上看了那人一眼才走开。

“很抱歉，先生，我们已经关门了。家里有人去世了。我们会在几个月后重新开业。道布尔迪书店获得了我们大部分的书籍，他们在卡纳尔第600号街区。”

那个男人什么也没说，一动不动地站在门口，双手插在他那长长的黑色风衣口袋里。他身形巨大，至少有一米九，肩膀很宽，可以扛下一家四口了。他的帽子微微翘起，他的左眼不知怎的，损毁了，飘浮在他扁塌的鼻梁上方。

我拿着笤帚移向前。“我们——”

“你母亲在哪儿？”他问道。

“对不起，我认识你吗？”我盯着他的手，手仍在他的口袋里。

“你母亲在哪儿？”他缓慢而大声地重复道。他的语调让我害怕。

“在加利福尼亚。”我说道。

“是啊，瞧，那成了个问题。你母亲欠了老板的钱。”

“我根本就不知道——”

“她的男友借了钱，给她买了不在场证据，好使他们摆脱谋杀指控。他说他会还给老板的，但却逃走了。老板在洛杉矶派人去找他们，可他们却像鬼魂一样不见了。老板想要回自己的钱，已经过了期限，所以现在这个手印要落到家里人身上——男友没有家人，所以就落到了你身上。这个叫‘继承’。老板为这该死的指控花了四千美元，加上利息，你欠了五千美元。我是来这儿收钱的。”

他说得越多，他的左眼就越是飘起来。我站在那儿，紧握着笤帚。“一定是哪里搞错了。”

“人们为什么总要说是搞错了？没有搞错。你母亲因为谋杀罪被抓住，她逃脱了——现在付钱。”

“我从没和你的老板有什么协议。”

“你不必有什么协议。你欠了钱，就得还。我们一直在监视你和你那些水果蛋糕一样的朋友，看到了长途汽车站的流泪道别，和摩托车男孩一起吸着汽水，和焦糖肤色的司机一起跑来跑去。威利·伍德利认识老板，他们之间打得火热，但没有生意往来。这债是你的，瞧见了？你不许去找他们任何一个人，你要向他们瞎叨叨，我们就干掉他们，我个人是巴不得今天就宰掉那个老司机，不过由于这是我第一次打招呼，而且我现在心情很好，我就给你七天时间吧——这叫礼貌。不管你怎样去搞到钱，但不能告诉任何人你欠谁的钱。你只能和我说，探戈眼卢，你可以在高速公路 90 号莫斯卡餐厅找到我。”

他转身走了出去，到了人行道上，一辆黑色轿车开了过来，他从后面上了车，车门关上，那辆车就一溜烟开走了。

我扔下笤帚抓起链条，锁上门并插上插销，我的手在颤抖。我关了灯，跑到房间里，将桌子拖到门前顶住，然后蜷缩在床上，背靠着冰凉的石膏墙，手里抓着棒球棍。

整个下午我都这样待着，直到晚上，我通宵没有睡却一点都不觉得累。卡洛斯·马塞洛说我欠了他的钱，探戈眼提到科基的话让我害怕，绝不能是科基。

我等到太阳一出来，就将装订书用的小刀磨锋利，放在口袋里。我偷偷溜出书店，从外面用链条和插销把门锁好，然后沿街跑下。

我看了看那座房子，我不记得是哪个窗户了，但确定是那个窗台上放着曲柄轴的。我吹了声口哨，没反应。我找了颗小石子扔向窗户，还是没反应。我又找了个大点儿的石头扔了上去，石头像投弹一般穿过了窗户，打破玻璃的声音回响在这条尚在昏睡的街道上。

杰西的躯干出现在窗户里，我挥手让他下来。

他来到大门外，光着脚，没穿衬衫，还在拉着牛仔裤的拉链。他用手指理着乱乱的头发，睡眼惺忪地看着我。"出了什么事？"

"我需要你的帮助。"我悄声说道。

他走下台阶，来到人行道上我站着的地方。"乔，你在发抖。"

"请你理解，我不能告诉你所有的事情。"我的声音颤抖着，"是我母亲。我需要将书店钉上板子或百叶窗，而且得今早就做好。你可以帮我吗？"我将一些皱巴巴的钞票递向他。

他握着我的手。"坐下。"

"我没时间。"

杰西的祖母出现在门口。

"奶奶，回去睡吧，一切都很好。"杰西说道。

老妇人朝我们喊道："我能看见，她周围充满了谋杀。丫头，你得让谋杀者认罪，以释放死去男人的灵魂。谋杀者睡着后，放一小碟盐在他们的胸口上，他们就会认罪的。”

我哭了起来。杰西跑上台阶，发着嘘嘘的声音，将他祖母哄回了房间。我转身走了。

“乔，等一下。”杰西说道。

“我得去威利家，”我回过头喊道，“请帮我照看一下书店。我很抱歉打坏了你的窗户。”我跑了起来。

我到达威利家时，太阳已升起来了。我从侧门悄悄进去，到厨房里拿着能找到的东西吃起来。从探戈眼离开店里后，我就一直没吃没喝。当我将牛奶举到嘴边，发现玻璃杯抖得厉害，牛奶都快洒出来了。我整晚都在思虑，没有人能逃脱卡洛斯·马塞洛的债，反正不能活着逃脱。五千美元是一大笔钱，够史密斯学院两年的学费了。我自己只能筹集一部分，但不可能筹到全部，没有别的办法了。

我得从威利那儿拿到钱，然后再想办法还给她。我不能告诉她，探戈眼已经警告过。

萨蒂一看到我就立马知道事情不对劲，我告诉她我无法入睡。她不停地摸着我的前额和脖子，我张开嘴让她查看我的舌头和喉咙。她为我煮了一些热茶，里面加了柠檬，又煎了一些鸡蛋和厚块的培根肉。

“我闻到猪的味道，”当我将咖啡拿到威利的房间时她说道，“萨蒂在给谁做吃的？”

“刚才给我做了些吃的。昨天我喝了太多汽水，肚子整晚都不舒服。”

威利盯了我一眼。“汽水，哈？是啊，可不是。把报纸给我。”威利浏览了报纸头版上的一则新闻。“他们开始镇压了，乔。说他们在这里要雇更多的警察，计划将夸特区弄垮。”她将报纸从床上摔过来。"对付偷袭我已太老了，曾经很喜欢。所有那些逃跑和壕沟都令人兴奋，但我现在没有这个精力了，我已很多年没有用过那个蜂鸣器了。"

"你要怎么做呢？"

威利想了想。"我会每晚在现场留着两个司机，让萨蒂坐在窗户那儿，看见警察就按下蜂鸣器，所有人都跑过院子，然后从吊门下爬过去，进入等在那儿的车里。我可能会让其中一辆车开往书店——你说过书店关门了，对吗？"

"是的。"我小心地字斟句酌，"我已经请杰西在窗户上安上木板或百叶窗，我不想让人看到里面是空的。"

"那是个好主意。将书架挪一挪，我会让艾尔莫送一些家具过去，这样就能有个地方坐。"

"威利，你有母亲的消息吗？"

"没有，我们也不想有。我希望她将这儿的事情搞定了之后，别再回来。我不想有麻烦，你也一样。我知道你感觉和她仍有某种关联，但在这点上你一定要相信我，她会祸害你的，乔。她会祸害我们大家的。"

她已经祸害了，我想告诉威利。

"如果我是你，我会考虑变更自己的姓。你已经十八岁了，你可以这样做的，剪断绳索。"

威利扎好了一摞钞票，递给我。"把这些放在保险箱里。"

她继续谈着镇压的事。我盯着保险箱里的钱，如果我能悄悄拿出两张一百元的钞票，去银行换成一摞一元的钞票，我就可以用一元的钞票塞满袋子。也许她不会注意到。我试图飞快地算出总共是多少张，额头上冒出了汗珠。

“你到底在那儿干什么？”威利问道。

我在做什么？福里斯特·赫恩的声音仿佛在轻轻响起：“决定，将影响你的命运。”

是的，福里斯特·赫恩的决定导致了他的命运：死亡。

~~第五十章~~

“请让洛克威尔先生接电话，”我对着话筒悄悄说道，“我是约瑟芬·莫雷纳。”

等了好几分钟，话筒里终于咔嗒响了一声。“你收到录取通知书了，”电话另一端那个沉闷的声音说道，“想要庆祝一下？”

“事实上，我一个字都没有收到。我打电话来是为了——”我停顿了一下，我真能这样做吗？“问一问工作的事情。”

洛克威尔沉默着，除了吸烟的声音我什么也听不到。“啊，你考虑过了，是吗？”

“我在考虑，我想多知道点儿关于这个职位的事情。”

“到我在圣彼得大街的那个公寓来见我。”他飞快地说了地址，“我盼望着讨论……这个职位的事情。”他咯咯笑着挂上了电话。

当我离开书店去见洛克威尔时，杰西正在给窗户和门安装百叶窗。

“这些是沙特区那边一幢建筑上丢弃的废物。门上甚至还带着邮件投递口，外观上可能不太完美，但对保护私密性会有作用。”杰西看着我笑了笑。

我低头盯着人行道。

“这是钉上这些百叶窗的目的，对吗？如果不是，告诉我吧。”

我看着杰西。

“该死，乔。说点什么嘛。”

我想要告诉他一切。但我不能，我不能将杰西、科基或威利扯进这件事情中，所以我只有那样站在那儿。

杰西沮丧地将锤子扔在地上。“你知道，我已对此厌倦了。不论何时你需要的时候，你就跑来敲我的门或打碎我的窗户，你说让我跳我就跳，可我问个问题或过来看你的时候，你却让我站在外面的街上。我得上学，有车子要修理，我今天丢下一切来做这个。我不是什么小狗狗，你抱怨说你妈妈是个利用别人的人，但你这些天看来也是一样了。”

我转过脚后跟，从他身边走开了，拼命不让自己流下眼泪，不让自己告诉他一切，不让自己开口求他帮助。

洛克威尔的公寓隐藏在一个带有大门的庭院深处，他说另外两套公寓通常都空着，因为主人们都不住在这个城里，这对他来说真是太方便了。

这套公寓很小，却很可爱。长而窄的客厅地上铺着老橡木板，天花板很高，使得空间感觉上大了，家具很少，但都很有品味，尤其是角落的一张桌子，上面放着装框的洛克威尔打猎的照片。他见我注视着那张桌子，说道：

“很美的一张桌子，对吗？我在这儿并不全是玩儿，有时也工作。要我带你四下看看吗？”

这是个小巧玲珑的公寓，除了一个小客厅、一个厨房和一个卧室之外不会有别的了。“不用了，谢谢你。”我一边说着，一边在其中一张椅子上坐了下来。

洛克威尔点了香烟然后在我对面坐了下来。“那么我们总算来到这里了，我们已经走了相当长的路。我很高兴事情总算有了进展。”

我点了点头，觉得很累，有点儿不像平时与洛克威尔争斗的状态，刚才遇到杰西的事仍然困扰着我。

“好的，就让我们承认这一点吧，我们兜了个圈又回到了原地。我就料到你会回来跟我要钱的，而现在你来了。”

我张开嘴正要表示反对。

洛克威尔举起手阻止道：“那么，我承认你并不像我原来以为的那样，是来勒索的，但我曾好几次问你要不要工作，而你总是立马就拒绝。约瑟芬，现在你来这儿是为了要工作，而你却有点心不在焉。”他吸着雪茄，“你需要钱，否则不会来这儿。也许是为了上大学，也许是为了别的什么事，但你需要钱。需要多少？”

我努力计算着自己可以向威利的保险箱借多少。“两千美元。”我告诉他。

洛克威尔吃惊地回过头来。“那可是很大一笔钱。”

“这正是我来寻找工作的原因。”

“当个秘书的话，你需要工作两年才能挣到这笔钱，也许还要更久。”

我没有以年计算的时间，我只有以天计算的时间。

“除非——”他向后靠在椅子上，“你愿意接受更私密的安排，我会立刻给你一些钱，而我们会每周在这里见面。”

我艰难地吞咽了一下。“那你能立刻支付多少？我急需两千美元。”

洛克威尔转动着嘴里的雪茄。我成了牵线木偶，他乐得拉动牵线，现在权力转换了。“一千。”

“一千五百，现金。”我直接说道。

他看着我。“但你不能看起来是这个样子。”他拿出钱包，然后递给我一张五十美元的钞票。“去布兰奇百货商店，选一条漂亮裙子和一双高跟鞋，真正的高跟鞋，别穿懒人鞋，不管你怎么叫那种鞋子。把你的头发和指甲也做好。如果你愿意的话，再买点香水。后天下午七点钟回到这儿来，我会将晚餐带进来。”

他在下唇上转动着雪茄并瞪着我，我也瞪着他。“好了，我还有个约会，我送你出去吧。”

当我走向门口时，我能感觉到他的双眼在后面上下打量着我全身。我将皮夹紧紧地靠在身体左侧，努力盖住我衬衫上被辛辛那提的刀划出来的口子。

一千五百，那意味着我得从威利那儿偷三千多出来。我跨出门，然后转过身来。

“约瑟芬，希望能很快再见到你。”他眨了一下眼说道。

我瞪着他，鼻子皱了起来，感觉都能闻到他血管里的酸臭味。我做得了这件事吗？但不知怎的，话已从我嘴里蹦了出来。“很快再见。”我告诉他。

ᏇᏃ 第五十一章 ᏇᏃ

两天过去了。我还是一分钱也没有。再过五天，马塞洛的人就会来找我。那天早上威利没有让我把钱放在保险箱里，就好像她已读懂了我的心思，并且知道发生了什么似的。我从帕特里克那儿收到一张明信片，说那些小岛很美并且他很想念我。我从夏洛特那儿又收到了一封信，问我能否确定八月份去伯克希尔度假的事。我想象着探戈眼卢出现在伯克希尔盖茨的家里，为了他所说的我欠了马塞洛的五千美元而将我抓起来。

警察们偷袭了威利家。一辆小车将多拉、小甜点和约翰兄弟拉到书店来躲藏。当我打开门，他们全都跑了进来。多拉抱着一瓶薄荷甜酒，小甜点拉着甜蜜而又颤抖着的沃尔特·萨瑟兰的手，他只穿着拳击短裤，脖子上戴着领带。

“偷袭晚会！”多拉喊道。她打开了收音机，然后他们在书架间跳起舞来。我坐在楼梯上，看着美丽的、真诚的小甜点，被沃尔特·萨瑟兰肥胖的粉红色手臂环绕着。他的眼睛闭着，而且他的头靠在她的肩膀上，已飘到了梦境中。这令我作呕，她是如此美丽善良，她没有必要这样做。我也不必这样做，我可以跑掉，神不知鬼不觉地跑到马萨诸塞州去。

我刚从威利家回来，正打扫着偷袭晚会之后的书店，突然听到门那边有动静。我转过身等着敲门声，之后却没有了。然后我看到一个很大的棕色信封，歪斜着靠在杰西安装的百叶窗和玻璃门之间。我拍掉手上的灰尘，从口袋里拿出钥匙来。我开了门，然后那个信封仰面朝天地倒在了地砖上。我一看见寄出地址就屏住了呼吸。

史密斯学院

我抱着这个信封在书店里四下踱步哼唱着。感觉里面并不只是一张纸，这使我受到了一些鼓舞，拒绝的信应该只是一页纸。我用裁纸刀裁开了顶端的折边处，向里窥探着，只见里面还有一个封着的信封，与一张纸夹在一起。

我又踱了踱步，手心里都是汗，心怦怦狂跳。我停了下来，将信封里的那页纸猛地抽了出来。

上面的字慢慢地出现在我面前：

亲爱的莫雷纳小姐：

感谢你申请史密斯学院。

招生委员会很高兴今年有这么多杰出的申请人。

经过长时间的仔细考虑，

我们很遗憾地通知你，我们无法在1954年的课堂上为你提供一个座位。

拒绝了。

我为什么让自己梦想会有这种可能性，梦想我可以逃离新奥尔良这粪坑般郁闷的存在，然后滑翔着进入北安普敦有教育和有品质的世界？

这封拒绝信接着还说道，我的申请太仓促，没有留下足够的时间让他们考虑。信的剩余部分都是些礼貌的幽默，以及祝愿我在未来的一切努力中都交好运。我还得告诉夏洛特，更糟的是，我还得告诉科基。想到科基，我的胃就不舒服。我看着那个和拒绝信夹在一起的信封，奶油色的信封上用粗体字手写着约瑟芬·莫雷纳小姐几个字，里面是用同样颜色信纸写的一封信。

亲爱的莫雷纳小姐：

我是应芭芭拉·保尔森小姐的建议写这封信给你的，她是我亲爱的朋友和史密斯学院的学友。我是史密斯学院的一名文学教授，历史类小说的作者，也是马萨诸塞州的艺术赞助人。

芭芭拉告诉了我你在书店工作以及房屋打扫的长处，我是个单身女人，独自居住，最近正需要这方面的协助。虽然我不能提供你重新安置的费用，但如果你能来到北安普敦，我准备提供给你每周八美元的工资和一个带浴室的卧室，而你的职责是打扫房子和做行政助理，这个职位要求一周工作五天，周末偶尔会有加班。

我希望能在一个月内得到同意的答复。

你诚挚的，

莫娜·赖特小姐

这封信证实了我心里一直以来就知道的事情，他们并不想要我。我给他们打扫浴室、给他们的书掸去灰尘是很胜任的，但不能在公众场合加入他们。保尔森小姐在查理的葬礼上见过母亲，很可能联系过史密斯学院，也许她让他们否决了我的申请，告诉他们我是令人讨厌的人。但为了缓和这个打击，并令帕特里克满意，她联系了某个老姑娘并推荐我给她倒烟灰。每周八美元？小甜点只是和沃尔特·萨瑟兰德跳一小时舞就能得到二十美元，我将能得到一千五百美元，只要……只要什么？我对着垃圾桶一阵呕吐。

洛克威尔告诉我拿着那五十美元去布兰奇百货店，那太冒险了。万一我在那儿碰到什么人，然后他们开始问这问那的怎么办？我去了一家当铺，买了一支小手枪，然后乘公交车去了尚蒂利的一家商店。我选了一条天蓝色一字领的酒会裙装，以及一双搭配的手套。我告诉卖衣服的女人，我要参加我叔叔的退休晚会。这条裙子穿上后，感觉从胸部到臀部都很紧。但女售货员向我保证，就算是去参加退休晚会，穿这身去也是现在时髦的打扮。她又帮着我选了长筒袜和内衣。她推荐了搭配的鞋子，但我选择了一双黑色的单鞋。黑色更实用，如果事情解决不了，我穿着这双鞋入土也可以。我一开始穿上高跟鞋时摇摇晃晃的，无力的脚踝跟橡胶似的。她建议我穿着这双鞋走一走以适应这种感觉。我又上了顶层的发廊烫发。一个女人给我烫着头发，同时另一个女人给我的指甲抛光并帮我化妆，她试图让我购买一套化妆品，宣称能让我看上去楚楚动人。

“今晚我只需要看上去还行就可以，我只是为了参加退休晚会。”

“不过，所有人的眼睛都会盯着你，这是可以肯定的。”她手肘支撑在胯部，手指间夹着薄荷香烟。“亲爱的，那是种恭维。大多数女孩都愿意为了有光泽的头发和你这般惊艳的身材而死。”这个女人说道，“你就等着男朋友看见你时的样子吧。”

我盯着墙上破镜子里面我的影子，裙子、手套、鞋子、妆容、头发——它们看上去都很漂亮，但感觉像是戏服。我歪着头，是镜子扭曲了，还是我扭曲了？新的胸衣使得我的胸部看起来更大且腰更细。我在房间里四下走动着，试图适应高跟鞋。

洛克威尔说他会将晚餐带进来，然后会是什么？我的胃部翻滚起来。我记得母亲在威利家的厨房里谈过这件事，她说她训练过自己的大脑，她会微笑着闭上眼睛，然后她只要想着别的事情，比如吃牡蛎，或是走在海滩边，结果还没等她反应过来，就完事了。为了一千五百美元，我能在精神上吃牡蛎或走在海滩边吗？

我将口红放在我的新包里，包里还放着一支笔和一些面巾纸。我看了看桌上的手枪，我买这把枪是为了在书店里感到安全，以防探戈眼卢顺便过来。我今晚不会需要它，需要吗？

我用最快的速度锁好书店的门，我不想让任何人看见我，尤其是弗兰基。我朝相反的方向走去，采取迂回的路线，最终可以绕到圣彼得大街去。

但每次我到达圣彼得大街时，我的脚却继续走着，结果我走去了另一个方向。街上的男人们向我斜了斜帽子，还有人转过身来笑着。一阵寒意落在我的后脖颈和肩膀上，很快变成了冷汗。我喉咙里似有什么东西在翻腾，使我想起了杰德里克商店外人行道上的红豆米饭事件。

我花了这么多年试图变成隐形人，现在这些盯视和笑容意味着人们看见了我。化妆和漂亮裙子真的能使事情变成这样吗？《大卫·科波菲尔》里的目录页飘动在我面前：

Ⅰ.我出生了。

Ⅱ．我观察着。

Ⅲ．我有了改变。

Ⅳ．我堕入了耻辱。

光消失了，我的自信也同样消失了。我转向了另一条街。三个年轻男人站在一家汽车修理店前。我走近时，其中一人吹了声口哨，其中一个男孩是杰西，我的胃顿时打起了结。

另外两人喊了起来，杰西甚至没有抬头看，完全专注于手里的一个引擎零件上。我松了口气，急忙加快了脚步，祈祷着他不会抬头看。

“美女，你这么急是要去哪儿？”一个男孩说道，走出来堵住了我的去路。

杰西瞟了一眼我这边，眼睛又很快回到手里的管子上。他的头突然转过来，我忙低下头并试图绕开他的朋友。

“乔？”

我停了下来并转向他。“是啊，嘿，杰西。你在这儿做什么？”我问道，想转换话题以避免那不可避免要问到的问题。

杰西看着我，他的眼睛没有像他的两个朋友那样在我身上到处看，他的嘴唇没有像我在街上遇到的那些男人那样抽动，他只是看着我。他的手、袖口上直到肘部都是油，随意地比画着身后的汽车修理店。“我的车。我是在这儿修理梅尔茨的。”

一个家伙用肘部碰了碰杰西。“杰西，让这位漂亮的女士看看梅尔茨。你等着，看看这辆车。”

“也许她会愿意搭车，”另一个咧嘴笑道，“洋娃娃，你还有别的朋友可以介绍给我们吗？”

在那一刻，我最想做的莫过于坐上杰西·蒂埃里的车，离开新奥尔良，直接开到莎迪小树林，将一切都告诉他，然后请求他的帮助。但他脸上困惑的表情就跟他在书店前扔下锤子时一样，这使我感到不舒服与内疚。

“快点啊，杰西，你要邀请她出去吗？”一个朋友问道。

杰西盯着我然后摇了摇头。“显然已经另有人邀请她了。”杰西走进了汽车店，他的朋友们跟着，回头看了看我。

杰西在审判我，他竟敢审判我？他并不了解我。

我转过身，径直走向洛克威尔所在的地方，我脚跟后面一个水泡在灼痛。

௸ 第五十二章 ௸

当我穿过大门时，天空沉闷而黑暗。煤气灯摇曳着，而香蕉树叶晃动着，在庭院中间破旧的、细细地流着水的喷泉上撒下阴影。一阵寒意使我胳膊上的皮肤绷紧了。有音乐从角落上洛克威尔的公寓里飘出来。他站着，靠在门外煤气灯下的墙上，抽着一支雪茄。他看着我走近，烟雾在他的脸和肩膀周围翻卷着，像灰色的硬纱一般。我看不见他的眼睛，但我能感觉到他的眼神：首先是鞋子，往上是我的长筒袜，在我的腹股沟停顿了一下，又在我的胸部停顿了一下，往上移动到我的嘴唇，然后又回到下面重新往上看。

他为我开了纱门，并不说话。查理·帕克那狂暴性感的中音萨克斯向我袭来，灯光是昏暗的金黄色。我喉咙里仿佛卡着一只飞蛾，我吞咽着，试图解放我的喉咙，震颤着，结果连呼吸都困难。我感觉到他在我后面喷出的热气。

“还以为你改变主意了。”他静静地在我耳边说道。

我摇了摇头，向前迈了一步，以逃脱他存在的牢笼。我将手放在沙发的靠背上以稳住自己。手心里的汗从那双新的蓝色手套里透了出来。我使劲想脱下手套，他马上按住了我的手。

“慢点，”他说道，在我面前绕着，“一只一只地脱。”他走到桌子边拿了一只平底杯，倒上酒。他看着我从长手套里一根一根地退出我的手指。

“请坐，”他用手比画着沙发，“你要喝点什么？”

“什么都不喝，谢谢。”

“你可以喝香槟，所有女孩都喜欢香槟。”

所有女孩都不喜欢香槟，我偏爱根汁汽水。威利偏爱任何闻起来像汽油、可以燃烧她喉咙的东西。她比任何男人都更能喝酒，我真希望她能在这儿帮着我驾驭约翰·洛克威尔。

我瞪着洛克威尔的后背，他的头发刚理过，露出了后颈上高尔夫球场上晒出的棕褐色。他的白衬衫，本来熨得很挺，现在却因为湿气和欲望而皱皱的了。他拿着一块毛巾来捂住瓶塞，然后倒了杯香槟。他在我旁边坐下，然后递给我香槟杯。

他举起杯子。“为了新的开始。”他喝了一大口。我倾斜杯子让香槟粘了粘嘴唇，将杯子放在我面前的桌子上。

“你看上去太美了，约瑟芬。一字领略微高了点，但你的质朴使得你更加性感了。”他的手滑到了我的大腿上。

飞蛾在我气管里更加厉害地扑腾起来。

“那么这就是五十美元能做到的？”他说道，“我喜欢这一切。”

我更用力地吞咽着，希望能将喉咙后面的紧张和愤怒吞下去。“事实上，我还剩下些要还给你。我没有买香水，只是用了点柜台上试用的香奈儿。”我伸手去包里拿钱。

“你是认真的吗？”他问道。

“是的。你应该算清楚你的钱。你给我钱是为了买衣服，而如果我没有用完，就应该还给你。洛克威尔先生，我或许缺钱，但我不是贼。”

“我告诉过你，叫我约翰，”他说道，同时将他喉咙处的领结放松，“而我认为你就是个贼，你在偷我的心。”

他咧嘴笑了，自己觉得很高兴。我拼命让自己不要对这种可悲的台词翻白眼，这种台词可能会让母亲完全熔化。想到母亲，我又被带回了现实中。

“你确实记得我们的财务安排吧。”我说道。

“瞧瞧你，直接就谈到生意了。我喜欢这样。我也很焦急。”他跳起来，走到书桌边，然后从抽屉里拿出一摞捆好的钞票。他递给我让我检查一下，我翻着数了数，是一千五百块。为什么不要三千块呢？我太蠢了。他将钱一把从我手里夺了过去，放在他衬衫上边的口袋里。

“跟我跳舞吧。”

他将我从沙发上拉起来，用手臂将我的身体揽向他。穿着高跟鞋，我们的高度一样，鼻子对着鼻子。我转过头，感到他热烘烘的呼吸喷在我脸颊上。查理·帕克的萨克斯哀悼着一颗破碎的心，而洛克威尔的右手按到了我的后腰上。

他停止了晃动。“好吧，舔我的屁股并叫我饼干吧。你不知道怎么跳舞，是吗，约瑟芬？”

我不知道怎么跳舞，我不想与他的饼干有任何关系。

“其实，这很简单。只要跟着我移动。”他将我的腹股沟推向他，然后在我的脖子上深深地吸气。我试着跟上他的步子。他喜欢这样，非常喜欢。他跳着舞将我带到了餐桌旁边，然后将自己很重地抵在我身上。我恶心地发着抖，看着上面的天花板，试着母亲所描述的，吃着牡蛎。他的手向上往我胸前移。海滩，但这不起作用。他的抓握弄疼了我。他将拇指滑进我的嘴里并叫我闭上嘴唇。我想着前廊下凉凉的土地和地板，我曾在那儿刻下我的名字并发誓我不要变得跟母亲一样。他抓着我的手，并开始将我的手挪向他的腰间。

我摇着头并挣脱出来。

“怎么了？”他说道，跟着我走向沙发。“你害怕了吗？”他看着我，变态的神情完全显现出来了。“天啊，你的嘴。”

“别这样。”我说道。

“现在，现在，别挑逗了，过来这儿。”他拉着他的皮带。

我伸手想去拿我的包，但他抓住了我的胳膊。“噢，不，你不想这样吧。你不想让我打电话给史密斯学院，并告诉他们不要接受你，对吗？”他的嘴凑在我的耳朵上，“来吧，约瑟芬，赚到你的钱，现在做个表现好的小婊子。”

当我一拳打出去时，我听到了他的下巴发出砰的一声，他克服了一时的震惊，然后像头公牛一样狂怒地冲向我，但我双脚已经站稳，手枪已拔了出来。他跳了回去，惊得目瞪口呆。

“将双手放在脑后。”我告诉他，他却不服从，我从他肩膀上方瞄准过去，一枪将他打猎的照片打成了碎片。

“好的，好的！”他说道，将手举了起来。我挥挥枪让他到角落里。

“我很抱歉，你是对的。我推进得太快了。快把枪放下，约瑟芬，”他恳求道，“求你了，快把枪放下。”

“别告诉我该做什么。坐在地板上，”我命令道，“马上。”

他坐在了角落里。“天，你以为这是什么？走吧，然后我们可以装作什么也没发生过。走，我不会告诉任何人的。”

我脱下黑色高跟鞋，然后丢到角落里他的身上。“永远也别叫我婊子，永远，”我咬着牙说道，“闭上眼睛。”

“噢，天，不，约瑟芬，求你了。”

“我说了，闭上眼睛！”他闭上了眼睛。

我从公寓里跑了出来，穿着长袜的双脚重重地踏在人行道上。天空很黑，打着雷，我张开了嘴。

仿佛一只巨大的飞蛾从我喉咙里飞了出来，飞进了夜里。

第五十三章

我是第二天早上看到它的。我从自己的寓所下楼时，就发现它正通过前门的玻璃瞪着我。

楔入百叶窗的，是一张白纸，上面有一只黑手印。

二十四小时，探戈眼就会回到书店，要求我拿出五千美元，我没有也无法搞到这笔钱。我欠着科基两千美元、一个解释和一个道歉。我欠福里斯特·赫恩的妻子一只金表。但我欠下卡洛斯·马塞洛的钱，如果不还，我的处境就会比起和洛克威尔在一起时更加糟糕。

我得向威利捏造一个故事。我会说那个酒类经销商有一批货物等在萨尔，需要支付。她就会让我去保险箱取钱，这样我就能拿到钱，我就能拿个五千美元。要从威利那儿偷钱的想法使得我的每根纤维都很烦乱，但只要我付清了马塞洛的钱，我会向她解释的，让她知道我是在保护每一个人。我将不得不工作好几年来还这笔债，她会得到她想要的，我将会陷在新奥尔良了。

“他们昨晚六点过来四处闲逛，下午六点！表现得好像是什么社交拜访，而且一直待到深夜一点。我失去了一整晚的生意，不得不招待警长和他的警察朋友。但我能做什么呢？他们玩着纸牌，女孩们待在楼上她们的房间里，无聊得要死。警长两眼盯着所有的东西看——我不得不四下跟着他，我很肯定他会找到藏东西的地方。拿着那个本子，从现在起，我要将收据交给你，然后你在你的地方做记录。”

我点了点头，从她那里接过本子。她点了支香烟，然后向后靠在床上。

“你知道还有一件事吗？我已经完全厌倦了继续玩这个游戏。我们来吧，将苹果塞进猪的屁股里，然后烤了，你觉得如何？”

“你对这个生意厌倦了？对警察厌倦了？”

“是，那也是，但我说的是这个跟你玩的游戏。我一直在等着，希望你会来找我。一开始，我对于你竟以为我这么愚蠢而生气，看在老天的分上，你已经十八岁了，我想我或许应该为你还在保有那份可笑的天真而高兴，但有时这只能把我气得要死。”

“我不知道你在说些什么，威利。”

“噢，得了吧。我知道你为查理和帕特里克感到心烦，但那与此事无关。你母亲从一见到福里斯特·赫恩的那一刻起就记住了他，而你是知道的。你也记住了赫恩，只不过是以另一种方式。你母亲告诉辛辛那提她找到了一个目标。辛辛那提买通了酒吧侍者给他下了大剂量的蒙汗药，那样赫恩才能长时间昏过去，好让他们剪他的羊毛。酒吧侍者按要求下了大剂量的蒙汗药，结果赫恩却死了。尽管对于汤姆、迪克和哈里来说这都是再明显不过的了：他们有罪，但由于他们有不在场证据，所以他们逃脱了。而在这个城里谁能买得起不在场证据呢？是的，卡洛斯·马塞洛。所以现在你母亲的背上留下了黑手印。”

我站在威利的床脚边，抱着那个本子，眼里已充满了泪水。

她点了点头，声音低了下来。“乔，你以为我不知道正在发生什么事情吗？你以为我在这个城里没有眼睛吗？弗兰基并不是我唯一的一双眼睛。在街上有人将我拉到一边，告诉我马塞洛的人在跟踪你，有车子在到处跟着你。而突然间你表现得像个疯子一般，杰西来给玛丽亚换机油的时候，这可怜的孩子看上去一团糟，说你打破了他的窗户要他装百叶窗，然后跑走了。我不需要再告诉你，你已锁定了那个人的忠诚。我一直在等着你来找我。”

“我不能这样。”我啜泣道。

“到底是为什么？”威利查问道。

“他们说会杀了你的。”

“然后你就相信他们了？乔，他们要的是钱，为了得到钱，他们会下最狠的威胁令。我知道怎样应对马塞洛。”

“不，威利，你不能。我不想要任何事发生在你和科基身上的。”

“别在这儿哭哭啼啼的，我不是傻子。这个印记是多少钱？”

我几乎无法看着她。“五千。”我轻轻说道。

威利掀开铺盖，然后开始踱步，烟灰从她的烟屁股上飞起，她的太阳穴上愤怒得冒起青筋。“你母亲真应该被绞死，居然将黑帮债务转给自己的女儿？我们这样做：我会给你要支付给马塞洛的钱，但你得去几家银行将钱全都换成小钞票和零钱。当你将钱给探戈眼的时候，必须看起来像是从阴沟里搜寻来的，甚至有便士和镍币。将钱分装在不同的口袋里和信封里。如果你有很多大额钞票，他们就会知道你有财源，然后他们就会不停地来找你要更多的钱。桑尼今天下午会开车送你去莫斯卡餐厅，你进去付给他们，一定要保证，让他们告诉你你们之间扯平了。”

“我要去付给他们？我得将五千美元拿去给马塞洛的人？他们

不会过来拿吗？”

“你不能等他们来拿，如果他们不得不造访时，那已经过了期限，那么你欠的就更多了。你要在他们来找你之前付给他们。”威利胸前的皮肤已经下垂，破裂的毛细血管纵横交错地爬过她的颈部。她进了壁橱里保险箱那儿，开始将钱袋子扔到床上。

“那是四千，”她从壁橱里探出身子，靠着门框，“昨晚你从洛克威尔那儿搞到了多少钱？”

我看着她。

“多少？”她逼问道。

“什么也没搞到。”

“什么也没搞到！你是怎么回事？你本可以搞到好几千的。”

“是一千五百，”我抬头看着威利，“但我做不了。他和我跳舞还摸我，我受不了了，我向他拔出了枪，然后就跑了。”

她长长地深深地吸了一口烟，然后点着头。“好丫头，这对你有好处，乔。”她又扔了一千到床上。

我们开着车去西部银行。我坐在桑尼车上的副驾驶座上，我脚边满是面粉袋、纸袋和信封，里面都塞满了小钞和硬币，一共五千美元。桑尼两腿间放着猎枪，他不说话，只是抽着烟，并专心地听着收音机里的肥皂剧《年轻寡妇布朗》。他巨大的身体弯着伏在方向盘上，全神贯注地听着最新一段寡妇艾伦·布朗和安东尼·劳瑞的风流韵事。

我想让桑尼去交钱，而我在车上等着，但威利说这事不能这么办。我回想起当初在海滨大道看见一个门上的黑手印，我还批评别人如此愚蠢，跟黑帮搅在一起。

桑尼开着车进入了一段荒废的路，然后停在了一幢白色墙板搭的房子前。他举起手示意我别说话，听着收音机里节目的结尾，辛普森维尔的爱情故事。然后他关掉收音机，并伸手拿起了枪。

“一定要让他们数过。”他说道。

我双手抱着那些袋子和信封，用臀部关上车门。我走进入口，一下子在里面的黑暗中什么也看不见，我的眼睛还不能从室外的光线中调整过来。我使劲像个造表师般眯着眼，才看见了一个吧台和几张桌子。房间里几乎是空的。餐厅要到五点半才会开门。自动唱机里放着维克·戴蒙的歌，只有一个瘦瘦的酒吧郎准备着吧台事务。

“我能帮你什么吗？”酒吧郎问道。

“我要找探戈眼。”

“在里面，靠墙边。”

我手里抱着那些钱，在黑暗中走过几排桌子，我的眼睛开始适应过来，然后看清了整个房间。在餐厅的最里面，有三个男人坐在桌边。当我走近时，其中两个站起来，消失在厨房里。探戈眼用右眼盯着我，同时他的左眼朝两边来回浮动着。

“这是什么鬼？”他指着我手里抱着的东西。

“是你要的钱。”我将那些袋子放在桌子上，有一个信封掉了下来，硬币撒了一桌子。威利会为此得意的。

效果很显著。“你以为我是什么，是售货机吗？”探戈眼说道。

“都在这里了，你可以点一点。”

“我不会碰那些肮脏的东西，谁知道你是从什么坑洞里扒出来的。你点吧。”

我坐下点着钱。每数一百他就在餐巾上做个记号，但很快就没了耐心。他从厨房里叫出那两个男人来完成点算的工作。

“你应该带大票子过来。”等点完后他说道。还超了两美元，是威利的主意。

“我没法弄到大票子。我一直忙着乞讨以便能按时拿到这儿来。”

“谁说你按时了？”他反驳道。

“我按时交了，我们扯平了。”

他靠着桌子，左眼狂暴地跳动着。“要那个小男人说我们扯平了我们才扯平了，明白了？你最好希望我们别在加利福尼亚找到你母亲，瞧，没人像那样逃债的。”

我站起来。“你得去跟我母亲和辛辛那提算这些。都在这儿了，你已经记下五千美元了。”

一个男人出来并在探戈眼面前放了一个盘子，里面是鸡肉，在平底锅里用蒜、白葡萄酒和油煎的，闻起来很好吃。

“她要吃吗？”那个男人问道。

探戈眼将餐巾塞在他的领子里，看着我，“你要吃吗？”

第五十四章

我表妹贝蒂寄了封信给我，写了一些关于你的最可笑的谎言。

以上是夏洛特的信上说的。

过得很快乐。史密斯学院那边有消息了吗？想念查理，想念你。

以上是帕特里克寄来的明信片上说的。

我切盼能在一个月内得到肯定的答复。

以上是莫娜·赖特小姐的信上说的。我仍不太明白“小姐”的称谓是什么意思，我得去那本《实用商业写作手册》里查一查。很显然那是某种头衔。

萨蒂帮我准备好了威利早晨托盘里的东西。昨晚睡觉前，我已决定要告诉她关于福里斯特·赫恩的手表，以及母亲偷了她送给我的阿德勒手表的事情。我知道她会非常生气并各种骂我愚蠢，但我必须告诉她。然后我还得告诉科基他的钱被偷的事。从最轻松的角度说，今天也会是一个充满挑战的日子。

威利已经醒了，包裹在一件红色的丝绸和服里，窥视着百叶窗外面。

“红色的，这很特别。是新的吗？”我问道。

“简直不可思议。现在才是早餐时间，而他们已经弄了个警察守在外面那儿，坐在他的车里。我真想让你给他送杯咖啡过去，我告诉你，这些警察就跟玻璃球一样锋利。”

“警察局长昨天又过来了吗？”我问道。

“没有，但他派了三个人在午夜时过来了。萨蒂按下蜂鸣器，我在侧门拖延了他们一下，所有人都同时跑了出去。一个从佐治亚州来的老律师没能跑掉，我发现这可怜的家伙全身赤裸，在院子里一片香蕉叶后面打着战。得退还他所有的钱，这真是要害惨我的生意了。”她转向我，“今早的报纸在说什么？”

我不想把报纸给她。那些文章说夸特区的压力正在加大，报道了更多持枪抢劫和盗窃的案子。持枪抢劫，我想到了自己，用手枪把洛克威尔逼到了角落里。“威利，别为那些新闻烦心了。”

她将报纸从托盘中一把扯了过去。我看到热气从她脸上升起。

“威利，我想再次感谢你，为昨天你帮我还债的事。我无法向你表达我卸下了多大的负担，昨晚我第一次真正地睡着了。”

“你要工作来还，每一个硬币都得还。谢天谢地，你并不像你母亲一样忘恩负义，虽然你并没戴着我给你的手表。”

我开始说着关于这块表的谎话，这就是谎言如何变得容易的原因，但我让自己停了下来。我必须告诉威利她的表的事情，还有福里斯特·赫恩的表的事情。她站在床边，仍在读着报纸头条。

“威利，我没有戴那块表，是因为被母亲和辛辛那提偷走了。”

威利慢慢地从报纸上看着我。

我点了点头。“他们闯进了我的房间，偷走了手表和我的手枪。而且……我没有告诉你这件事，科基给了我他赌博赢来的两千美元，以便让我上大学，他们也偷走了这些钱。”

我真希望我没有告诉她，希望能收回这些话。脸色铁青已不能描述她脸上的表情，已没有什么能描述了。暴怒和痛苦的表情同时在她脸上燃烧，她的眼睛飞快地眨着。

“威利？”

她伸手扶着床稳住自己，然后就滑倒了，倒下时将床边桌子上的一个花瓶打落了，她的双膝撞在了地上。

“威利！”我跑过去抓住她。她双眼圆瞪、向外突出，而一种结结巴巴的声音从她喉咙里溢出。她伸手向上抓住了我肩膀，我尖声叫着萨蒂来帮忙。

“威利，我去打电话叫萨利医生，好吗？”

她向装着百叶窗的窗户示意，我明白。

“我不会让警察进来这儿的，威利。我保证。”我又尖声叫着萨蒂，这次更大声。她跑了进来，当她看到威利时，双手捂住了脸。

“我不知道发生了什么，她就倒下了。我们快将她抬上床，快点，萨蒂，我还得去给萨利医生打电话。”

威利的身体太重了，我们无法抬起她。伊万杰琳在门外偷窥着。

“伊万杰琳，来帮我们！”我尖声叫道。她摇了摇头，然后害怕地往后躲。

我真想揍她。“你个自私的巫婆。快过来帮我们，不然我发誓我会亲手枪毙了你。立马过来！”

伊万杰琳服从了。她抬着威利的脚，我们三人一起终于将她抬上了床。

“将她的头枕起来，”我告诉萨蒂，“她几乎没有呼吸了。”我向大厅里的电话跑去。小甜点正在楼梯平台那儿，将伊万杰琳推上楼，然后砰地将她关在了自己的房间里。

“乔，怎么回事？”小甜点问道。

“是威利，我正给萨利医生打电话。将所有门锁上，外面黑色小车上有个警察。”

我坐在威利身旁，她靠着许多枕头。她出着汗，并且吐在了床边。

“许多秃鹰要来了，别让他们进来。”她喘息着说道。

“别这样，威利。你会没事的，你听到我说的了吗？”

“别让他们进来，绝不能让他们进来。”她有气无力地说道。

威利是不可毁灭的，钢铁般坚强，看到她这样吓得我要死。

她帮助了我，在我生活中这么多事情上保护了我，而我却一点用都没有，没能为她做任何事情。我用手臂抱着她。她的颤抖停止了，她将头靠在我胸前。我哼着歌，抚摸她的头发。地板上撒满报纸，还没动过的咖啡托盘在她床脚瞪着我，要求我去做些什么。

威利抓着我的手。“咸花生。”她轻声说道。

萨利医生总算到了，他跑进房间，我抬头看着他，眼泪从脸上哗哗流了下来。

已经太迟了。

☙ 第五十五章 ❧

科基坐在客厅里，他的脸埋在帽子下面。他的抽泣声伴随着深切的痛苦和悲伤，着实吓着了我。萨蒂跪坐在脚上，双手放在膝上。当我和萨利医生走出威利的房间时，他抬起头来，他说话时身体因为悲伤而颤抖。

“乔，她真的就这么走了吗？”

我点点头。“你想去看看她吗？”

“不，”他流着泪抗议道，“我不想看什么尸体。威利不在那里面，她穿上鞋子，去见上帝了。”

“也许我们可以到厨房里去，”萨利医生说道，“有许多事情必须做出安排。”

我们聚在厨房里，所有人都来了，除了伊万杰琳。她不愿和任何人说话，也不愿打开门。多拉伤心欲绝，脸伏在餐桌上大哭，小甜点揉着她的背。

“信息得发布出去，”小甜点说道，“我想我们最好办得有条理，威利会想要那样的。”

“是的，她会的，”萨利医生说道，他脸上满是震惊，“乔，我想你有威利的那些文件？”

“文件？不，她从未谈起过什么文件。”我说道。

“好吧，我知道她有一位法律代理人，”萨利医生说道，“我会问问他。在此期间，你最好写一份讣告，并做出殡葬安排。”

多拉坐了起来，她昨晚的妆容全都花了。“必须搞得很不一般。威利出门时一定要穿得很时髦，她会想要那样的。如果有必要，我会去街上要点花招来搞到钱支付这些费用。”她抽泣着，不停地从胸前掏出纸巾。

“行了，多拉，威利不会让你去街上的。”科基训斥道。

“威利总是说罗德美殡仪馆很好，我们应该在那里办。”小甜点说道。

我不得不说出一件很明显的事情。“威利不会让人们在葬礼后来家里的。”我平静地说道。每个人都同意。

“葬礼后我们来个晚会吧，真正华丽的那种。”多拉说道，“加拉特瓦餐厅的伙伴们热爱威利，而约翰兄弟就可以找借口说他们是在加拉特瓦餐厅吃饭。噢，威利很喜爱他们的鲜虾蛋黄酱。”这小小的回忆让多拉又抽泣了一阵。

多拉说得对。威利和众多的人打过交道，看店的，开餐厅的，销售酒的，玩音乐的，搞会计的，做生意的，以及政府官员。有一大批人都会想来表达敬意但却不能公开来威利的家里。在本地餐厅举办的活动可以将威利作为社区一员来悼念，而不仅只是一个妓院老板。

“我无法向你们形容对我而言这是多么悲伤的一天。”萨利医生说道，他又提高了声音。“当我们还是孩子时，我就认识威利了，夸特区没有她会很不同。”他清了清嗓门，努力克制着感情，“听上去我们已经有了计划。乔茜，你能负责协调工作吗？”

“我吗？”我说道，“为什么是我？”

“噢，甜心，你知道这会是威利想要的，”多拉说道，“各位，我已正式开始哀悼。”

“我会帮你的，乔茜丫头。”科基哼了一声说道，“就是说，我会尽力。”萨蒂点点头。小甜点说她会安排让沃尔特·萨瑟兰来为加拉特瓦餐厅的活动付钱。

科基收到了一个挂在门上的黑色花圈。消息很快就在夸特区传开。萨蒂站在大门口，小甜点在旁边。鲜花开始不断被送来。萨尔从餐厅送来了食物。

我坐在威利的床边，看着她，她的双手交叉在胸前。房间里感觉很闷热，暗暗的。只有我们俩在房间里。

这是我的错。我看着威利深陷的眼窝，知道是我的自私使得她生了病。我早就看到了她肿胀的手和脚踝，注意到了她的疲劳，但我却忙于自己的计划而没有帮助她，或者说我有一种想证明她错的欲望。她总是警告我，精确地预言了事情会如何进展，但每次生活欺骗我时，我就试图将处境合理化，将自己寄托在一些乱七八糟的希望上，比如福里斯特·赫恩。

我告诉威利所有关于赫恩先生的事，他给我的感觉，以及为什么我舍不得扔掉他的表。“所以我把那块表埋在了莎迪小树林，”我向她说着，“我知道他不是我父亲，威利，但为什么我就不能梦想他是我父亲呢？我不够好，不能相信我的另一半也是美妙的吗？不能相信我也可以成为大卫·科波菲尔吗？如果我是某个可敬之物一部分的想法能够给我希望的话，为什么我就不能抱有这个想法呢？他推测我在上大学，威利，一个像他那样时髦、聪明的男人推测我在上大学，而你知道吗？这使我想要活出他对我的想象。他给了我希望，这梦想仍然活在那块手表上。”

我想要她骂我，叫我白痴或是什么。但我没必要非得让她说话，我能听到她的声音，完全知道她会说什么以及她会如何说。

“是的，威利，但那是怎样一种残酷、扭曲的命运啊，我梦想是我父亲的这个男人竟被我母亲杀了？这简直就是莎士比亚戏剧里的情节。”

殡仪馆的人来了。他看到我和威利的尸体随便地谈着话，似乎很不安。

“我知道，威利。我知道。”我转向那个殡仪馆的人，“她想要我们给她换上黑色和服，口红要重新涂。”萨蒂和我确保所有东西都放在保险箱里，所有贵重物品都放在威利的房间里，然后将门锁上。

“我并不担心其他的人，”我告诉萨蒂，“除了伊万杰琳。她现在似乎魂不守舍的。”萨蒂点了点头。

我沿着康迪街向皇家大道走去，不确定我的脚怎么竟会动着。我的生命仿佛被装在了一个盒子里，然后有人拿起这个盒子，猛烈摇晃，并上下抛掷。一切都分崩离析，颠沛流离，且再也不会像原来一样了。我不会再每天早上走着去威利家，拿着她的咖啡托盘推开她的门，解释我打扫时在各个房间发现了什么。我们再也不会一起去莎迪小树林，再也不会用枪击落栅栏上的罐头盒，或嘲笑拉伊和弗蕾达夜里开车逃离他们所害怕的魔鬼。我再也听不到她用那带麝香味的声音，充满焦油和汽油，因为我太早或太晚而训斥我。威利走了，而留在后面的坑洞是如此巨大，我感觉我肯定会掉入其中。

等我走近书店时，我哭泣起来。我的脸肿着，满是泪水。街灯的光很亮，照出杰西正背靠着店门坐在那儿，一只膝盖顶在胸前。我到了门口，他什么也没说，只是将我拉到他腿上坐着，并用双臂抱着我。

第五十六章

科基开着出租车来接我去参加葬礼。

“每次我以为自己已经哭完了，结果又忍不住哭起来。”科基说道，“没有人像威利那样向我表示出尊重，当然还有你和我妈妈。这让我害怕，乔。威利比马口铁还要强壮，如果她都这么轻易地就走了，那对我们其余的人意味着什么？我简直想都不敢想。我们担心查理先生割伤自己的事，某个田纳西来的男人死在夸特区的事，担心你妈妈和那个没用的辛辛那提，但只要她在，一下子就都搞定了，一切恢复平静。没有了威利，我们所有人该怎么办？再也不会和以前一样了。”科基抬头擦着眼泪，“把这个地方称为‘太容易’吧，该死，其实没有什么是容易的。”

葬礼的场面很大。银行家们坐在走私贩们旁边，警察们与妓女们谈着话。弗兰基、康布莱德、萨尔、艾尔莫、伦道夫和桑尼都是组成威利葬礼的一分子。沃尔特·萨瑟兰穿着一套不合身的长袍，到处都是头皮屑。伊万杰琳将头发梳成两条大辫子，上面扎着两个大大的黑色蝴蝶结，还不恰当地穿着超短裙。杰西在房间另一头远远地看着我，每次我们目光相遇他都微笑一下。我还从未见他穿过西装，他看上去很棒。

威利生前想要火葬，但多拉坚持先将她放在铺着红缎子的黑色棺材里，这与玛丽亚轿车很搭配，礼仪师向我们保证那是棺材中的凯迪拉克，他被多拉以及她的乳房说服了，将这口棺材借给我们用。送来的鲜花很多，其中有一束是卡洛斯·马塞洛送来的。小甜点清唱了一首《奇异恩典》，使我们所有人心都碎了。科基当众大哭起来，毫不感到羞耻，向威利显示出了她一贯给予他的同等的爱。

礼仪师读着一些乏味的与威利不相称的句子，他称她为伍德利小姐，这使每个人都感到毛骨悚然，科基更是开始直摇头。

“停下。”多拉站了起来，然后走到葬礼大厅前面，她穿着绿色的裙子，戴着同色手套。

“各位，上帝在我心里有所启示，我不得不说出来。首先，我有一次偷了威利的二十美元并藏在我的卫生间里，那时，我对威利做了一件错事，所以我必须从这个错误中洗净自己。回到眼下，威利不会想要阅读这些令人郁闷的诗篇或是段落的，没有什么‘伍德利小姐’，只有威利。威利从事的事业就是生活本身，而她从蛋蛋入手，你们懂的。她爱喝烈酒，爱百元钞票，爱她的事业。而她不审判任何人，她平等地爱每个人——会计、怪人、音乐人，她欢迎我们所有人，说我们都是白痴，完全一样。”

所有人都笑起来，但多拉却哭了。眼泪在她脸上不停地流着。“她是个好女人，而且我们当中许多人如果不是因为她，恐怕只会迷失。请不要让她静悄悄地、乏味地睡去，那不是威利的风格。康布莱德，上来这儿说说有一次威利开车碾过你的腿的事。艾尔莫，来说说威利是如何测试床垫是否合用的。来吧，你们所有人，来吧。”

大厅里的紧张气氛顿时就被打破了，人们站起来诉说着威利的各种故事，述说着她的慷慨、热心和冷峻的外表。我其实也有很多话要说，却不能说。最后萨蒂站了起来，她四下看了看大厅，然后无声地将她的双手放在了胸口。

我完全失去了镇定。这个一生中没有说过一个字的女人所表达的比我们任何人都多。

加拉特瓦餐厅就像在新年夜时一样热闹。一幅巨大的威利的装框照树立在餐厅后面。周围喧闹拥挤，而我好累。帕特里克发来了电报，他的吊唁给我留下的只有空虚和悲哀。伊万杰琳用吸管喝着一杯秀兰邓波尔饮料[(1)]在人群中穿梭。然后她停在了我面前。

“那么，你到底会做这个吗？”她问道。

我摇了摇头。“我不会跟随我母亲的脚步。”

“不是耍花招。我是说你到底要不要接过威利的工作？做我们的老板。”

我看着伊万杰琳，她一定是在开玩笑。“什么？不，我绝对做不了，我跟威利一点儿都不像。”

她讨厌地哼了一声。“你很多方面都像威利。她会很想你替代她的位置。”伊万杰琳向下瞪着我，“她最喜欢你了，你知道的。”她的嘴唇又回到吸管上，然后慢悠悠地循着多拉的笑声而去，她的鞋跟上还粘着一片厕纸。

“嘿，汽车城。”

我转过身来。“嗨，杰西。你一直都在这儿吗？”我问道。

“没有，我只是过来看看你是不是需要救援。”他微笑着。白衬

（1） 一种姜汁汽水加石榴汁、糖浆等调成的饮料。译者注。

衫没有扎在裤腰里，他之前穿的葬礼服装已换成了紧身牛仔裤和靴子。

“这两天好漫长啊。”我说道。

“来吧，我们离开这儿。”

ଔ 第五十七章 ഊ

我们走着，并不说话。我总算逃脱了餐厅里的喧嚣。杰西递给我一片口香糖，我感激地接受了。

他突然站住了。“嘿，我能给你看样东西吗？”

“当然。”

“闭上眼睛。要一直闭着。”

我在人行道上闭着眼睛站着，听见开门的声音，然后杰西来拉我的手。

“现在，别睁开眼，等我告诉你睁开时再睁开，要一直闭着。”我们走了一段，我很担心会绊倒。我们终于停了下来，然后我听到一声响指。

“好了，睁开眼吧。”

在我面前，是我见过的最漂亮的轿车。车身是深石榴红色的，就像威利指甲的颜色，表面很有光泽，像镜子一样。

“杰西，这真难以置信。”

“你喜欢吗？”

“我太喜欢了，太漂亮了。”

他绕着跑到副驾驶座那边，然后打开了车门。“上车吧。”

里面的鞣皮光滑无暇。杰西坐在驾驶座上。

“花了很长时间，但已经差不多可以开了。”他看着我，咧嘴笑着。“你知道的，我要带你出去。”

“是吗？”

“是的，是约会。只等弄好了可以开了。”

“谁在乎能不能开呢？我们可以像拉伊和弗蕾达一样假装开着。”我向后靠着，“我们要去哪儿约会呢？”

“去斯温代尔霍洛。”他毫不犹豫地答道。

“那是什么地方？”

“是我出生的地方，在阿拉巴马。”

于是我们开着去了斯温代尔霍洛，安静里充满着喜悦，杰西式的安静。我头向后靠着并闭上了眼睛，想象双车道的高速路在车轮下滚过，而且微风从开着的车窗滑进来，吹动着我头发的末梢。我感觉新奥尔良被甩在了后面，灰色的网不见了，天空变得更轻，树更绿了。

“我欠你一个道歉。”我总算说了出来。

“是吗？”

“是的。”

我从卡洛斯·马塞洛的债务说起，杰西从方向盘上放下双手，转头对着我。“对此我差不多都知道，”他说道，“威利在我给她弄车时告诉我了，她在等着你寻求她的帮助，但你却没有这么做。”

“所以对此你都知道了，我觉得自己真傻。”我说道。

“不要觉得自己傻，告诉我一些我不知道的事就好了。”

“嗯，让我想想。你知道那天我碰见你和你的两个朋友时，我正准备去那个肮脏的洛克威尔那儿，想赚到一千五百美元？结果，我临阵退缩了，将我的鞋子扔向了他，还拔出枪来对着他。”

“我不喜欢那双鞋。”杰西说道。

“噢，然后你知道，那个孟菲斯游客在夸特区死去那天，我见到过他？他在书店里买了两本书，他很和蔼也很美好，我将他塑造成了我所相信的英雄爸爸，你知道这个吗？”

杰西摇了摇头。

“还有什么呢……噢，还有后来我在妈妈的床底下发现了他的手表，然后出于某种奇怪的原因，我变得完全舍不得这只表了。你在河边看见我的那晚，我不是去见帕特里克的。我是要将表扔到河底，可我却做不到，然后崩溃得哭起来。所以我将这块表埋在了莎迪小树林，尽管警察正在找它。”

我偷偷看着杰西，准备看到厌恶或震惊的表情，但他却只是点了点头。

“接下来，我打赌你不知道我从史密斯学院收到了一封大大的拒绝信。他们没有邀请我去当学生，相反，他们附上了一封来自某个老姑娘作家的信，要我去北安普敦为她打扫房子。”

杰西精神为之一振。

“那很丢脸，但下面这件事更丢脸：我的新朋友夏洛特从她在新奥尔良这儿的表妹那儿得知，她邀请去她家在伯克希尔的度假屋的，是一个妓女的女儿。”

我深深地吸了口气，然后看着杰西。“上帝，这感觉真好。”

他向我倾过身来。

“是吗？你还喜欢阿拉巴马吗？”

“太喜欢阿拉巴马了。”仿佛千斤重担从我肩上挪去并飞出了这辆车的窗外。

“这就是所有你要说的事情吗？”杰西问道。

“还没完。丢脸的事还有一件。我不仅是妓女的女儿，我的名字还是以一个妓女的名字命名的，乔茜·阿林顿，一个妓院老板，曾在巴辛街上开着一家五美元妓院。为了赚取额外的钱，她还提供某种法国式色情马戏表演，而我的名字是根据她的名字而起。”

“叮！”杰西敲响了我们面前一个不存在的钟，“女士们先生们，我们有一个比赛，这两个孩子都有流传下来的恶名。”杰西转向我，“事实上，我赢了。你的名字源于一个妓院老板，我的名字源自一个杀人犯，所以我的更糟糕。”

我的嘴张着。

“是的，我那罪犯父亲给我起名杰西，是根据杰西·詹姆斯命名的，告诉我长大后要成为一个好罪犯，要配得上我的名字。我告诉你，我真希望我父亲从未见过你母亲。”

“你曾想过要改你的名字吗？”

“不，杰西·蒂埃里正是我。”

“我要改名字。威利说我应该改掉自己的姓。”

“改姓也许是个好主意，不过别改乔茜。”他说道。

“是吗？”

“是的，”他拨弄着仪表盘上的旋钮，“我喜欢叫这名字时的感觉。”

杰西白衬衫的袖扣在手腕上开着，我伸出手，慢慢将他的袖子卷上去，当我的双手碰到他的小臂时，他盯着我的手。我的手没有握成拳头，只是轻轻地上下抚摸着他的皮肤。他看着我，我也看着他。

“好吧，”我说道，“该你了。对杰西·蒂埃里我有什么不知道的吗？”

“你不知道的？”杰西将手臂滑过来抱着我，将我拉近，“也许是：我现在真的很想吻你。”

第五十八章

“我们没有选择，威利的律师这样要求的，他有问题要问我们。”我说道。

“哎呀，这让我感觉很紧张，”科基说道，“我可不想去和什么律师坐在那儿谈论威利。威利从来就不喜欢任何人谈论她的生意，现在虽然她已经走了，但我还是不打算谈论她。所以我不会说任何事情的。我们会让萨蒂代表我们说话。”

萨蒂从出租车的后座向前伸出手在科基的脑袋上打了一下。萨蒂也很紧张，她和科基都穿上了他们去教堂时穿的衣服，而且打从他们上了出租车就在不停地争论。我就更紧张了，但不是因为律师。这家律师事务所在爱尔兰银行大厦，只比洛克威尔的办公室低一个楼层。只要想到他，我的胆汁就仿佛上升到了咽喉处。我已经将这次与律师的会面推后了两周，但现在没法再推了。

我们走进大厅，我从包里找出那封信。科基从我肩膀后面看过来。

“爱德华·罗森布拉特，绅士。听上去很富有。威利不会和这种高级律师混在一起的。”

我发出嘘声让他安静下来，然后我们都进了电梯。

我内心也和科基的感觉一样，威利不会和银行家混在一起，所以当然也不会和什么有钱的律师有瓜葛。我发了誓，绝不会透露任何关于威利的事。他们尽管折磨我，威胁我，我不会说的。别担心，威利，我不会让秃鹰进来的。

我们到达了第七层，科基脱下帽子，开始用手揉捏着帽子，他和萨蒂站在后面电梯旁，我则走进接待处，告诉接待员我们是来赴约的。几分钟后，一个女人出现了。

“现在罗森布拉特先生要见你们。”

我挥手让科基和萨蒂朝前走。我们走过了像迷宫般排列的众多打字员的区域，萨蒂看着这些高级的办公环境，眼睛睁得跟煎饼一样大。那个女人引导我们到了一间办公室，有三把椅子放在一张长长的桌子前。

“罗森布拉特先生马上就来。请各位随意。”

科基不想坐下，我凶狠地瞪着他并指着一把椅子。这是一间很可爱的办公室，橡木镶板，一大面墙的书架，上面放满令人钦佩的一套套法律书籍。萨蒂用手肘碰了碰我，指着银相框里的两张照片——一张是一位年长女人的照片，另一张是一个大家庭的照片。

“我很抱歉让你们久等了。”一位头发灰白的优雅绅士走进房间，然后关上背后的门。他戴着圆眼镜，看上去像是那种会一边看马球一边抽烟斗的人，我觉得我在葬礼上见过他。

“我是爱德华·罗森布拉特，你一定是科卡尔先生吧？”他伸出手和科基握了握，“你们俩一定是莫雷纳小姐和维贝尔小姐，很高兴见到你们。”他绕过桌子，在那张植绒皮椅上坐了下来。他拉过面前的文件夹。“那么让我们开始吧，好吗？”他抬起头看着我们并微笑着，似乎很真诚，很温暖。

“首先，维贝尔小姐，我意识到你说话有困难，所以我会让我们的交流尽可能地直接。我想向你们几位表达我的哀悼之情，我肯定你们由于威利的去世都遭受着失去亲人的痛苦。”

“是的，阁下，我确实是这样，”科基说道，“所以我不是故意不敬，但我不想被问及威利的私人生意。她不会再做了。”萨蒂强调性地点点头。

罗森布拉特先生看看科基又看看萨蒂，最后看着我。

“威利是一个非常喜欢安静的人，我们想要尊重这一点。”我解释到。

“我想你们的忠诚正是你们在这儿的原因。让我解释一下，我从四岁起就认识威利了。我们在夸特区相遇，还有萨利医生和其他几个人。事实上，当我五岁时，就决定要娶威利，她却对此一点也不感兴趣。她叫我罗茜，并说我是有女人气的男人，她说与其和我结婚，不如和我一起做生意，因为她觉得我很聪明。你们能想象她当时只有五岁，一只手叉腰，一只手指在我脸上，做出这种生意安排，你们能想象吗？”

我微笑起来，我绝对能想象，我看见过藏在莎迪小树林的照片上那个火辣的小女孩。

“那么我们三个，威利、萨利和罗茜，成了法国夸特区的三个火枪手，”这位律师将双手放在桌子上，“但当我们大概十二岁的时候，似乎有什么事发生了，威利变了。她会想尽各种办法不回家，萨利和我很怀疑她的父亲。”

我想起威利对我说过，父亲们被高估了，我的父亲可能是某种爬虫般的东西之类的话。

罗森布拉特先生继续说道：“她开始与一群粗野的人混在一起，

随着我们长大，我们各奔东西了。萨利去了医学院，我去了法学院，而威利则开启了她的生意之路。我们有一阵子失去了联系，主要还是因为萨利和我被威利所走的路吓到了。然后二十五年前在一个新年夜，萨利和我都带着各自的妻子在一起吃晚饭，威利踱着步直接来到了桌前，问萨利是否还收着她的弹弓，她说她需要用来打这餐厅里的某个白痴，就好像我们都又成了十岁的孩子一般。"罗森布拉特先生笑了笑，沉思着，"我想，这里面存在着某种童年情节，从此我一直和威利有合作。"

我们全都瞪着他。

"我是她的不动产规划师，"他为了说明又补充道，"我知道这很难理解。"

"我猜……我只是无法想象作为孩子的威利是什么样。"科基说道。

罗森布拉特先生从下面的抽屉里抽出一个文件夹，他递给我们一张有斑点的照片，上面是三个孩子站在杰克逊广场，威利在中间，正用她的左臂鼓着肌肉。

科基吹了声口哨。"哇，瞧瞧，她看上去能将你们俩都揍扁。"

"确实是，"律师说道，"有伤疤可以证明。"他将照片放在一边。"正如你们所知，威利是一个聪明且有条理的女人，她一生都很享受她的钱，花掉了赚来的大部分，她没有存钱而且不相信银行，所以没有留下很多的财产。我就不浪费你们的时间来读这些法律术语了。这很简单，威利指定莫雷纳小姐为执行人，而这些财产会分配如下：在康蒂街的房子将成为科卡尔先生和维贝尔小姐的共同财产——"

萨蒂吃惊地抓住了科基的手臂。

“什么？”科基说道。

罗森布拉特先生点了点头。“我会先念完这张表，再回答你的任何问题。正如我所说的，位于康迪街的房子和家具将成为科卡尔先生和维贝尔小姐的共同财产，此处房子没有贷款。莎迪小树林的房子和财产将成为莫雷纳小姐单独拥有的财产，此处房产也没有债务。车辆，我们亲切地称为玛丽亚的那辆车，以及所有枪械，将会成为莫雷纳小姐单独拥有的财产。威利所有的首饰和私人物品将会成为莫雷纳小姐和维贝尔小姐的共同财产，目前在威利这儿工作的所有女性和信息人员将会收到每服务一年便有一百美元的款项。在所有未偿还的债务还清后，剩下的现金将会平均分成五份，给你们三位和两位尚在世的火枪手，即萨利医生和我。”

房间里沉寂下来。萨蒂坐得笔直，惊讶地张着嘴。科基开始哭起来。

“科卡尔先生。”律师首先开口说道。

“科基。”他纠正道。

“科基，你和威利一起工作了二十多年，她非常珍视你的友谊和忠诚，这是她想要安排的。”罗森布拉特先生解释道。

科基透过眼泪轻声说道：“但这些安排没有一个是好的。你没看到吗？没有什么能补偿威利的离去。”

罗森布拉特双眼湿了。“我同意，没有什么能弥补威利的离去。”

他解释着接下来的步骤和程序，对预算和财务规划给出建议。他坚持我们绝对不能将威利的遗赠告诉任何人，因为她担心我们会成为骗子和敲诈者觊觎的对象。

“这一点，倒是相当聪明，”科基说道，“这里的乔茜丫头，她的心就像小鲜果，对谁来说都是容易摘下的。所以你千万不要告诉任何人，乔，不管怎样，你有计划的。”科基向律师点着头并微笑着，“乔西要去上大学了。”

每个人都看着我，想要我解释我已经被史密斯学院录取并要冲出新奥尔良的消息，但我没有。

威利、大学、母亲、秃鹰，我脑袋里仿佛有一个轰轰作响的风扇在旋转着。到了某个时刻，我突然抬起头，发现房间里的每个人都站着了。

“莫雷纳小姐，还有别的事吗？”律师、科基和萨蒂全都看着我。

“是的，”我说道，仍然感到眩晕，“威利要我改名字。”

第五十九章

正午时分，阳光很强烈地照下来。我下车伸展一下双腿，并揉着后脖颈。

“你这辆车可真不一般啊。”一个在人行道上吸烟的男人说道。

“谢谢。”这个男人围着这辆车转着，十分羡慕，我想起科基在我坚持要把玛利亚给他的时候哭起来的样子。

“这车开起来一定棒极了，你常开吗？”这个男人问道。

我摇了摇头。“这是我男朋友的，他总是开这辆车。”

杰西从邮局里出来了，微笑着。

“那么让我猜猜，”那个抽烟的男人对杰西说道，“你就是这个男朋友吧。”

“这是个艰巨的任务，但总得有人承担，对吗？”杰西看着我咧嘴笑着。

“你们俩要跑很远吗？”这个男人问道。

“是的，阁下。正带着我的女孩儿旅行。”

这个男人的妻子从邮局里出来了，他祝我们旅途安全。

“怎么样？”我问道。

杰西用手搂着我，然后在我耳边悄悄说道：“一只手表正寄往孟菲斯的玛丽恩·赫恩太太那儿，邮戳显示是阿拉巴马。”

“谢谢你。”我拥抱了他。

他将双手拍在一起。“好了，给我科基的地图。我答应过他要沿着康布莱德的路线向上穿过佐治亚州。”

杰西将地图在车的引擎盖上展开，这是他的车，他从一堆废料中自己造了这辆车，不知道他是怎样将那些碎片拼在一起，擦亮磨光，然后使其成了漂亮的东西，完全看不出这些碎片原先的样子了。

我看着车子后座上的纸板箱，里面有查理的情人节盒子，盒子里装着那个连体橡子，那页从他的打字机上抽下来的纸，一张来自古巴的明信片，以及三张用银相框装着的照片。一张是我在莎迪小树林找到的威利儿时照片，一张是杰西和他的车，还有一张是科基和萨蒂在康蒂街他们的房子前。悲伤又开始涌上心头，我们回到了车里。

“怎么了？”杰西问道。

我耸了耸肩。“我拼命地想要离开这一切，但不知怎的我又很担心这一切会蒸发掉，担心我会失去科基、那个书店还有你。”

“这是个开始，乔，一个安全的开始。”

我点了点头，想要将这个计划坚持下去。

“最难的部分只是走出去。保尔森小姐在史密斯学院给你争取到了面试的机会，你在北安普敦有一个安全的地方和她的朋友在一起——一个你母亲和辛辛那提绝不会找到你的地方。一旦你到了那儿，事情就快了，你会进入史密斯学院，我知道这一点。新奥尔良什么也不会改变。如果你回来，你会看到同样的繁忙和喧嚣，就像你离开时一样，而你也不会失去我。”

他侧过身来靠近我，我抬头看着他。

“我快要完成学业了，然后你知道吗？我会来到你身边的，乔茜·科卡尔。”杰西笑着，“乔茜·汽车城的梅·韦斯特·莫雷纳·科卡尔，你还欠着我一扇窗户，将这个写进你给朋友的笔记里。”

我曾从阿拉巴马寄出一张明信片给夏洛特。在杰西的坚持下，我还给她寄出了十二页单倍行距的信，我诉说了我的整个历史，其中每一个肮脏的污点，包括我的名字来源自一个妓院老板，以及保尔森小姐不知怎的对史密斯学院的面试进行了幕后操纵。这么多页的信纸，我几乎都塞不进信封了，结果得用胶带纸来封上，邮局的职员对我说，需要付额外的邮费。

然后我等着，想着没有反应其实就是反应了。但随后来了一封信，一张粉红色的信纸上写着简短的回答：

世上没有一种杰出的美不是在比例上有着某种奇异之处的。

弗朗西斯·培根爵士

等不及要见到你了！

你可以信任和依靠的朋友，夏洛特

然后这一切就决定下来了。

乔茜要去北安普敦啦，所以别再取笑我。

我从科基的保温杯里喝了一大口咖啡，然后我们上路了。

鸣　谢

《逃跑的乔茜》是一个团队努力的成果，如果没有这两位团队的带领人——我的代理人 Ken Wright 和编辑 Tamra Tuller，就没有写成这本书的可能。Ken 鼓励我在这个故事上不断努力，而 Tamra 指导着我写作的每一步。他们的耐心、智慧和专业性使这本小说得以顺利完成。我很感恩能有这样奇妙的导师和朋友。

我永远感激作家 Christine Wiltz，她所著的 *The Last Madam, A Life in the New Orleans Underworld* 一书，不仅启发我写作了这本书，而且激发了我想当一名作家的愿望。Earl 和 Lorraine Scramuzza 带领我了解了法国区的历史地带，否则我自己绝不可能发现。Sean Powell 在康蒂街的房子里欢迎了我，这所房子原来是 Norma Wallace 的妓院和 E.J. Bellocq 的摄影工作室。新奥尔良历史学家 John Magill 分享了他令人难以置信的知识并为我标明了错误之处。

历史小说的作者如果没有图书馆和档案馆，将会完全迷失，我很感激新奥尔良的威廉姆斯研究中心、新奥尔良历史收藏馆、新奥尔良公共图书馆、纳什维尔公共图书馆、布伦特伍德图书馆、《皮卡尤恩时报》、《田纳西人报》、史密斯学院档案馆的 Nanci A. Young、杜兰大学档案馆的 Lori E. Schexnayder、洛约拉大学档案馆的 Trish

Nugent、范德比特大学档案馆、沙特尔区的莱布拉里书店，以及花园街区书店。Lyle Saxon、Robert Tallant、Ellen Gilchrist、Anne Rice和Truman Capote等作家通过他们绝佳的散文向我生动地描绘了路易斯安那州。感谢众多的教师、图书馆员、图书销售人员和文学宣传者，是你们为我提供了与学生和读者联系的机会。

我的写作组是首先看到作品的一切的：Sharon Cameron、Amy Eytchison、Rachel Griffith、Linda Ragsdale、Howard Shirley 和 Angelika Stegmann，谢谢你们的奉献和友谊，没有你们我做不到这一切！Kristy King、Lindsay Davis 和 Kristina Sepetys 都是乔茜·莫雷纳这一人物形成发展必不可少的。Genetta Adair、Courtney Stevens Potter 和 Rae Ann Parker 都非常慷慨地给予了评论和鼓励。Fred Wilhelm 和 Lindsay Kee 启发我起了这个书名，童书作家与插画家协会使我梦想成真。

夜莺山庄的 Michael Green，谢谢你一直相信我。夜莺山庄人员——Semadar Megged、Jill Santopolo、Kiffin Steurer 和 Julia Johnson。企鹅出版社人员——Don Weisberg、Jennifer Loja、Eileen Kreit、Ashley Fedor、Scottie Bowditch、Shanta Newlin、Kristina Aven、Liz Moraz、Helen Boomer、Felicia Frazier、Emily Romero、Jackie Engel、Erin Dempsey、Anna Jarzab、Marie Kent、Linda McCarthy、Vanessa Han，以及所有企鹅出版社了不起的现场代表。

火箭队成员：Yvonne Seivertson、Niels Bye Nielsen、Gavin Mikhail、Jeroen Noordhuis、Mike Cortese。立陶宛社区成员：Steve Vai、JW Scott、Steve Malk、Carla Schooler、Jenna Shaw、Amanda Accius Williams。里德成员、弗罗斯特成员、图克成员、史密斯成员、皮尔成员、塞普提斯成员都协助或支持了我写作这本书的

工作。

妈妈和爸爸，你们教会了我梦想远大并兼爱众。John 和 Kristina，你们启发了我的灵感，是我所能得到的最好的朋友。

以及 Michael，你的爱给了我勇气和翅膀，你是我的一切。

图书在版编目（CIP）数据

逃跑的乔茜 / (美) 拉塔 · 塞普提斯著 ; 何江译 . -- 北京 : 北京时代华文书局 , 2018.12
书名原文 : Out of the Easy

ISBN 978-7-5699-2897-6

Ⅰ . ①逃… Ⅱ . ①拉… ②何… Ⅲ . ①长篇小说－美国－现代 Ⅳ . ① I712.45

中国版本图书馆 CIP 数据核字（2018）第 298417 号
北京市版权著作权合同登记号 图字: 01-2018-8383

Ruta Sepetys
OUT OF THE EASY

逃跑的乔茜

TAOPAO DE QIAOXI

作　　者 | [美] 拉塔 · 塞普提斯
译　　者 | 何　江

出 版 人 | 陈　涛
策划编辑 | 韩　笑　黄思远
责任编辑 | 徐敏峰　韩　笑
营销编辑 | 陈　煜　呼秀雯
封面设计 | 璞茜设计
责任印制 | 刘　银　范玉洁

出版发行 | 北京时代华文书局 http://www.bjsdsj.com.cn
北京市东城区安定门外大街 136 号皇城国际大厦 A 座 8 楼
邮编: 100011　电话: 010 - 64267120　64267397
印　　刷 | 三河市兴博印务有限公司　电话: 0316 - 5166530
（如发现印装质量问题，请与印刷厂联系调换）
开　　本 | 880×1230mm　1/32
印　　张 | 10.25
字　　数 | 220 千字
版　　次 | 2020 年 4 月第 1 版　　2020 年 4 月第 1 次印刷
书　　号 | ISBN 978-7-5699-2897-6

定　　价 | 59.00 元

OUT OF THE EASY by Ruta Sepetys

This edition published by arrangement with Philomel Books,
an imprint of Penguin Young Readers Group,
a division of Penguin Random House LLC.